FSC
www.fsc.org
MIX
Papier aus verantwortungsvollen Quellen
Paper from responsible sources
FSC® C105338

Impressum

Sylvia Bergman
c/o Autorenbetreuung / Caroline Minn
(Impressumservice)
Kapellenstraße 3
54451 Irsch

ISBN 9783754684962

Ein großes Dankeschön für ihre unschätzbare Unterstützung geht an:
Meinen lieben Testleser Daniel
&
Michael Lohmann (worttaten.de) für sein Lektorat und Korrektorat
sowie
Covergestaltung: design by cakamura via www.99designs.de
Bildmaterial: ©unsplash.com (@vidarnm white and brown house on green grass field) und cakamuradesigns.com

Herstellung und Druck über tolino media GmbH & Co. KG, München.
Printed in Germany

JEDER HÜTET EIN GEHEIMNIS

DIE TANTE

THRILLER

SYLVIA BERGMAN

Die Autorin:

Was gibt es Schöneres, als mit einem Buch in eine andere Welt abzutauchen? Dich davontragen zu lassen, während Du die Seiten umschlägst? Innerhalb eines Blinzelns bist Du Teil einer fremden Sphäre.

Mich hat diese Reise fasziniert, solange ich denken kann. Ich liebe es, diese Welten von beiden Seiten aus zu erkunden – mit dem Buch in der Hand und als Autorin an der Tastatur.

Und nun wünsche ich Euch viel Spaß beim Eintauchen.

Weitere Informationen unter
www.sylviabergman.com
Auf meiner Website könnt Ihr den kostenlosen Newsletter abonnieren. So werdet Ihr regelmäßig über Neuerscheinungen informiert.
Außerdem findet Ihr mich bei Instagram - @SylviaBergman78
und Facebook - @ SylviaBergmanAutorin.

PROLOG

Die Flamme ist erloschen und lässt die Nacht in dieses Zimmer. Dank des Blackouts existiert keine Lichtquelle. Der Schimmer des Sternenhimmels vor dem Fenster hilft nur wenig. Ich halte die Luft an.

Er ist hier.

Ich spüre ihn nah bei mir.

Wie konnte ich nur glauben, dass es ein Entrinnen gäbe? Wie konnte ich auf ein Happy End hoffen?

Meine Augen haben es schwer, sich an die Dunkelheit zu gewöhnen. Ich ziehe mich zurück, gegen die geschlossene Tür und atme flach. Alles, was ich tun muss, ist durch sie zu verschwinden. Oder schreien. Ich könnte schreien. Wieso kommt kein Laut aus meiner Kehle?

Was ist das dort drüben für ein Schatten? Steht dort ein Möbelstück oder sind es die Umrisse meines Peinigers?

Du musst schreien! Hol tief Luft!

Ich kann es nicht. Zu sehr lähmt mich meine eigene Angst, nimmt mir die Stimme. Weiß ich doch, dass Widerstand nur mehr Grausamkeit nach sich zieht.

Vorsichtig taste ich nach dem Türknauf in meinem Rücken. Da raschelt es. Ein geräuschvolles Grinsen folgt.

Dieses Mal werde ich nicht davonkommen. Er wird nicht ruhen, bis ich leblos liegen bleibe.

Ich spüre Bewegung vor mir, jedoch so schnell, dass ich nicht weiß, in welche Richtung ich fliehen kann. Es ist völlig egal. Eine Hand greift nach meiner Kehle und schiebt mich nach oben.

»Hallo, Darling. Habe ich dir gefehlt?«

1

Ein Tag vorher

SKYE

Die Schmerzen kommen und gehen wie die Schneeflocken, die sich auf meiner Scheibe niederlassen, um im selben Atemzug weggewischt zu werden. Mit quietschendem Laut hinterlässt der Gummi wässrige Spuren auf dem Glas. Meine blauen Flecken werden sich zu älteren Narben gesellen, die wie ein Netz meine Seele umfangen. Ein Netz, das von Tag zu Tag dichter und fester wurde und mich heute zu erdrücken drohte.

Die Dämmerung ist seit einer halben Stunde tiefer Dunkelheit gewichen, was es mir unmöglich macht, das Tempo zu halten, mit dem ich bisher durch die Hochebene gefahren bin. Neala schlummert friedlich auf dem Beifahrersitz, ihren abgewetzten Plüsch-Pinguin fest mit den kleinen Händen an ihre Brust gedrückt. Ein Blick in ihr engelsgleiches Gesicht, auf die blasse Haut, versetzt mir einen Stich. Sie sieht so unschuldig aus. Ihre blonden Löckchen kleben ein wenig an ihrer Stirn. Sie hat geschwitzt. Das tut sie immer, wenn sie tief eingeschlafen ist. Ich wage nicht, das Radio anzustellen – aus Angst, sie aufzuwecken, ganz gleich, ob es mir an diesem Abend hier draußen in der Wildnis der Highlands Mut machen würde.

Das monotone Geräusch der Scheibenwischer, die tanzenden Flocken in den Lichtkegeln meines Kia, das Knirschen der Reifen auf der sich schnell schließenden Schneedecke – all das drängt mich, umzudrehen und zurückzufahren. Doch das wäre das Ende von allem und der Anfang des Bösen. Ich habe den ersten Schritt gemacht. Jetzt gibt es kein Zurück mehr. Endlich! Ich habe viel zu lange gewartet. Die zwiespältigen Gefühle Schrecken und Erleichterung kämpfen in meiner Brust.

Langsam folge ich dem Weg, den mir die Schneestangen weisen. Es ist stockfinster und die Straße ist nicht mehr von der Landschaft zu unterscheiden. Die Berge zu beiden Seiten, unsichtbar geschützt durch die wolkendurchsetzte Nacht, lassen sich nur erahnen. Wir schleichen uns an. Langsam. Lautlos. Der Schnee auf der Straße dämpft das Fahrgeräusch, allein die Scheinwerfer verraten unsere Anwesenheit, als wären wir Eindringlinge in dieser friedlichen Umgebung.

Ein Felsmassiv taucht zu meiner Rechten auf. Ich muss die Moore inzwischen hinter mir gelassen haben. Lange ist es her, etwa fünfzehn Jahre, dass ich mit meiner Freundin Iona und ihrer Mutter diese Strecke fuhr. Damals waren wir sechzehn und besaßen keinen Führerschein. Wir wollten in den Highlands den Sommer bei ihrer Tante Eilidh in deren Cottage verbringen. Jetzt lugt rostbraunes Gras zwischen dem dichten Weiß hervor, wo in jenem Sommer purpurfarbener Fingerhut und Schafgarbe blühten. Reste trockenen Heidekrauts fliegen vorbei, und hinter dem Felsen erscheint mit einem Mal eine kleine Mauer zu beiden Seiten. Das muss die Brücke sein.

Bald habe ich mein Ziel erreicht. Ich kann es kaum erwarten, die Straße hinter mir zu lassen, den Wagen zu parken, Neala aus dem Sitz zu schälen und sie in die sicheren vier Wände von Eilidhs Cottage zu bringen.

Nachdem ich den Bach überquert habe, biege ich links ab. Das Straßenschild muss sich auf der rechten Seite befinden. Wenn ich nicht aufpasse, rutsche ich in den Bach. Dieses Stück des Weges ist nicht lang, aber deutlich herausfordernder als der Rest der Strecke, seit ich mich am späten Nachmittag mit pochendem Herzen in Crieff hinters Steuer gesetzt habe.

»Mummy möchte mit dir einen Ausflug machen, Mäuschen. Es wird eine Weihnachtsüberraschung«, sagte ich zu meiner Tochter, als ich sie von der Kita abholte.

Auf diesem Stück Straße, sofern man diesen breit gefahrenen Weg so nennen kann, gibt es keine Schneestangen. Die Heather Lane macht ihrem Namen im Sommer alle Ehre, wenn violette Heide auf dem Berg blüht. Jetzt sind die kleinen Büsche mit weißen Hauben bedeckt – ein zarter Kontrast zum ebenen Weg, der sich am Hang hoch schlängelt. Ich fahre langsam genug, um erkennen zu können, wo der Weg entlangführt, obwohl ich auf den verbleibenden Metern gern aufs Gaspedal treten würde. Die Fahrt hat mich müde gemacht. Das hypnotisierende Schneetreiben vor meiner Scheibe und die letzten Monate zehrten an mir.

Schwer zu sagen, wie lange ich mich schon den Berg hinauf quäle, doch unvermittelt sind wir da. Vor mir wird der Weg breiter und endet abrupt. Ein schneeweißes Haus mit pechschwarzem Dach und zwei massiven Schornsteinen hebt sich vor rauem Bergmassiv ab: Machair Cottage. Ein verheißungsvoller, einladender Name, wenn die Temperaturen nicht unter dem Gefrierpunkt liegen und tiefschwarze Nacht sich wie ein samtener, unendlich langer Mantel um alles Leben legt.

Ich halte an und schalte den Motor aus. Für einen beängstigenden Moment fällt mir die Geschichte dieses Tales, das Massaker von Glencoe wieder ein, die Eilidh uns in jenem Sommer am Lagerfeuer erzählt hat. Ein unangenehmer Schauer streicht über meinen Rücken und ich schüttele die Erinnerung daran derart angewidert ab, dass Neala neben mir von der Bewegung wach wird.

»Mummy?«

»Wir sind da, mein Schatz.« Ich mache große Augen und strahle sie an, auch wenn mir anders zumute ist. Neala lächelt zurück. Sie vertraut mir voll und ganz. Sie wird sich von mir in das Cottage tragen lassen und dabei die bedrohlichen, schneebedeckten Berge um uns herum nicht sehen. Wird kaum spüren, wie kalt es inzwischen ist, wenn sie sich dabei an mich kuschelt. Sie kennt meine Sorgen bezüglich gesicherter Elektrizität und Wärme hier oben nicht. Ahnt nichts von meinem Unbehagen, seit wir vor einer dreiviertel Stunde den letzten Balken zum Handy-Empfang verloren haben, und weiß nichts von meiner Panik, ob wir möglicherweise verfolgt worden sind. Wenn das der Fall ist, dann war es eine schlechte Idee, an diesen entlegenen Ort zu fahren. Alles, woran sie denkt, ist ein kuschlig weiches Bett, das sie mit ihrem Pinguin teilen wird.

Als ich aus dem Auto steige, geht mein erster Blick zurück über meine Schulter. Dort ist nur Dunkelheit.

Der heutige Tag hat meine Welt so erschüttert, dass ich in jedem Schatten eine Gefahr lauern sehe.

Die Wolkendecke reißt immer mal wieder auf, sodass ich einzelne Sterne über den Bergen sehen kann. Eine schmale Mondsichel schimmert knapp über dem Horizont. Der Rest ist Finsternis. Die Scheinwerfer meines Kia brennen und werfen verräterische Strahlen gegen das Cottage. Man kann uns weit in das Tal hinein sehen, doch das ist mir momentan lieber, als das Haus ohne Licht zu betreten. Die schwarzen Fenster des Hauses starren mich drohend an. Ein weiteres Mal muss ich mir sagen, dass ich die richtige Entscheidung getroffen habe, als ich nach dem Leuchter griff und dies alles hier in Gang setzte. Für mich und meine Tochter. Das Schloss lässt sich leicht aufschließen. Beim Anblick des riesigen altmodischen Schlüssels hätte ich etwas anderes erwartet.

Neala steht neben mir, die Augen zur Hälfte gesenkt und dämmert vor sich hin. In der Ferne höre ich einen einsamen Vogel schreien. Sein Ruf wird von den Berggipfeln reflektiert und klingt beunruhigt und hektisch. Ich werfe einen weiteren Blick über meine Schulter, bevor ich Neala in die Diele schiebe. Zu lange möchte ich meine Scheinwerfer nicht brennen lassen, weshalb ich eilig nach dem Lichtschalter taste, sie auf die kleine Bank neben der Tür setze und sage: »Ich hole schnell unsere Sachen und bin gleich wieder da, mein Schatz.«

Sie nickt müde mit geschlossenen Augen und gähnt darauf kräftig. Zügig, fast panisch, haste ich zum Auto zurück. Mit jedem Meter, den ich mich vom Haus entferne, wird mir meine Schutzlosigkeit bewusster. Aus dem Kofferraum zerre ich den Seesack, in den ich alle Sachen gestopft habe, die ich in fünf Minuten greifen konnte. Mit Schwung werfe ich sie mir über die Schulter und angele nach der Klappkiste, die mir die beste Freundin auf der Welt gepackt hat.

»Ich habe nur leckere Sachen gekauft. Alles, was ihr über die Feiertage gebrauchen könnt und jede Menge für ein weihnachtliches Festmahl. Es sollte eine Weile reichen und im Gefrierschrank in Tante Eilidhs Vorratskammer findet ihr sicher noch eingefrorene Gerichte, wie ich sie kenne«, hatte Iona gesagt. Mit diesen Worten stellte sie die Kiste in meinen Kofferraum, während ich wie betäubt neben ihr stand und mit den Tränen rang. Sie gab mir den Schlüssel für Eilidhs Cottage und wünschte uns mit einem Abschiedskuss gute Reise.

In den Tiefen meines winzigen Kia steht eine Kiste Wasser. Das ist reiner Zufall, wenn auch ein glücklicher. Ich war am Morgen einkaufen und hatte vergessen, sie auszuräumen. Ich schnappe mir eine der Flaschen und lege sie in die große Kiste. Alle drei Dinge kann ich nicht tragen, und mir ist nicht danach, ein zweites Mal zum Wagen zurückzukehren. Das kann bis zum Tagesanbruch warten. Ich wünsche mir im Moment nichts sehnlicher, als die Kälte und die einsame Finsternis hinter mir zu lassen und es mir mit meiner Tochter im sicheren Cottage gemütlich zu machen. Mit den beleuchteten Fenstern sieht es gleich viel einladender aus.

Für einen Moment kommt mir der Gedanke, dass ich mein Auto am liebsten verbergen würde. Es verrät unsere Anwesenheit. Doch dann wird mir klar, dass man es von der Straße aus nicht sehen kann. Das Cottage ist viel zu weit entfernt, mein Auto nur ein Punkt in der Landschaft. Außerdem gibt es kaum Möglichkeiten. Eilidh besitzt keine Scheune oder Garage. Ihren eigenen Wagen hat sie neben das Cottage gestellt. Dort steht er auch jetzt. Sie wird ein Taxi genommen haben, um in die Stadt zu kommen und ihre Reise anzutreten. Wer die Mühe auf sich nimmt, bis hierher hochzufahren, hat einen Grund dafür, und weiß womöglich, wen er hier antrifft. In diesem Fall ist mir ohnehin nicht mehr zu helfen.

Mit der Kiste in beiden Händen und dem Seesack über der Schulter schleppe ich mich zur Tür. Als ich sie öffne, finde ich Neala zusammengerollt auf der Bank vor. Sie schläft. Bei diesem Anblick keimt Hoffnung in mir auf, dass alles gut werden könnte. Wir haben es sicher bis hierher geschafft und heute Nacht sind wir für uns allein, an einem geschützten Ort. Der fehlende Handy-Empfang erscheint mir schlagartig nicht mehr so schlimm. Eher wie ein Segen. Wir sind von der Bildfläche verschwunden, untergetaucht, als würden wir nicht mehr existieren. Der Gedanke ist zu verlockend. Wie gern würde ich unser altes Leben einfach so löschen und mit Neala von vorn anfangen. Eine Kiste mit Lebensmitteln und das Cottage einer Bekannten reichen dazu sicher nicht, aber der Traum davon ist schön. Doch wer weiß, wo er uns hinführt, der Weg, den ich einschlagen musste.

Noch vor ein paar Stunden habe ich nicht gewusst, wie es weitergehen soll. Ich rief Iona an und sie riet mir, Neala aus der Kita zu holen und sofort zu ihr zu kommen. Ich sollte ein paar Sachen zusammenpacken. Um alles Weitere würde sie sich kümmern. Dann gab sie uns den Schlüssel zum Cottage ihrer Tante, die für zwei Wochen über die Feiertage auf Kreuzfahrt gehen wollte. Eigentlich hatte Iona morgen selbst hierherkommen wollen, um mit Bill, ihrem neuen Freund, ein paar romantische Tage in den Bergen zu verbringen. Das opfert sie nun für uns beide.

Die Lebensmittel, die sie zu diesem Zweck besorgt hatte, gab sie mir ebenfalls mit. Ein dicker Kloß formt sich in meinem Hals, als ich daran denke.

Ich stelle alles in der Diele ab und entscheide, dass es das Beste ist, zunächst Neala ins Bett zu bringen. Um die Einkäufe kann ich mich später kümmern. Vorsichtig greife ich unter ihren zarten Körper, darauf bedacht, das Kuscheltier ebenfalls mit nach oben zu nehmen. Sie schlingt im Halbschlaf ihre Arme um meinen Hals und lässt sich mühelos aufnehmen. Langsam steigen wir die schmale Holztreppe nach oben, wobei jede Stufe böse knarrt.

Im ersten Stock befinden sich vier Schlafzimmer. Wenn ich mich recht erinnere, ist Eilidhs Zimmer hinter der zweiten Tür auf der linken Seite. Davor ihr großes Badezimmer. Ich stoße die erste Tür zu meiner Rechten auf. Dort haben Iona und ich als Teenager geschlafen. Es ist immer noch ein Schlafzimmer. Ich bin erleichtert. Ich lege Neala vorsichtig auf die fliederfarbene Tagesdecke des großen Doppelbettes in der Mitte des Raums. Eilidh hatte, solange ich denken kann, drei der Zimmer an Wanderer als Bed & Breakfast vermietet. Sie waren drei Kinder gewesen, Eilidh ist die Einzige, die noch lebt. Das Haus hatte ihren Eltern gehört.

Das Zimmer ist vorbereitet, als hätte es nur auf uns gewartet. Frisch gewaschene weiße Bettwäsche finde ich in dem großen Eichenkleiderschrank, Kissen und Decken in einer alten Truhe vor dem Bett. Zügig beziehe ich alles, ohne Neala zu wecken, und rolle sie dann sanft von der Tagesdecke, um kurz darauf ihren Kopf auf ein weiches, duftendes Kissen betten zu können. Die Stiefel habe ich ihr schon in der Diele abgestreift.

Mir fällt ein, dass ich keine Schlafanzüge für uns eingepackt habe. Die habe ich in der Eile vergessen. Wir werden nachts mit unserer Unterwäsche vorliebnehmen müssen. Es gibt definitiv Schlimmeres.

Nachdem ich Neala von ihren dicken Winterklamotten befreit habe und sie friedlich schlummern sehe, kehrt das erste Mal Ruhe ein, um über alles nachzudenken. Es gibt kein Zurück mehr. Ich werde mit meiner Tochter weggehen müssen. Ein neues Leben aufbauen. Dieses Haus ist nur eine Zwischenstation. Doch ich habe nicht den blassesten Schimmer, was genau ich tun sollte. Wohin würden wir fahren, und wie würde es dort weitergehen? Wie verschwindet man einfach so? Wie ist es ohne nebulöse Kontakte in diesem Land möglich, einen anderen Namen anzunehmen? Mein Auto – ich würde neue Nummernschilder brauchen. Oder ein neues Auto. Tränen schleichen sich in meine Augen. Ich habe keinen Plan. Schlimmer noch – mich beschleicht das Gefühl, dass mich die Situation dermaßen überfordert, dass ich kaum einen klaren Gedanken fassen kann.

Das ging schon los, als ich heute Nachmittag panisch bei Iona anrief. Wenn sie mir nicht besonnen dieses Haus angeboten hätte, wäre ich nicht einmal aus Crieff herausgekommen. Crieff, denke ich. Eigentlich so sicher und anheimelnd hier in den schottischen Highlands.

Ich bin die schlechteste Mutter der Welt, denke ich, bei einem Blick auf meine Tochter, und stehe auf, um den Seesack zu holen und die Einkäufe in den Kühlschrank zu stellen.

Eilidhs Cottage hat sich seit meinem letzten Besuch vor fünfzehn Jahren kaum verändert. Alles Holz im Haus ist grau gestrichen – die Treppe, die halbhohe Wandvertäfelung, die Einbauschränke. An der Wand, auf dem Weg nach unten, hängen noch dieselben wunderschönen Gemälde von der Isle of Skye, die ich früher schon so bewundert habe. Sehnsuchtsbilder einer einsamen Landschaft mit einem so strahlend blauen Himmel, dass er fast schwarz wirkt. Auf der Bank in der Diele liegen zwei Kissen mit keltischen Symbolen. Man fühlt sich wie in einer alten schottischen Burg, weil die Wand dahinter, die die Diele vom Wohnzimmer trennt, aus dunklen Granitbruchsteinen besteht, die aus dem Bergmassiv hinter dem Haus stammen könnten.

Willkommen zu Hause!, ruft dieses Cottage. Ein Heim, in das ich nach langer Zeit wieder zurückkehren darf. Fast wünschte ich, Eilidh wäre hier und würde mich und meine Tochter einhüllen mit ihrer Fürsorge.

Doch so, wie es ist, ist es am besten. Nur wir zwei, allein, fürs Erste. Dann muss niemand für uns lügen.

Ich orientiere mich einen Moment in der Küche und beginne, die Kiste auszuräumen. Iona war unglaublich selbstlos, als sie mir all das überlassen hat. Ich werde mich bei ihr angemessen revanchieren müssen.

Ein lautes Knacken aus der Diele lässt mich aufschrecken. Verdammt! Ich habe die Haustür nicht abgeschlossen. Was habe ich mir nur dabei gedacht? Mein Herz überschlägt sich, als ich mit angehaltenem Atem um die Ecke durch die Tür spähe. Da ist nichts.

Ein weiteres Knacken zischt durch den leeren Raum.

Dieses Mal kommt das Geräusch eindeutig von der Holztreppe. Neala! Mit zugeschnürter Kehle und Unmengen Adrenalin im Blut laufe ich in die Diele und sehe meine Tochter, wie sie auf der fünften Stufe steht und sich die Augen reibt.

»Schätzchen?«

»Mummy, was machst du?«

»Ich räume unsere Sachen aus, mein Schatz. Geh wieder schlafen.«

»Ich kann nicht. Du sollst bei mir sein.«

»Ich brauche hier noch ein paar Minuten. Geh schon mal hoch.« Während ich mit ihr rede, schließe ich die Vordertür ab.

»Nein. Bei dir bleiben«, presst sie mühsam hervor. Sie ist hundemüde. Neala kommt runter und drängt sich gegen mein Bein. Ihre kleinen, kräftigen Arme umschlingen es und halten mich fest. Ist es möglich, dass sich ein Kind ihres Alters schon um seine eigene Mutter sorgt? Ich weiß nur, dass es nicht so sein sollte.

»Okay, Mäuschen. Lass mich nur schnell die Lebensmittel in den Kühlschrank räumen. Den Rest mache ich morgen.«

Eigentlich wollte ich einen kleinen Rundgang durchs Haus machen, aber das schiebe ich auf morgen. Neala muss ins Bett. Ich beeile mich, das Nötigste wegzuräumen, damit nichts verdirbt, und begleite sie dann zurück in die Diele. Wir gehen gemeinsam mit dem Seesack nach oben.

Im Bett vergewissert sich Neala, dass ich bei ihr bin, und schläft sofort ein. Mich haben die letzten Minuten ein bisschen mitgenommen, weshalb ich den Schlüssel im Schloss drehe und damit zusätzlich die Schlafzimmertür abschließe. Anders könnte ich kein Auge zutun. Im Schein der Nachttischlampe packe ich unsere Sachen aus. Der große Kleiderschrank ist bis auf die Bettwäsche leer. Von unserem Zimmer geht ein winziger Raum mit Toilette und einem Waschbecken ab. Ein großes Badezimmer mit Dusche befindet sich für alle Räume auf dem Gang. Doch zum Zähneputzen für heute Abend reicht es völlig. Ich muss Neala nicht noch einmal allein lassen.

Nachdem ich zehn Minuten im Dunkeln gesessen und auf die Einfahrt geschaut habe, lege ich mich ebenfalls schlafen. Die eisige Highlands-Nacht wirkte beruhigend auf mich. Die weiße Landschaft reflektierte das wenige Licht der Sterne und des Mondes, sodass ich einen exzellenten Blick auf die Berge hatte. Doch das Panorama war nicht der Grund, weshalb ich aus dem Fenster gesehen habe. Meine Augen suchten nach Bewegungen in den Schatten, langsam näher kommenden Lichtern eines Autos oder Fußspuren vor dem Cottage. Unsere eigenen hat inzwischen eine frische Schneedecke zugedeckt. Doch in der kalten bläulichen Landschaft vor meinem Fenster kann ich nichts entdecken, nicht einmal ein Tier. Wir sind völlig allein hier, abgeschnitten von der Außenwelt. Ein weiteres Mal befriedigt mich dieser Gedanke. Abgeschnitten – zumindest was den Mobilfunkempfang angeht. Eilidh besitzt sicher ein Festnetztelefon.

Neala und ich werden unsere erste Nacht in Geborgenheit verbringen. Ich weiß überhaupt nicht mehr, wie sich das anfühlt. Nur langsam falle ich in einen traumlosen Schlaf. Mein Körper ist voller Adrenalin und braucht eine Weile, um Ruhe zu finden. Womöglich spüre ich deshalb kaum Schmerzen. Mein Geist kann nicht loslassen und entspannen. In was für eine gefährliche Lage habe ich meine Tochter nur gebracht? Ist es meine Schuld, wie er mich glauben lassen will, oder war diese Entwicklung unausweichlich? Ich schlucke meine Selbstzweifel herunter und akzeptiere unser Schicksal. Das war schon immer meine Stärke. Morgen muss und werde ich eine Lösung finden.

Am nächsten Morgen öffne ich schlagartig meine Augen und nehme einen tiefen Atemzug, als wäre es mein erster nach dieser Nacht. Es ist schon hell. Neben mir schläft Neala, noch selig in ihre Decke gekuschelt. Ganz leise schleiche ich mich aus dem Bett und schließe die Tür zum Flur auf. Es ist Zeit für eine ausgedehnte Dusche. Wenn ich mich beeile, kann ich mit dem Frühstück fertig sein, bevor Neala wach wird.

Nachdem ich mich angezogen habe, gehe ich in die Küche hinunter und suche mir die Zutaten für Pancakes zusammen. Meine Tochter wird sich freuen, wenn ihr Weihnachtsurlaub mit diesem süßen, klebrigen Gebäck beginnt. Wir könnten es uns beide im Wohnzimmer vor dem Fernseher gemütlich machen und einen Trickfilm schauen. Das machen wir selten. Sie wird begeistert sein.

Nachdem ich den Teig angerührt habe, öffne ich die Tür zum Wohnzimmer, um Sirup und Teller rüberzutragen. Zwei Schritte trete ich in den Raum hinein, dann stürzen die Teller aus meinen schlaffen Händen zu Boden. Die Flasche Ahornsirup folgt ihnen und lässt mich zusammenzucken bei dem Geräusch, als sie die harten Steinfliesen trifft. Auf der Couch sitzt ein zusammengesunkener Körper.

2

SKYE

Auf der Couch kauert Eilidh. Ich kann ihr Gesicht nicht sehen, weil ihr Kopf nach vorn gesunken ist, doch ich erkenne sie sofort. Die kurzen, lockigen, grauen Haare, der kräftige Nacken. Sie trägt, genau wie damals, eines ihrer farbigen Twinsets, eine Hose aus festem Tweed und unter dem rechten Schlüsselbein die silberne Brosche mit einem keltischen Knoten. Um ein Haar hätte ich geschrien. Reflexartig schlage ich mir die Hand vor den Mund. Mit den Augen suche ich den Raum ab. Mit angehaltener Luft lausche ich in die Nachbarräume. Wie lange sitzt sie schon hier? Was ist passiert? Sie ist tot, oder nicht? Ich trete zaghaft näher. Sie wirkt völlig leblos. Ich werde sie anfassen müssen, um es herauszufinden. Mit pochendem Herzen trete ich näher.

»Eilidh?«

Sie hätte schon auf das herabfallende Geschirr reagieren müssen. Langsam strecke ich eine Hand nach ihr aus, ziehe sie aber zurück, bevor ich sie berühren kann. Was mache ich da? Der ganze Raum schreit mir entgegen, dass sie tot ist. Diese Stille – die vollkommene Abwesenheit einer zweiten Person, obwohl sie vor mir sitzt. Ich habe mich nie einsamer gefühlt. Ich sehe sie vor mir, doch ihre Seele ist nicht hier. Da ist nur diese Hülle. Ein alter, schlaffer Körper, der seinen Zweck erfüllt und ausgedient hat. Hastig taste ich nach meinem Handy in der Gesäßtasche meiner Jeans. Kein Balken – nur ein kleines rotes Kreuz an der Stelle, wo normalerweise die Stärke des Netzes angezeigt wird. Was habe ich mir nur dabei gedacht, es wie üblich in die Tasche zu stecken. Das ist hier oben vollkommen nutzlos.

Das Festnetz! Der Apparat steht am Fenster auf einem kleinen separaten Tisch aus Nussbaumholz. Mit wenigen Schritten bin ich da und will nach dem Hörer greifen, als das ohrenbetäubende Schrillen des Apparats mein Herz stolpern lässt. Laut atme ich aus und wieder ein. Das plötzliche Adrenalin lässt mich zittern. Fahrig angele ich mir den Hörer.

»Hilfe«, ist das erste Wort, das mir einfällt.

»Was?«, höre ich eine erschrockene Stimme am anderen Ende. »Skye, ist alles in Ordnung?« Es ist Iona. Oh, Gott!

»Ja. Nein.« Wie soll ich es ihr sagen, ohne sie zu Tode zu erschrecken?

»Ja.«

»Was ist los?«

»Du hast mich erschreckt.« Ich muss es ihr schonend beibringen. Was sage ich nur? Ich hatte selbst noch keine Gelegenheit, mir ein Bild zu machen.

»Okay?«

»Ich stand gerade neben dem Telefon, als du anriefst. Der Apparat ist so laut gestellt, dass man ihn noch unten an der A82 gehört haben muss. Neala schläft noch«, schiebe ich zur Erklärung nach. Jetzt Ruhe bewahren! Ich sage es ihr einfach ganz sachlich.

Iona lacht. »Tante Eilidh ist inzwischen ziemlich taub.«

»Verstehe.«

»Ich wollte hören, wie es euch geht.« Sie klingt sehr besorgt. Oh, Iona!

»Uns geht es sehr gut, wirklich.«

»Du hast sicher keinen Empfang auf dem Handy. Das ist auch besser so. Schalt es aus und lass vielleicht auch besser das Radio aus.«

»Was?« Zunächst habe ich mich nicht auf unser Gespräch konzentriert, weil ich immer wieder zu Eilidh gesehen habe. Ich kann Iona unmöglich am Telefon davon berichten. So etwas sollte man persönlich machen. Ich hätte erst einen Krankenwagen rufen müssen, und sie dann bitten zu kommen.

»Höre bitte keine Nachrichten. Das beunruhigt dich und die Kleine nur.«

»Wieso?«

»Er hat die Polizei eingeschaltet. Die suchen nach euch«, höre ich meine Freundin am anderen Ende der Leitung sagen.

»Das ist nicht dein Ernst?«

»Leider ja. Ich hätte auch nicht gedacht, dass er so ein hohes Risiko eingeht. Doch wie es aussieht, weiß er genau, was er tut. Das war das Beste, was er machen konnte. Jetzt stehen sie auf seiner Seite.«

Der Boden unter meinen Füßen bewegt sich. Wie ein harter Schlag trifft mich die Erkenntnis, dass ich zu lange damit gewartet habe, zur Polizei zu gehen. Die Misshandlungen, nach denen er mich immer wieder überzeugen konnte, bei ihm zu bleiben, hätte ich dokumentieren sollen. Nur habe ich nie daran gedacht, dass es notwendig sein würde. Ich habe überhaupt nicht gedacht.

»Ich hätte früher den Mund aufmachen sollen«, sage ich laut.

»Mach dir keine Vorwürfe. Schuld ist der Scheißalkohol.« Iona flucht gern. Besonders, wenn sie in Rage ist. Bei ihrem unschuldigen Äußeren, den langen, seidigen, schwarzen Haaren, mit Schulmädchen-Pony und den riesigen Rehaugen traut man ihr das gar nicht zu. »Er hat sich verändert. Früher war er ein ganz anderer Mensch. Du konntest nicht wissen, wie sich alles entwickelt.«

War er das oder war ich nur blind für das, was ich nicht sehen wollte?

Eine Szene blitzt vor meinem geistigen Auge auf. Wie er bei einem Konzert von der Seite von einem Betrunkenen angerempelt wurde. Er hat daraufhin sein Bier verschüttet, was den Betrunkenen im Nachhinein einen Schneidezahn gekostet hat, weil er so wütend zurückschlug und ihn mit seinem Siegelring traf. Eine Szene, die mich damals schon erschreckte, die ich jedoch für einen Ausrutscher meines ebenfalls betrunkenen Mannes hielt, der sonst so liebevoll und sensibel sein konnte.

»Verdammt! Was mache ich denn jetzt?« Tränen laufen mir übers Gesicht. Iona schweigt.

»Kein Mensch wird mir jetzt noch glauben!« Ich schließe meine Augen. Ich bin verzweifelt. Diesen Mann habe ich einst geliebt. Da ist es doch natürlich, dass man ihm eine zweite Chance gibt, wenn er sich mal danebenbenimmt. Er hatte ja gerade seinen Job verloren, sein Vater war gestorben und er trank zu viel. Das ist viel zu verkraften, habe ich mir gedacht. Ich hielt es für verständlich, dass er mit diesem Leidensdruck mal aus der Haut fuhr, er mich demütigte oder ihm die Hand ausrutschte.

In diesem Moment schäme ich mich in Grund und Boden für meine Naivität. Zu Beginn wehrte ich mich und sagte ihm meine Meinung. Ich ließ es dann darauf beruhen, weil er sich immer sofort entschuldigte, sobald er nüchtern war. Doch irgendwann wurden seine Attacken grausamer und härter. Auf die eine oder andere Weise habe ich den Absprung verpasst. Er machte mir Angst. Die Entschuldigungen blieben aus, und wenn ich von Scheidung sprach, wies er mich auf ein geteiltes Sorgerecht hin und fragte mich, ob ich gut schlafen könne in der Zeit, in der Neala bei ihm wäre. Wann habe ich den Punkt versäumt, an dem mein Mann sich in ein Monster verwandelt hat?

Das alles trug sich schon vor einem Jahr zu. Seitdem vollführte ich einen ständigen Eiertanz, stetig bemüht, ihn nicht zu reizen. Wir beide arbeiten derzeit in demselben Hotel in Crieff, was es schwerer macht, sich tagsüber aus dem Weg zu gehen. So sehr ich mich bemühe, jede Provokation zu vermeiden, er findet dennoch einen Grund, mir wehzutun. So auch gestern. Mein Äußeres wäre zu aufreizend für meinen Job. Er sähe darin meinen Wunsch, von einem wohlhabenden Hotelgast bemerkt zu werden, der mich aus dieser Ehe herausholte, in der ich nicht mehr sein wollte.

Ich arbeite in der Kinderbetreuung im Kids-Club als Nanny für die unter Dreijährigen und habe dort hauptsächlich mit übermüdeten Eltern, vorzugsweise Müttern zu tun. Dieses Detail interessierte ihn nicht. Ihm war es eher ein Anliegen, meinen wunden Körper unsere Treppe herunter zu prügeln.

»Lass dir ja nicht einfallen, die Bullen zu rufen. Denk lieber daran, was mit deiner Tochter geschieht, wenn du nicht mehr da bist«, hatte er gesagt und war an mir vorbeigegangen.

Das war gestern gewesen. Betäubt und in die Ecke gedrängt, habe ich nach dem Kerzenleuchter gegriffen, der neben der Treppe auf einem kleinen Tisch stand und ihm den über den Schädel gezogen. Keine Ohrfeigen mehr, kein aggressives Schubsen, wenn ich im Weg stand, keine verbale Demütigung, kein Piesacken, kein Drohen. Das hatte nichts mit seinen üblichen Angriffen gemein und es würde auch nicht mehr vorkommen, schwor ich mir in diesem Moment. Das erste Gefühl, als er zusammensackte, war Befriedigung. Er hatte es zu weit getrieben, meinen Beschützerinstinkt als Mutter aktiviert. Das zweite Gefühl war Angst. Wenn sie mich wegen Verdachts auf Totschlag verhafteten, käme Neala in ein Heim oder zu fremden Menschen. Weder ich noch Sean haben noch Familie.

Voller Panik tastete ich nach seinem Puls und fand ihn. Dann rief ich Iona an. Sie war immer die Besonnenere von uns beiden. Die Strategin. Schon in der Schulzeit, wenn ich vor meinem ersten Date Muffensausen kriegte oder mit ihr für meine mündliche Prüfung in der Ausbildung büffelte. Sie sagte, er würde niemals zur Polizei gehen. Nicht, nachdem er mich so sichtbar verdroschen hätte. Suchen würde er höchstens nach uns. Also sollte ich erst einmal verschwinden und Gras über die Sache wachsen lassen. Ich war geflohen und nicht zur Polizei gegangen. Wer würde meine Version jetzt noch glauben?

»Du könntest es versuchen«, sprach sie in meine Gedanken hinein. »Sie werden deine blauen Flecke sehen.«

»Und was, wenn das nicht reicht? Er hat ebenfalls eine Wunde, die er vorzeigen kann. Sieht nach häuslichem Ehestreit aus, wenn du mich fragst. Er könnte Neala kriegen. Das Risiko kann ich nicht eingehen. Noch einmal gelingt mir die Flucht nicht. Dafür wird er schon sorgen. Was hat er denen erzählt?«

Iona schluckt hörbar. »In den Nachrichten heißt es, du hättest deinen Mann niedergeschlagen und dann die gemeinsame Tochter entführt.«

»Oh, Gott! Und mit jeder Stunde, die ich nicht darauf reagiere, wird es wahrer werden.«

»Das Wort kann man nicht steigern. Das weißt du.«

»Echt jetzt?«

»Schon gut. Bleib ruhig, Skye. Wir lassen uns was einfallen. Ihr bleibt erst mal dort. Ich melde mich, wenn ich eine Idee habe. Vielleicht rufst du doch die Polizei.«

»Sie wissen doch sicher längst, dass du meine beste Freundin bist«, wimmere ich in den Hörer.

»Eben. Deshalb rufe ich auch von der Arbeit, vom Anschluss meiner Kollegin aus an. Ich melde mich wieder. Okay, Süße? Halte durch! Wir kriegen das hin.«

Ich nicke stumm. Iona arbeitet im Krankenhaus.

»Nicht weinen! Hörst du? Du musst für Neala stark bleiben.«

»Das mache ich.« Mein Blick fällt nach einer ganzen Weile erstmalig wieder auf Eilidh. Wie kann ich jetzt noch einen Arzt rufen, wenn man inzwischen nach mir sucht? Dann ist es sofort aus, und ich verliere Neala. »Iona?«

»Ja?«

»Ich hab dich lieb«, schluchze ich. »Danke dir.«

»Gern geschehen. Das wird schon.«

Ich selbst bin mir dessen beim Anblick ihrer toten Tante nicht so sicher. Dann legen wir beide auf, und ich überlege, was ich mit Eilidh anstellen könnte, bevor Neala runterkommt.

Die Zeit läuft.

Es ist ein Wunder, dass sie noch nicht neben mir steht. Zunächst muss ich mir Eilidh ansehen. Sie sieht nicht aus, als wäre sie unglücklich gestürzt. Je näher ich trete, umso mehr verliert sie ihren Schrecken. Im Haus herrscht völlige Stille. Draußen hat der Wind aufgefrischt. Mit kräftigen Böen treibt er den pulvrigen Schnee der letzten Nacht gegen das Wohnzimmerfenster.

Eilidhs Haut ist grau und eingefallen. Irre ich mich oder ist sie von einem unangenehmen Geruch umgeben? Ich neige mich ein Stück zu ihr runter, doch es reicht nicht. Ich muss ihren Kopf anheben. Die Zeit sitzt mir im Nacken, also beiße ich die Zähne zusammen und drücke ihre Stirn ein Stück nach oben. Der erwartete Schock bleibt aus. Sie sieht aus, als wäre sie einfach eingeschlafen. Die Augen geschlossen, um sie nie wieder zu öffnen.

Die Vorratskammer hinter dem Haus fällt mir ein. Ein Anbau, der von der Küche aus begehbar ist, und in dem das ganze Jahr angenehm kühle Temperaturen herrschen. Er wurde direkt zwischen Haus und Felsen gesetzt, ist nicht beheizt und hat jetzt höchstens ein paar Grad über null. Meine beste Option.

Ich gehe in die Küche und schließe die Tür zu dieser Kammer auf. Strom gibt es hier nicht, doch mithilfe des Tageslichts kann ich Eilidhs Vorräte sehen. Ein paar Kisten Wasser und Limonade stehen dicht am Felsen, der in großen Teilen durch die dunklen Granitsteine der Wand ragt. Die nehme ich mit in die Küche. Den Platz werde ich brauchen.

Im Wohnzimmer greife ich Eilidh unter die Arme, ohne nachzudenken. Sie schmiegt sich augenblicklich an mich und ein unangenehmer Schauer rauscht mir über den Rücken. Ein angewidertes Stöhnen verlässt meine Lippen, wofür ich mich noch im selben Augenblick verfluche. Neala darf mich so nicht sehen.

Eilidh ist schwerer, als ich gedacht habe, und lässt sich beinahe nicht hochziehen. Es ist nicht so einfach, sie zwischen Couch und Tisch herauszubugsieren. Nach einigen Anstrengungen schleife ich sie Richtung Küche, während ihre Hacken auf dem alten Knüpfteppich ein Geräusch verursachen, das mir eine Gänsehaut macht – wie Fingernägel auf einer Schultafel. Keuchend lehne ich sie gegen den kalten Felsen in der Kammer und atme erleichtert aus. Jetzt raus hier!

Als Neala später nach mir ruft, habe ich die Pancakes gebacken und den Tisch gedeckt. Allerdings in der Küche. Mir ist die Lust darauf vergangen, vor dem Fernseher zu essen. Wie durch ein Wunder hat die Flasche mit dem Ahornsirup den Sturz überlebt, und so hat diese grausige Entdeckung keinerlei Einfluss auf unser gemütliches Mutter-Tochter-Frühstück.

»Mummy? Ich möchte nachher einen Schneemann bauen.«

Neala stopft sich zufrieden ein weiteres Stück Pancake in den Mund und sieht mich mit großen leuchtenden Augen an. Sie trägt ihren samtenen blauen Sweater mit Hedwig vorn drauf – die weiße Eule aus der ›Harry Potter‹-Geschichte.

»Na, klar! Das machen wir gleich nach dem Frühstück.« Hier oben wird uns niemand sehen, füge ich im Geiste hinzu. Das Haus liegt zu weit von der Straße weg, den Hügel hinauf.

Bisher hatte ich mir nur Gedanken darüber gemacht, ob er uns finden würde. Nun muss ich fürchten, dass ein Bild von mir veröffentlicht wurde, das jeden Einwohner Schottlands zu einem Risiko für uns werden lässt.

Nach dem Essen ziehe ich Neala warm an, und wir gehen nach draußen. Der Wind bläst stark und inzwischen haben sich einige Schneeflocken darunter gemischt: kleine, garstige Dinger, die wie Nadeln auf meinen gereizten Wangen stechen. Die Temperaturen sind niedriger als gestern. Der Wind treibt dicke Wolkenpakete vor sich her, die hin und wieder Sonnenstrahlen durchlassen. Auf den weißen Bergen zu beiden Seiten des Tals jagen, immer dunkler und dichter, die Schatten der Wolken einander. Wie ein schlechtes Omen schließt sich die Wolkendecke endgültig.

Das ist der Moment, in dem ich Neala bitte reinzugehen. Drinnen lasse ich ihr eine Badewanne ein. Ich schäle Kartoffeln, während sie sich in Eilidhs Badezimmer aufwärmt.

Einer Eingebung folgend, lege ich das Messer beiseite und gehe in Eilidhs Schlafzimmer hinauf. Ihr Bett ist gemacht und eine geblümte Tagesdecke liegt darauf. Die Vorhänge sind geöffnet und lassen das letzte Tageslicht hinein. Vor ihrem Kleiderschrank liegt ihr Koffer. Sie hatte schon gepackt. Oder hatte es gerade vor. Ich öffne ihn. Wie erwartet findet sich darin sommerliche Kleidung, passend für eine Kreuzfahrt.

Ich lasse die Finger über ein seidenes Sommerkleid gleiten. Mir war gar nicht bewusst, dass Eilidh so etwas besitzt – korallenrot, mit zarter Spitze am Ausschnitt. Ich sehe sie wieder vor mir sitzen, im Wohnzimmer, in ihrem Kaschmir-Twinset. Hastig ziehe ich meine Hand zurück. Ich dürfte überhaupt nicht hier sein. Das ist respektlos. Ich fühle mich wie ein Eindringling im Leben eines anderen. Die Tatsache, dass wir uns kannten und ich mich derzeit in einer Notlage befinde, gibt mir nicht das Recht, hier herumzuschnüffeln. Schnell verschließe ich den Koffer wieder und rolle ihn zurück an den Punkt, an dem er eben lag. Ich frage mich, was passieren wird, wenn sie herausfinden, dass ich hier war, Eilidh gefunden, aber nicht gemeldet habe.

Wird man meine prekäre Lage verstehen? Meine Sicht der Dinge? Was wird Iona denken? Es ist völlig ausgeschlossen, dass sie mein Hiersein verschweigt, sollten Neala und ich weiterreisen. Nicht, nachdem sie erfahren hat, dass ich ihre tote Tante in den Vorratsraum gelegt habe, um nicht entdeckt zu werden und Zeit zu gewinnen. Werde ich meine beste Freundin verlieren? Wieso hat eigentlich noch niemand Eilidh vermisst? Was passiert, wenn Leute ihre Kreuzfahrt nicht antreten? Wahrscheinlich gar nichts. Eine E-Mail und das war's. Der Hinweis, dass eine Erstattung der Reisekosten ausgeschlossen ist. Wenn Iona nicht die Reise für Eilidh gebucht hat, wird sie nicht so schnell davon erfahren, dass sie nicht losgefahren ist.

Ich gehe wieder zurück in die Küche, nachdem ich kurz nach Neala gesehen habe. Sie spielt quietschvergnügt in der Wanne. Ich kann sie unmöglich zusammen mit einer Leiche im selben Haus wohnen lassen. Auch nicht für ein paar Tage. Es muss schnellstens eine Lösung her, sonst wird später ihr ganzes sauer verdientes Geld für den Psychiater draufgehen, wenn sie erwachsen ist.

Während ich die Hühnerbrust brate, zerbreche ich mir den Kopf, wie wir hier wegkommen können. In der Waagschale liegen: die Wahrheit zu sagen, auf die Gefahr hin, Neala diesem Schwein auszuliefern. Oder von hier zu verschwinden in der Hoffnung, nicht erkannt zu werden. Bei dieser Variante besteht dasselbe Risiko. Ich könnte meine Tochter verlieren. Wenn ich recht darüber nachdenke, hat Sean nichts gegen mich in der Hand. Iona hat recht. Ich könnte genauso selbstbewusst sein und ihn anzeigen. Sein Wort steht gegen meines. Außerdem sprechen meine blauen Flecken eine eindeutige Sprache.

Doch selbst, wenn sie mir Neala nicht wegnehmen, wie könnten sie mich vor ihm schützen? Wir wären nirgends vor ihm sicher. Ich habe keine Beweise gegen ihn in der Hand. Nichts, das ihn für immer hinter Gitter bringen würde. Ich habe nie mit jemandem über die Zwischenfälle gesprochen. Wütend darüber, dass er mich genau da hat, wo er mich wollte - ohnmächtig am Spielfeldrand -, schwenke ich zu energisch die Pfanne hin und her und verbrenne mir mit Fettspritzern den Unterarm.

Ich kann es drehen und wenden, wie ich will. Es gibt keine perfekte Lösung. Jeder Weg birgt ein Risiko. Komme, was wolle, ich werde für mein Kind kämpfen. Hierzubleiben stellt momentan das geringste Risiko für Neala da. Außerdem weiß sie nichts von dem Leichnam im Vorratsraum. Wir werden auf diesem Pfad bleiben. Und mit der Zeit wird mir schon etwas einfallen.

Ein Klopfen zerreißt die Stille, in die ich eben mit meinem letzten Gedanken hinabgeglitten bin.

Es kommt von der Eingangstür.

3

ERIN

Ich kann nicht glauben, dass ich mich von Allison habe überreden lassen mitzukommen. Sie ist so ein selbstsüchtiges Miststück und interessiert sich für niemand anderen als sich selbst! Sie sieht in ihren Moonboots nach diesem Gewaltmarsch wie eine frisch gekrönte Après-Ski-Königin aus. Ich hingegen, der die Haare nass an der Stirn kleben, deren Knie von dem Sturz vorhin mit Flecken übersät sind, stinke vor Anstrengung in diesen wenig atmungsaktiven Sachen wie ein Iltis. Wie schafft sie es nur, dass ihr langes blondes Haar trotz des starken Schneefalls immer noch seidig glänzt, als wäre sie von Walt Disney gezeichnet worden? Ich mag meine Wollmütze überhaupt nicht abnehmen. Ich sehe darunter vermutlich aus, als hätte ich einen Helm getragen. Seit einer Stunde juckt die Wolle an der Stirn so stark, dass ich pausenlos an der gereizten Haut gekratzt habe. Inzwischen blüht mit Sicherheit ein Ausschlag an der Stelle.

Allison klopft ein weiteres Mal an die Tür des Cottages. Dieses Mal energischer und mit ein bisschen Ungeduld, wie ich finde. Als nichts passiert, dreht sie sich zu uns um, hebt die Augenbrauen und die Arme, und erinnert mich sofort an das ratlose Emoji auf meinem Handy. Es sieht ihr tatsächlich ein bisschen ähnlich mit den seidigen blonden Haaren und den strahlenden, großen Augen. Möglicherweise war das Emoji nur nicht so mies drauf. Allison ist eindeutig ›not amused‹. Gelangweilt sieht sie auf ihr Handy, das sie aus der Tasche ihres Anoraks gezogen hat, und stöhnt.

»Fuck! Hier ist immer noch kein Empfang. Man sollte doch meinen, dass dort, wo die Leute ihre Häuser bauen, auch Handy-Empfang herrscht.«

»Ich vermute mal, dass dieses Haus etwas älter ist als der Sendemast in der Umgebung, meine Liebe«, korrigiert sie Colin und grinst. Ich mag es, wie er ihr Kontra gibt. Allerdings finde ich, dass er weniger charmant hätte sein können.

Plötzlich öffnet sich die Tür hinter Allison, die ihr inzwischen den Rücken zugekehrt hat, und eine junge Frau guckt uns an. Ich schätze sie auf Ende zwanzig, vielleicht Anfang dreißig, wenn sie sich gut gehalten hat. Sie hat ein dickes Veilchen unter einem Auge, was das Erste ist, das mir ins Gesicht springt.

»Ja?«, fragt sie fast zaghaft. Ich habe beinahe ein schlechtes Gewissen, sie zu stören. Sind wir da in einen Ehekrach geraten?

»Entschuldigen Sie die Störung.« Jamie weicht von meiner Seite und schiebt Allison ein wenig, wie ich finde, fast zärtlich, nach rechts, um mit der Frau zu sprechen. Er muss erkannt haben, dass sie für einen Moment sprachlos ist. Ich kann es ihr nachempfinden, doch muss ich mit Häme hinzufügen, dass so etwas selten passiert.

»Wir wollen Sie nicht stören, aber unser Freund hier ist vorhin ziemlich gestürzt und da unser Wagen etwa ... pfff ... zwei Stunden in diese Richtung steht ...« Er deutet Richtung Glencoe. »Und der Handy-Empfang hier oben quasi nicht existiert ...« Allison rollt mit den Augen. »Wir hatten gehofft, bei Ihnen telefonieren zu können.«

Mein Mann lächelt sie freundlich an und ich kann genau erkennen, was in seinem Kopf vorgeht: Hoffentlich haben die hier ein Festnetz.

Sie scheint zu zögern. Für mich nicht weiter verwunderlich. Uns allen ist es mittlerweile peinlich, in eine hässliche Eheszene hineingetappt zu sein. Vermute ich zumindest. Für Allison kann ich nicht sprechen. Ich weiß nicht, wie weit ihre Fantasie reicht.

»Natürlich«, sagt sie und öffnet die Tür weiter. Das überrascht mich schon ein wenig, allerdings kann ich sehen, dass sie ihren Kopf ein wenig nach unten nimmt und uns nicht mehr direkt ansieht, während sie aus dem Weg geht.

Jamie und Allis Mann Lennox nicken ihr dankend zu und tragen den fußlahmen Colin rein, der stützt sich auf die Schultern der beiden und hat den linken Fuß angezogen. Er lässt sich direkt neben der Tür auf eine Bank fallen. Man kann ihm die Erleichterung ansehen. Die letzte Stunde muss anstrengend gewesen sein.

Ein angenehmer Duft nach frischem Essen strömt mir in die Nase, während ich zögerlich eintrete und mich verstohlen umschaue. Nett hat sie es hier, auch wenn es ein wenig altbacken eingerichtet ist. Beinahe wie bei meiner Großmutter, dabei ist sie doch in unserem Alter.

»Mummy?«

Am oberen Ende der Holztreppe, steht plötzlich ein kleines Kind – ein Mädchen, denke ich. Sie ist splitterfasernackt und hat ein Handtuch in der Hand. Auf ihren Schultern findet sich noch Badeschaum und ihre Haare tropfen.

»Süße! Geh dich abtrocknen! Bitte entschuldigen Sie«, sagt die Frau an uns gewandt und stürzt an mir vorbei, die Treppe hinauf. Allison kichert und verzieht das Gesicht in meine Richtung.

»Das Telefon steht im Wohnzimmer. Dort vorn durch die Küche. Dann sehen Sie es sofort. Ich muss eben ...« Sie bleibt wie erstarrt auf der Treppe stehen. »Warten Sie. Ich zeige es Ihnen schnell.« Dann geht sie unnötigerweise wieder an uns vorbei, voraus, durch einen kleinen Raum, der offenbar die Küche ist. Dort brutzelt das Essen auf dem Herd, mit köstlichem Duft. Ich höre meinen Magen laut knurren.

»Dort hinten«, sagt sie zu Lennox und Jamie, die ihr dichtauf gefolgt sind, und wartet ab, bis einer von ihnen den Hörer abhebt. Etwas hin- und hergerissen, so kommt es mir vor, geht sie an mir vorbei und eilt dann wie der Wind die Treppe hinauf.

»Hat sie Angst, dass wir ihr Inventar mitgehen lassen?«, fragt Allison, in meinen Augen viel zu laut. Lennox geht zu ihr, legt seinen Arm um ihre Hüfte und sagt: »Kannst du es ihr verübeln? Du siehst eben aus wie eine sexy Elster.«

Allison wirft ihm einen gelangweilten Blick zu. Während Jamie wählt, stehen Allison, Lennox und ich hinter ihm und sehen uns den Raum an. Es ist kuschlig hier. In der Ecke steht ein geschmückter Weihnachtsbaum, der altmodischen Schmuck trägt, wie ihn meine Eltern zu Hause haben. Auf dem Kamin befinden sich silbern gerahmte Bilder. Manche in Schwarz-Weiß. Das lässt mich vermuten, dass mehr als zwei Generationen in diesem Haus leben.

»Vielleicht hat sie ja ihren Ehemann erschlagen und unter die Couch gerollt«, sagt Allison mit einem Zwinkern in meine Richtung. Ich kann mich gerade so beherrschen, nicht nachzusehen. Endlich hat Jamie Erfolg.

»Hallo? Ja. ... wir sind es. ... nein ... wir stecken fest. Colin ist gestürzt. ... nein ... gestürzt.« Er sieht mich an, als wäre derjenige am anderen Ende der Leitung plemplem.

»Was ist denn los?«, frage ich.

»Ich versuche Gregor zu erklären, was los ist, aber da ist so ein verdammtes Knattern in der Leitung, dass nur jedes dritte Wort von ihm bei mir ankommt und ihm geht es offensichtlich genauso.«

»Das war heute Morgen noch nicht der Fall.« Ihre Stimme klingt hinter uns plötzlich so laut und klar, dass wir alle augenblicklich zusammenzucken. Ich frage mich, wie lange sie dort schon steht.

»Ich habe heute morgen noch telefoniert und da war alles einwandfrei. Tut mir leid, aber Handys haben hier keinen Empfang.«

»Das ist der Schneesturm«, sagt mein Mann. »Ich hoffe, ich kann unserem Freund noch erklären, was los ist. Irgendwer muss uns abholen.«

Insgeheim hoffe ich das auch so langsam. Ich fühle mich hier überhaupt nicht wohl.

»Gregor? Kannst du uns abholen und zu unserem Wagen fahren? Gregor? ... Ja. Abholen.« Er nimmt den Hörer vom Ohr. »Wo sind wir hier«, fragt er die Frau. Ich meine zu sehen, wie sie schluckt, doch vermutlich bilde ich mir das nur ein. Dass sie nicht begeistert ist, fünf Fremde in ihrem Wohnzimmer stehen zu haben, die festsitzen, finde ich verständlich.

»Machair Cottage in der Heather Lane«, antwortet sie.

Jamie wiederholt das Gesagte gegenüber Gregor am Telefon. »Ja. Die geht von der A82 ab zwischen Devil's Staircase und Glencoe irgendwo. Gib es einfach ins Navi ein. Ja ... ich danke dir.«

Erleichtert legt er auf.

»Kommt er?«, fragt Lennox.

»Ja. Er macht sich gleich auf den Weg. Kann allerdings ein bisschen dauern. Er sagt, er ist in Fort William.«

»Oh.« Der Laut kommt von unserer Gastgeberin.

»Ja. Das ist ein Weilchen. Bei schönem Wetter etwa eine dreiviertel Stunde, doch in diesem Schneechaos – ich befürchte, es wird noch mindestens zwei Stunden dauern, bis er hier ist. Wir können so lange draußen warten«, sagt Lennox.

»Eher drei, bei dem Glatteis«, mischt sich Jamie ein.

»Das ist nicht dein Ernst? Du willst, dass ich mir zwei oder vielleicht drei Stunden dort draußen in der Wildnis den Arsch abfriere?«, herrscht Allison ihren Mann an. Mir steigt die Galle hoch, auch wenn ich ihren Einwand nachvollziehen kann.

»Schätzchen, wir können die Gastfreundschaft dieser netten Frau nicht unendlich überstrapazieren. Es ist nicht ihr Problem, wenn wir beschließen, einen Tag vor Heiligabend eine Schneewanderung zu machen. Sie hat sicher eigene Pläne.«

Alle drehen sich bei diesen Worten um und sehen sie an. Ein bisschen tut sie mir leid, auch wenn ich wirklich nicht mehr zurück in die Kälte will. Das ist ja beinahe Nötigung. Etwas kratzig in der Stimme sagt sie: »Sie können natürlich gern hier warten, wenn Sie möchten. Ich habe gerade Essen für mich und meine Tochter gemacht. Allerdings wird es nicht für fünf ... tut mir leid. Ich könnte ihnen aber ein paar Sandwiches machen.« Sie sieht etwas unsicher in die Küche.

Herrgott, wir werden der armen Frau noch die Weihnachtsvorräte wegfuttern. Vor den Feiertagen wird es ihr nicht mehr möglich sein, einkaufen zu fahren.

»Machen Sie sich keine Umstände«, sagt Jamie. »Wir brauchen nichts. Vielleicht ein Schluck Wasser, wenn Sie haben, aber wir halten durch, bis unsere Rettung naht. Oder, Leute?«

»Ja, klar«, kommt zaghaftes Gemurmel aus allen Ecken des Raumes. Ich kann Allison ansehen, dass sie mit dem Ausgang dieses Gespräches nicht einverstanden ist. Ich wette, sie hätte sich liebend gern von der Fremden bedienen lasen, als wäre sie Kundin im ›Four Seasons‹ und die Frau eine Kellnerin.

»Dann warten Sie doch gern hier im Wohnzimmer. Ich bin übrigens Skye. Meine Tochter heißt Neala. Ich würde ihr gern schnell etwas zu essen geben. Getränke bringe ich gleich rüber, okay.«

War das gerade ein Zögern in ihrer Stimme, als sie sich vorgestellt hat?

»Gern«, sage ich. »Ich bin Erin.« Ich reiche ihr die Hand. »Das dort drüben am Telefon ist mein Mann Jamie. Wir wohnen in North Ballachulish, unser Freund Colin da draußen kommt aus Fort William. Allison und Lennox hier sind aus London zu Besuch über die Feiertage.« Oh, Gott, Colin. Den haben wir einfach im Flur sitzen lassen. Ich gehe zur Küchentür und spähe um die Ecke. Er sieht aus, als wäre er eingeschlafen auf seiner Bank. Er wirkt erledigt. Erleichtert kehre ich zurück.

»Dann kennt ihr die Gegend etwas?«, fragt Skye zaghaft.

»Nicht wirklich«, mischt Jamie sich ein. »Colin kommt von hier und wir sind vor ein paar Wochen ebenfalls an den Loch Leven gezogen. Ursprünglich wohnten wir alle in London.«

Ich finde, das brauchte er nicht extra erwähnen. Sie wird hören, dass wir keine Einheimischen sind.

»Erin und ich wollen am See ein Haus kaufen und würden gern eine Frühstückspension eröffnen.«

»Oh, was für ein Zufall. Meine ...« Skye stockt. »Das ist ziemlich üblich, hier oben, nicht wahr? Ich mache schnell das Essen. Bitte entschuldigt mich.«

Als sie gegangen ist, zerre ich den Reißverschluss meiner Winterjacke nach unten und reiße sie mir förmlich vom Leib. Ich schwimme inzwischen im eigenen Saft. Hier drin ist es so warm wie in einer finnischen Sauna. Die dicken Winterstiefel würde ich ebenfalls gern loswerden. Es ist mir unangenehm, dass wir alle Pfützen auf Skyes Teppich machen.

Jamie tut es mir gleich und bringt seine Schuhe nach draußen in die Diele. Nur Allison tut nichts dergleichen. Sie betrachtet stattdessen die Form ihrer Gelfingernägel, die sie passend zu den Feierlichkeiten in Kirschrot trägt. Ihre Hände stecken immer noch in den schicken weißen, nie dreckig werdenden Strick-Fingerlingen, die draußen im Schnee völlig nutzlos sind, aber ihre perfekt manikürten Nägel präsentieren.

Hier drinnen in der Hitze müsste dieses Lammwollkleidungsstück für übermäßige Wärme sorgen, doch Allison zeigt nirgends nur den kleinsten Schweißtropfen auf ihrer Haut. Was ist nur los, mit den Drüsen dieser Frau?

»Sollten wir nicht Colin wecken? Ich glaube, er ist draußen im Flur eingeschlafen«, frage ich.

»Lass ihn sitzen. Der tankt wieder Kraft und ist nachher ganz der Alte«, antwortet Lennox. Auch er ist dabei, sich die warmen Sachen auszuziehen. Seine liebe Allison lässt sich gelangweilt auf die Couch plumpsen, als wäre sie hier zu Hause oder zumindest in einem Hotel, wo ihr jemand ihr Zeug hinterherräumt. Ich finde, sie hätte zumindest ihre Outdoorhose auf Dreckspritzer überprüfen können, bevor sie Gefahr läuft, die Einrichtung einer völlig Fremden einzusauen.

»Ich kann nur hoffen, dass Gregor sich beeilt. Ich will heute Abend noch in den süßen Pub unten an der Straße.« Allison meint eine Gaststube direkt bei uns um die Ecke, die sie für sich entdeckt hat, weil die blutjungen Kellner sie dort mit den Augen ausziehen.

»Ich fürchte, mein Schatz, du kannst froh sein, wenn du heute überhaupt hier wegkommst.«

Wir drehen uns alle erschrocken um. Hinter uns steht Colin in der Tür. Er ist offenbar aufgewacht und hat sich aus seinen Wanderschuhen geschält. Nun steht er auf Socken da und belastet nur einen Fuß.

»Was meinst du damit? Es ist doch noch früh am Tag.« Allison macht große Augen.

»Hast du mal rausgeschaut? Du kannst die Hand nicht vor Augen sehen, so ein Sturm wütet dort.«

Und tatsächlich. Erst jetzt bemerke ich, wie laut der Wind dort draußen in der letzten halben Stunde geworden ist. In diesem Cottage ist es so kuschlig, die Fenster so klein, da habe ich nicht darauf geachtet. Jetzt trete ich näher an eine Scheibe, die zur Straße zeigt, und blicke auf eine weiße Wand. Die Luft ist voller Schnee, Berge in der Ferne nicht mehr erkennbar. Immer wieder wackelt das Glas durch eine Böe, die Luftmassen gegen das Fenster peitscht. Ich spüre eine Berührung an meinen Hüften und zucke zusammen. Es ist Jamie, der sich dicht hinter mich gestellt hat und nun ebenfalls hinausschaut.

»Das sieht nicht so aus, als würde Gregor es mit seinem Fiat Panda bis hier hoch schaffen«, sagt er.

»Er fährt einen Fiat Panda? Wie zur Hölle sollen wir dort alle reinpassen?«, fragt Allison entgeistert. Klar, dass sie das Haar in der Suppe entdeckt.

»Er muss uns doch nur bis zu unserem Auto bringen. Das klappt schon, und wenn ich in den Kofferraum gehen muss«, antwortet Jamie gelassen. Ich kann Allison regelrecht mit den Augen rollen hören.

»Vielleicht können wir das Stück bis zur Hauptstraße laufen. Dort ist es doch sicherlich geräumt.« Ich schaue ihn an. Seine Hände ruhen auf meinen Hüften.

»Das bezweifle ich. Wir können es aber natürlich versuchen. Wir müssen abwarten, wie weit Gregor kommt und ihn notfalls noch mal anrufen. Bis dahin müssen wir hier alle miteinander klarkommen.«

Ich schlucke. Nicht nur wegen der Vorstellung, dass wir hier kurz vor Heiligabend festsitzen könnten, sondern auch wegen des Drucks seiner Hände, der in den letzten Sekunden stärker geworden ist.

4

ALLISON

Ich glaube, Erin hat Stress mit Jamie. Sie ist schon den ganzen Tag genervt, und wenn man die beiden zusammen sieht, wirkt sie stocksteif. Wenn ich gewusst hätte, dass wir unsere Freunde dabei beobachten dürfen, wie sie ihre Eheprobleme nach außen tragen, dann wäre ich in London geblieben. Ein kleiner Hinweis hätte völlig genügt. Ich hätte zu Bowmans Party morgen Abend gehen können. In High Heels, nicht in den dicken Winterschuhen, die man für Schottland in dieser Jahreszeit braucht. Ich wette, Lennox bereut es genauso wie ich, dass wir hierhergefahren sind, würde das aber nie zugeben. Seine Freunde sind das Wichtigste auf der Welt, auch wenn sie einem den ganzen Spaß verderben. Mir sind sie natürlich ebenso wichtig, obwohl sie genau genommen Lennox Freunde sind. Wir haben ein paar wilde Partys zusammen gefeiert, vor Jahren, doch Erin und Jamie ist deutlich anzumerken, dass sie sich verändert haben. Das ist im Grunde ja auch gut so. Sie leben jetzt ländlich, deutlich ruhiger und wollen eine Familie gründen. Zumindest nehme ich das an. Erin hält sich immer ziemlich bedeckt, wenn man sie etwas in der Richtung fragt.

Dass wir jetzt in dieser Hütte festsitzen, ist die Krönung unseres Besuches. Wenigstens konnte ich abwenden, dass wir für die paar Tage auf Erins und Jamies Couch einquartiert werden. Wir haben uns ein nettes Hotelzimmer im Ort genommen, wo wir uns zurückziehen können, wenn uns nach Privatsphäre ist. Das ist das Gesündeste, wenn man will, dass die Freundschaft länger hält. Selbst Lennox hat das eingesehen. Aus dem Alter für Übernachtungspartys bin ich raus, und ich bin nicht scharf darauf, meine Detox-Maske vor den Augen meiner Freunde aufzulegen.

Vom Regen in die Traufe – nun sitzen wir hier aufeinander und ich habe nicht einmal frische Unterwäsche dabei, sollten wir übernachten müssen, von einer Zahnbürste mal ganz zu schweigen.

Ich hoffe, dass dieses Erlebnis Lennox von seiner Schnapsidee heilt, hierherzuziehen. Ich weiß nicht, was ihn geritten hat, über den Vorschlag von Erin auch nur eine Sekunde nachzudenken. London war schon immer unser Pflaster. Und da wir beide keine Kinder wollen, gibt es überhaupt keinen Grund, das schöne Leben dort aufzugeben und in die Highlands zu ziehen, wo die Menschen allein in den entlegensten Winkeln wohnen. Diese Skye ist doch das beste Beispiel. Sie ist etwa in unserem Alter, hat aber offensichtlich früh ein Kind bekommen und lebt hier in dieser ältlich eingerichteten Bruchbude, ohne Handy-Empfang. Ich kann nur hoffen, dass sie Internet haben.

Dass wir abwarten müssen, bis wir etwas von Gregor hören, macht mich wahnsinnig. Ich wünschte, er könnte uns seinen Standort schicken, damit wir zumindest ein Gefühl dafür bekommen, wie weit er entfernt ist.

»So, da ist das Wasser.« Skye tritt mit einem Tablett, fünf Gläsern und einer Karaffe mit Wasser ein. Sie sieht reichlich nervös aus. Ich vermute, sie bekommt hier oben selten jemanden zu Gesicht.

»Danke schön.« Ich nehme mir eines herunter und lächle sie an. Das Veilchen unter ihrem Auge ist ziemlich dunkel. Kann noch nicht so alt sein, vermute ich. Wie hat sie sich das nur zugezogen? Einen Ehemann habe ich nicht entdeckt. Ist das nicht komisch, dass man bei einer Frau immer gleich den Gatten in Verdacht hat, wenn sie ein blaues Auge trägt? Bei Männern hingegen denkt jeder erst einmal an eine Kneipenprügelei und fragt sich, wie der andere aussehen mag, und wer wohl als Sieger aus dem Kampf hervorgegangen ist. Geht das nur mir so? Sind das die Erfahrungen, die ich selbst machen durfte, die mich so prägen? Da war Alistair auf dem College, der mich in der gemeinsamen Wohnung immer eingeschlossen hat, wenn er nach einem Streit wegmusste. Und dann Callub, dem die Hand ausrutschte, weil ich beim Einsteigen in seinen roten Sportflitzer mit dem Reißverschluss meiner Jeans seinen Lack zerkratzt habe. Beide Typen haben als Freunde nicht überlebt, doch versuchen kann man es ja mal, nicht wahr?

Tatsächlich würde ich sagen, dass Lennox der einzige Mann in meinem Leben ist, der mit mir je auf Augenhöhe war. Wir wollen beide das Gleiche. Wir sind uns selbst genug, lieben das Reisen, haben Spaß daran, neue Menschen kennenzulernen, und unterstützen den anderen jeweils bei seiner Karriere. Ich möchte behaupten, dass ich ein glückliches Leben führe, zumindest, wenn ich es unter Kontrolle habe. Was heute eindeutig nicht der Fall ist.

Die Situation mit Colin vorhin war haarig. Ich weiß immer noch nicht genau, was passiert ist. Ich hatte die Aussicht bewundert und wenige Sekunden später sah ich ihn im Schnee liegen. Gott sei Dank hat er sich nichts gebrochen. Doch vielleicht hätten wir besser versucht, zum

Auto zurückzukommen, als in diese Hütte zu stolpern. Der Marsch war zwar doppelt so lang, aber dann wären wir jetzt schon auf dem Rückweg.

»Ruf doch Gregor bitte noch einmal an und frage, wo er gerade steckt. Die Warterei macht mich verrückt«, sage ich zu Jamie.

»Schatz, es ist gerade einmal zehn Minuten her, dass wir mit ihm telefoniert haben«, sagt Lennox mit leiser Stimme zu mir.

»Aber ihr habt ihm diese Nummer nicht gegeben. Was ist, wenn er uns etwas sagen will. Möglicherweise hat er später auch keinen Empfang mehr.« Das ist gar nicht so unwahrscheinlich. Ich kann nicht sagen, ab wann sich mein Handy verabschiedet hat. »Woher wissen wir dann, ob er durchkommen wird oder nicht? Wir wollten doch auch vor zur Straße laufen.«

»Ist das wirklich eine gute Idee, Liebes? Guck dir diesen Sturm an. Nach ein paar Metern wirst du nicht mehr wissen, aus welcher Richtung du gekommen bist. Ich habe heute nicht noch einmal vor, in den Fluss zu fallen.« Colin verzieht das Gesicht und deutet auf seinen Knöchel. Dann geht er in die Küche zu dieser Skye, die dort mit ihrer Tochter sitzt. Ich schätze, er bereitet sie darauf vor, dass wir eine Weile bleiben müssen. Ich frage mich, ob der Ehemann nur im Obergeschoss geblieben ist, weil er keine Lust auf Fremde hatte. In meiner Vorstellung trägt er nur eine Jeans und ein Feinrippunterhemd und sitzt vor dem Fernsehgerät im Schlafzimmer. Aber nicht auf die coole John-McClane-Art, sondern eher trailerparkmäßig. Gut, das ist doch ein bisschen weit hergeholt.

»Skye?«, rufe ich Richtung Küche.

»Ja?«

»Wo ist dein Ehemann?«

Warum sollte ich nicht fragen?

Aus der Küche schlägt mir Stille entgegen. Auch hier im Wohnzimmer ist es still geworden. Erin sieht mich gequält an. Ich habe sie zusammenzucken sehen, als ich meine Frage gestellt habe. Was zur Hölle ist die Tage nur mit ihr los? Sie war mal so entspannt, als ich sie kennenlernte.

»Er ist nicht hier mit uns. Er ist zu Hause geblieben. Wieso fragst du?« Sie ist aufgestanden. Ich kann Stuhlbeine hören, die über Steinfliesen schrammen. Sie kommt ins Wohnzimmer und spricht mit gedämpfter Stimme weiter. »Er hat andere Verpflichtungen, weshalb ich mit Neala heute allein bin.«

»Dann wohnt ihr überhaupt nicht hier?«

»Nein. Wir haben das Haus gemietet. Wir nutzen es als Ferienhaus.«

Das erklärt natürlich einiges. »Ihr feiert Weihnachten getrennt?«

»Nein«, antwortet sie. »Er wird morgen zu uns kommen. Wir sind schon etwas früher hergefahren, weil ich freihatte und er nicht. So einfach ist das.« Sie lächelt, als wäre ihr gerade erst aufgegangen, wie einfach das ist.

»Dann drücken wir ihm mal die Daumen, dass er gut durchkommt. Muss er weit fahren?«, will Jamie wissen.

»Nein. Nicht wirklich. Er wird es schon schaffen, da bin ich ganz sicher. Entschuldigt mich bitte.« Ich nicke. Sie entfernt sich so schnell, dass ich fast annehmen möchte, sie hat etwas gegen uns. Ein weiteres Mal hoffe ich, dass wir bald Kontakt zu Gregor aufnehmen können.

Ich folge ihr in die Küche. »Skye, bitte entschuldige noch mal. Kann ich vielleicht dein Badezimmer benutzen?« Es dauert einen Moment, dass sie antwortet.

»Natürlich. Es ist oben der erste Raum gegenüber der Treppe auf der linken Seite.«

Ich lächle sie an und stelle dabei fest, dass sie ziemlich hübsch ist. Das ist mir erst nicht aufgefallen, doch wie sie in der Küche sitzt und das dämmrige Licht ihre roten lockigen Haare fast golden färbt – sie beherrscht den ganzen Raum. Ich wette, dass ich nicht die Erste bin, der diese Magie auffällt.

Am Ende der Treppe biege ich rechts ab. Ich lande in einem kleinen Zimmer, in dem ein Plüschpinguin auf dem Bett sitzt. Die Kissen und Decken sind zerwühlt und es ist eindeutig, dass hier zwei Personen geschlafen haben. In der Ecke liegt eine alte Reisetasche, aus der einige Kleidungsstücke lugen. Alles zerknittert und achtlos hineingestopft. Ich für meinen Teil würde mich wohler fühlen, wenn die Sachen glatt auf einem Bügel im Schrank hängen würden, aber da sind die Ansprüche der Menschen ja verschieden. Mehr private Dinge sind nicht zu entdecken. Der Raum erfüllt wahrscheinlich schon immer die Funktion eines Gästezimmers. Er wirkt so praktisch auf mich.

Das Zimmer dahinter ist eine komplette Kopie des ersten Raumes. Ich bleibe neugierig und öffne die dritte Tür auf dieser Flurseite. Auch hier: ein Doppelbett, ein Kleiderschrank, zwei Nachttische. Sogar die Tagesdecke ist die gleiche, die ich im zweiten Zimmer gesehen habe. Auf der anderen Seite des Flures gibt es nur zwei Räume. Nach kurzem Blick bestätigt sich – das erste ist das Badezimmer.

Trotzdem schließe ich die Tür wieder leise und gehe in das Zimmer daneben.

Das ist so völlig anders. Hier scheint tatsächlich eine Person zu leben. Ein leicht süßlicher Duft hängt in der Luft. Ich kann ihn nicht so richtig zuordnen. Er kommt mir definitiv bekannt vor. Neben einem großen Doppelbett liegt ein Koffer. Möglicherweise sind dort die Sachen von Skye und ihrem Mann drin. Sie werden bestimmt dieses Zimmer beziehen, wenn er eingetroffen ist.

Ich trete ein paar Schritte in den Raum hinein. Eine seltsam beruhigende Stimmung geht von ihm aus. Ich weiß nicht recht, was es ist. Die penibel aufgezogene Tagesdecke, die auf Hochglanz polierten Möbel – Kirsche, wenn ich mich nicht irre -, die strahlend weißen Vorhänge, akkurat mit jeder einzelnen Falte ausgerichtet. Es ist unglaublich heimelig hier. In der Zimmerecke befindet sich eine Öffnung im Boden – kreisrund, die mit einem Geländer umgeben ist. Das sieht spannend aus. Ich gehe darauf zu und stelle fest, dass hier eine Treppe nach unten ins Erdgeschoss führt. Wie in einem Schloss. Was diese alten Häuser doch für interessante Details haben! Ein großer Kamin befindet sich an der Außenwand. Darauf stehen viele Fotos. Ich streiche mit der Hand über ein paar der Silberrahmen – kein Fünkchen Staub. Jetzt weiß ich, woran mich dieser Raum erinnert und weshalb ich mich gleich so wohl gefühlt habe. Es ist wie in dem Haus meiner Großmutter, dem einzigen Menschen, bei dem ich mich jemals geborgen gefühlt habe, in meiner Kindheit.

Ich schlucke das enge Gefühl in meinem Hals weg und drehe mich um. Dort steht Skye mit verschränkten Armen.

»Kann ich dir helfen?«

Wenn man eines über mich sagen kann, dann, dass ich mich nicht aus der Ruhe bringen lasse, wenn es darauf ankommt.

»Wo sagtest du, ist das Bad? Nicht dass ich aus Versehen noch einmal in den falschen Raum tappe.« Ich lächle sie gewinnend an. Sie sieht unentspannt aus.

»Es ist der zweite Raum«, erwidert sie frostig.

»Entschuldige. Ich bin so ein Dummerchen.«

Darauf erwidert sie nichts. Muss sie auch nicht. Ich weiß, welchen Eindruck die Leute von mir haben.

»Also, dann danke. Ich werde dann mal zur Toilette gehen.« Ich gehe entspannt an ihr vorbei und lächle unschuldig. Was ist ihr Problem? Es ist doch verständlich, dass ich wissen will, mit wem wir es zu tun haben. Sie kommt mit einem derart großen Veilchen an die Tür, ist aber angeblich allein. Was, wenn sich hier oben jemand versteckt hätte, bis wir wieder weg sind? Sie sollte froh sein, dass ich dem auf den Grund gehen will. Möglicherweise können wir ihr ja helfen.

Das Badezimmer duftet nach frischem Schaumbad. Das liegt sicherlich daran, dass ihre Tochter gerade gebadet hat. Ich finde die Flasche mit Badezusatz am Wannenrand und schnuppere daran. Hmmm. Heide mit wilden Beeren. Das vertreibt sofort die Kälte aus meinen Knochen. Ich habe eine Schwäche für gute Düfte. Am liebsten mag ich diese Duftkerzen, die sie hier oben in jedem Touristenshop feilbieten, als würde man ein Stück schottisches Land mit ihnen erwerben. Bei meinem letzten Beutezug habe ich mir fünf neue Düfte gegönnt. Zumindest etwas Positives, das ich von unserem Besuch mit nach Hause nehmen werde. Sollten wir in die Verlegenheit kommen, hier oben noch länger zu bleiben, werde ich mir ein Bad mit einem Schwapps aus dieser Flasche gönnen.

Als ich wieder nach unten komme, sehen mich alle aus großen Augen an. Ich vermute, Skye hat eine Bemerkung gemacht, anders kann ich es mir nicht erklären. Da ich es noch nie eingesehen habe, auf Gerüchte reagieren zu müssen, ignoriere ich die allgemein angespannte Stimmung und setze mich neben Colin. Er ist reichlich still seit einigen Stunden, was ihm überhaupt nicht ähnlich sieht.

»Was ist eigentlich aus deiner Freundin geworden. Mein Süßer? Sollten wir die Frau nicht endlich einmal kennenlernen?«

Colin sitzt neben Skye und verschluckt sich bei meinen Worten. Er hat beinahe sein Wasser wieder ausgespuckt.

»Ich weiß nicht, was du meinst.« Sein Blick geht nur kurz zu mir und bleibt dann wieder an Skyes grünen Augen hängen. Verdammt, ist die Frau ein Klischee!

»Ich dachte gerade an die Telefonate, die du gestern versucht hast zu führen. Wenn ich mich nicht täusche, steckt eine Frau dahinter. Ich habe ja abwarten wollen, bis du uns davon erzählst. Lennox meinte, du würdest schon irgendwann damit hervorkommen, aber jetzt sitzen wir hier fest, und ich würde mich über eine romantische Geschichte freuen. Was meint ihr?«

Ich drehe mich zu Jamie und Erin um und werde geradezu mit bösen Blicken erschlagen. Offenbar ist heute jedem eine Laus über die Leber gelaufen. Diese klaustrophobische Hütte und der Sturm da draußen setzen nicht nur mir zu, wie es aussieht.

»Tut mir leid, Allison. Da täuschst du dich. Ich habe versucht, meinen Bruder zu erreichen. Hat nicht geklappt. Er wird mich zurückrufen, wenn er es sieht.«

»Gott, wie langweilig! Ich hatte auf etwas pikantere Details gehofft. Hast du denn nicht vor, dich so langsam mal zu binden? Du bist doch schon Ende dreißig, oder? Es ist unfair, dass ihr Männer bei so etwas nie unter Zeitdruck geratet.«

Er hebt entschuldigend die Achseln und schickt mir sein Eisbrecherlächeln. Ich weiß nicht, wie er es geschafft hat, so lange Junggeselle zu bleiben. Als Lennox ihn mir vor etwa fünf Jahren vorgestellt hat, habe ich ihn mir ganz genau angesehen. Wäre ich nicht in festen Händen und glücklich gewesen, hätte ich Jagd auf ihn gemacht. Aber inzwischen ist mir klar, dass wir nicht zusammenpassen. Wir sind uns zu ähnlich. Er geht selbst gern auf die Jagd und lässt sich im Gegenzug ungern als Trophäe in den Schrank stellen. Auch wenn er sich dort sehr gut machen würde. Unser Colin ist ein Schmuckstück. Ein eitles Schmuckstück, wie ich vermute. Das wäre mir zu kompliziert. Er ist sich seiner Wirkung auf Frauen ganz genau bewusst und er setzt sie geschickt ein. Mir steht eher der Sinn nach einem Mann, der mich auf einen Sockel stellt. Colin sucht das Gleiche. Das macht uns zu perfekten Kumpels.

Erin ist eifersüchtig auf das Verhältnis, das ich zu unserem Finanzberater Schrägstrich Freund habe. Sie versucht ebenfalls, diese Leichtigkeit ihm gegenüber an den Tag zu legen, die für mich natürlich ist. Doch es gelingt ihr nicht. Ich weiß, sie findet ihn scharf, will es sich aber nicht eingestehen. Armer Jamie! Neben Colin wirkt er wie sein Buchhalter. Dabei ist es quasi umgekehrt.

Ich gehe zu Lennox, der am Fenster steht und ins Weiße hinausstarrt. Er ist heute nicht er selbst. Es muss am Wetter liegen, dass alle ein bisschen überdreht sind. Ich kenne meinen Mann deutlich lauter und aktiver. Er wirkt müde und ausgebrannt. Man kann es ihm nicht verdenken, immerhin hat er Colin mit seinem verletzten Fuß die letzten Kilometer bis hier heraufgeschleppt. Jamie hingegen fand immer wieder eine Ausrede, weshalb er dabei nicht unterstützen könne.

Meine Augen folgen Lennox leerem Blick, während ich mich an seine Seite schmiege. Er sieht aus, als würde er ein Problem wälzen. Ich werde ihn nicht danach fragen. Jeder Mensch hat doch seine Geheimnisse. Auch in einer Ehe, finde ich, sollte man sich die bewahren dürfen.

5

SKYE

Ich komme mir vor wie die Leiterin einer Frühstückspension. Selten habe ich so eine merkwürdige Runde aus Freunden getroffen. Sie wirkten wie eine Einheit, als ich sie das erste Mal draußen im Schnee gesehen habe. Doch beim Übertreten der Schwelle zu diesem Haus ließen sie nicht nur ihre warmen Sachen fallen. Es ist, als wollten sie nicht länger Katz und Maus miteinander spielen. Ich frage mich, was die fünf eint. Als Erstes ist mir Erin aufgefallen. Sie ist die Unscheinbarste im Quintett und doch sticht sie mir sofort ins Auge. Sie gibt kaum ein Wort von sich, macht jedoch den wachsten Eindruck von allen. Sie ist nicht in sich selbst zurückgezogen. Eher schüchtern oder vielleicht vorsichtig? Sie erinnert mich ein wenig an mich selbst und die Art, wie ich mich das ganze letzte Jahr verhalten habe. Ich denke, dieser Frau entgeht nichts. Ich werde sie genau im Auge behalten müssen.

Natürlich kann ich die Leute nicht rausschmeißen und der Kälte überlassen. Ich hätte ihnen anbieten können, mein Auto zu nutzen. Allerdings ist meine Angst zu groß, dass jemand das Nummernschild melden könnte, wenn er es wiedererkennt. Das Risiko ist für Neala und mich ohnehin schon groß genug. Einer von ihnen wird früher oder später darüber stolpern, dass wir gesucht werden und der Polizei dann den Tipp geben, wo wir zu finden sind. Es ist ein Wunder, dass sie mich bisher noch nicht erkannt haben. Möglich, dass sich die Suche nach uns derzeit auf

Crieff und außerhalb der Highlands begrenzt. Wer würde schon vermuten, dass wir uns zu dieser Jahreszeit in die Berge absetzen.

Es ist auf jeden Fall von Vorteil, dass diese Leute fast ausschließlich aus London kommen. Wenn sie bald dorthin zurückkehren, könnten Neala und ich unerkannt davonkommen.

Mittlerweile frage ich mich, wie lange es noch dauert, bis man die Leiche von Eilidh riecht. Ich habe keine Ahnung von so etwas. Ich hoffe, sie verschwinden bald wieder, sodass ich mich mit Neala ebenfalls absetzen kann. Selbst wenn ich wollte, der Schneesturm verhindert inzwischen, dass ich mein Auto von hier sehen kann. Bei so einem Wetter sollte ich nicht versuchen, mit Neala die A82 anzusteuern.

Ich mache drei Kreuze, dass der Schlüssel zur Vorratskammer sicher in meiner Hosentasche steckt. Wäre dem nicht so, wäre ich vorhin aus der Haut gefahren, als ich die Blondine in Eilidhs Zimmer erwischt habe. Ich bin mir sicher, sie gehört zu dem Typ Frauen, die ein Nein nicht gewohnt sind. Ihr schlimmstes Erlebnis bisher war bestimmt, als man ihr bei ›Starbucks‹ anstelle eines Americanos einen Latte gegeben hat. Sie wird mir Trinkgeld spendieren, wenn sie von hier verschwinden. Natürlich nur, wenn ich mich gut anstelle. Andernfalls gibt es eine schlechte Bewertung bei Google.

Ich verziehe das Gesicht, während ich in meinem Hühnchengericht herumstochere. Dieses Essen hatte ich mit Neala genießen wollen. Jetzt ist sie nervös aufgesprungen, um oben mit ihrem Pinguin zu spielen, und ich sitze zwischen lauter Fremden fest, die mich beäugen, als käme ich vom Mars.

»Du hattest andere Pläne.«

Ich zucke zusammen. Dieser Colin hat mich die ganze Zeit beobachtet und muss meine Grimasse gesehen haben. Augenblicklich werde ich rot.

»Ach, wir hatten keine Pläne.«

Er lacht, als hätte er mich bei einer Lüge erwischt. »Fünf weitere Gäste zum Dinner sind kein Pappenstiel. Ich kann dich verstehen.« Er hält die Rückseite seiner Hand neben den Mund, als wollte er mir ein Geheimnis anvertrauen. »Dieser Haufen ist auch nicht einfach, so viel kann ich dir verraten.« Dann zeigt er heimlich auf seine Freunde. Das bringt mich zum Lachen.

»Was machst du beruflich, darf ich das fragen?«

Ich wüsste nicht, warum ich darüber nicht reden sollte. Es spielt keine Rolle. »Ich arbeite in einem Hotel in der Kinderbetreuung. Wir spielen mit den Kindern, wenn die Eltern mal eine Auszeit brauchen, malen mit ihnen, legen sie zum Mittagsschlaf und essen gemeinsam.«

Ein Lächeln spielt um seine Mundwinkel. Irgendwie freut mich das. Es ist schön, sich mit einem netten Mann zu unterhalten. Ja, er sieht gut aus, doch das spielt keine Rolle. Ich kann mir nicht vorstellen, einem Mann jemals wieder so viel Vertrauen entgegenzubringen, dass er Gefühle bei mir wecken kann.

»Was machst du?«, frage ich, um das Thema in sichere Bahnen zu lenken.

»Ich bin unabhängiger Finanzberater in Fort William. Da lernt man viele interessante Menschen kennen.«

»Du meinst Menschen mit Geld.«

»Das auch.« Wieder dieses Lächeln. »Manchmal entwickeln sich daraus auch Freundschaften.« Er deutet mit seinem Kopf zu den beiden Paaren.

»Ich hätte gedacht, dass ihr euch vom College oder so auf jeden Fall schon recht lange kennt. Ihr geht so vertraut miteinander um.« Ich bin überrascht. Eine geschäftliche Beziehung ist der Kit zwischen diesen Menschen.

»Für Jamie und Lennox trifft das auch zu. Sie kennen sich … warte … ich vermute, schon immer.« Er lacht. Ja, der Mann hat eindeutig Charme.

»Ich hab Jamie vor vielen Jahren kennengelernt und er hat schließlich Lennox dafür begeistert, mit mir zu arbeiten. So bin ich irgendwie in diese illustre Runde gestoßen. Aber keine Angst. Sie sind alle schwer in Ordnung, auch wenn sie Neurotiker sind.« Er zwinkert.

»Wen nennst du hier Neurotiker?«

Allison setzt sich zu uns. Ich habe nach der kurzen Zeit, die ich sie kennenlernen durfte, schon ein konkretes Bild von dieser Frau. Sie schaut, ohne zu blinzeln, eine ganze Weile auf meine Hand, die die Kaffeetasse hält.

»Darf ich dir auch einen Kaffee anbieten?«, rutscht mir über die Lippen. Augenblicklich presse ich die zu einem schmalen Strich. Ich habe es ihnen nicht zu gemütlich machen wollen, und nun bin ich gezwungen aufzustehen und die Frau ein weiteres Mal zu bedienen, während sie sich in den Mittelpunkt unseres Gespräches drängt. Colin irrt sich. Allison ist alles andere als jemand, der seine Ängste überspielt. Die ist aus härterem Holz geschnitzt.

»Du bist ein Schatz!«, erhalte ich als Antwort, die mir als harter Brocken im Hals stecken bleibt.

»Mit Milch und zwei Stücken Zucker, bitte.«

»Natürlich.«

Mit dem Kaffee geht sie zu ihrem Mann, um den zu überzeugen, wieder ihren Freund anzurufen. Ich kann das nur unterstützen. Ich klammere mich nach wie vor an den Strohhalm, dass die Straßen am Fuße des Berges geräumt sind, das Wetter abdreht und eine Abreise kurz bevorsteht. Immerhin habe ich deutlich größere Probleme zu lösen. Was, wenn Iona anruft? Die Leute werden mich bestimmt nicht allein telefonieren lassen. So viel Anstand traue ich keinem von ihnen zu. Auch wenn dieser Colin nett ist, er spielt mit mir. Das kann ich sehen. Er versucht herauszufinden, wie weit er mich um seinen kleinen Finger wickeln kann.

Erfreulicherweise geht Erins Mann wieder zum Apparat und wählt eine Nummer. Es dauert eine ganze Weile, doch dann ist er erfolgreich. Ich höre ihn reden, kann aber dem Inhalt kaum folgen. Die meisten Worte verliert der Teilnehmer am anderen Ende. Mir ist klar, dass das nichts Gutes bedeutet.

Und tatsächlich schüttelt Jamie langsam den Kopf, als er den Hörer wieder auflegt. Ich fühle mich ohnmächtig.

»Er geht nicht davon aus, dass er es heute schafft. Sie haben die Straße ins Tal hinein komplett gesperrt. Die Räumfahrzeuge kommen nicht hinterher und konzentrieren sich derzeit auf die Orte. Dort muss die Hölle los sein. Er sagt, in Fort William ist es deutlich wärmer als hier oben, da hat es dafür Eisregen gegeben. Er kommt nicht einmal mehr zu Fuß voran. Den Leuten wird geraten, zu Hause zu bleiben. Auf den Straßen gab es etliche Unfälle. Gregor meint, ständig hört man irgendwo eine Sirene, aber auch die Rettungswagen sind dem Chaos auf den Straßen nicht mehr gewachsen. Es ist leider so. Skye? Ich möchte dich bitten, darüber nachzudenken, ob wir hier eine Nacht bleiben dürfen, bis sich der Sturm gelegt hat. Ich weiß, es ist noch nicht einmal Abend, aber derzeit geht keiner davon aus, dass es vor morgen Abend vorbei ist.« Er kommt auf mich zu und sieht mich bittend an.

»Was heißt ›bitten‹, Jamie. Nichts für ungut, Skye, aber ich fürchte, du hast uns auf dem Hals. Wo sollten wir sonst hin?« Allison zuckt mit den Schultern und rollt mit den Augen.

Bei diesen Worten bin ich geneigt, Nein zu sagen. Jamie hatte zumindest den Anstand, so zu tun, als hätte ich eine Wahl. Ich wette, er ist Geschäftsmann und weiß, wie er Menschen in dem Glauben lässt, eine Entscheidung selbst getroffen zu haben, obwohl es seine war. Allison hingegen ist einfach nur unhöflich. In Erins Gesicht sehe ich deutlich, wie unangenehm ihr die Worte ihrer Freundin sind.

Also revanchiere ich mich: »Wenn es nicht anders geht, müsst ihr diese Nacht hierbleiben.«

Colin wirft mir einen eigenartigen Blick zu. Jamie nickt. »Danke dir. Wenn wir dir mit irgendetwas helfen können, sag gern Bescheid. Wir wollen nicht im Weg stehen.«

»In Ordnung.« Ich bin gespannt, ob alle Gäste das genauso sehen. »Ich habe glücklicherweise oben noch zwei Zimmer. Ich könnte sie euch zeigen. Oder möchtest du das eben schnell machen, Allison?« Während der Stille, die augenblicklich herrscht, ruhen Allisons Augen auf mir, als wollten wir uns in einem Blinzel-Duell messen.

»Nein, schon okay, Skye«, sagt sie völlig ruhig. »Wir folgen dir, wenn du so weit bist.«

Ich nicke und stehe auf.

»Miau«, höre ich hinter meinem Rücken. Das muss Colin gewesen sein. Er ist der Einzige, der dort sitzt. Ich weiß nicht, was mich am meisten ärgert: die Tatsache, dass ich mit einer Leiche und fünf Fremden diese Nacht unter einem Dach schlafen muss oder diese unmögliche Frau.

Als wir oben das Ende der Treppe erreicht haben, knipse ich den Lichtschalter an. Es ist erst früher Nachmittag, doch draußen ist es so duster geworden, dass man ohne Licht kaum etwas sieht. Dann zeige ich ihnen das große Badezimmer. »Ihr könnt gern unser Duschgel benutzen. Ihr habt ja nichts dabei. Der Raum am Ende auf der linken Seite ist privat und soll nicht betreten werden, ich möchte euch bitten, dort nicht hineinzugehen.«

Den Blick auf Allison kann ich mir nicht verkneifen. Mir kommt es so vor, als würde alles wie von Teflon an ihr abprallen. »Hier rechts schlafe ich mit meiner Tochter und die zwei Zimmer daneben könnt ihr beziehen. Colin, es tut mir leid, da du der einzige Single bist, kann ich dir nur die Couch anbieten.«

Er macht eine wegwerfende Geste und sieht zufrieden aus. Begeistert öffnen sie pärchenweise die Türen und lächeln mich an.

Lennox wendet sich an mich. »Sag mal, Skye, das ist ja viel besser, als wir zu hoffen gewagt hatten. Ich hätte mich mit ein paar Decken und einem abwechselnden Nachtlager auf der Couch zufriedengegeben. Aber das ist ja wie in einem Bed & Breakfast. Vielen Dank!«

»Du vielleicht«, mischt sich seine Frau ein.

Ich frage mich, wie sie den Satz beenden will, doch sie tut es nicht. Stattdessen geht sie zum Bett, zieht sich endlich ihre klobigen Moonboots aus und pfeffert sie darunter. Danach setzt sie sich auf die Tagesdecke. Ich runzle die Stirn und frage mich, ob wir sie jetzt allein lassen sollen. Wie auch immer. Ich gehe mit Colin weiter zum letzten Zimmer, in das Erin und Jamie einziehen werden.

»Vielleicht lassen sie dich ja in der Mitte schlafen«.

Er knufft mich in die Rippen, während Erin mit hochrotem Kopf an ihm vorbeigeht.

»Das ist sehr großzügig von dir. Ich meine generell. Danke schön.« Er schaut mir direkt in die Augen und ich verliere mich für einen Moment.

»Mummy?« Meine süße Tochter holt mich dankbarerweise zurück in die Realität. Ich will schon losstürzen, da hält Colin mich am Arm fest.

»Du darfst dir nicht zu Herzen nehmen, was Allison sagt. Sie meint es nicht persönlich. Ich denke, sie ist eines Tages aufgewacht und hat sich vorgenommen, von nun an schonungslos ehrlich zu den Menschen zu sein. Das geht nicht gegen dich. Glaub mir! Ich wette, sie mag dich sogar.«

Ich ziehe die Augenbrauen hoch. Er grinst. »Glaub mir, jetzt nervt es dich, aber es wird der Moment kommen, wo dir diese Ehrlichkeit lieber ist als das oberflächliche Gerede anderer Leute.«

Wer's glaubt!

»Es ist schön zu sehen, dass es dir besser geht. Du humpelst kaum noch«, sage ich und drehe mich weg, um zu Neala zu gehen, die mit ihrem Plüschtier in der Hand in der Tür zu unserem Zimmer steht.

»Ich langweile mich, Mummy. Wieso haben wir kein Spielzeug mitgenommen und wann kommt Papa?«

Mir war klar, dass diese Frage kommen würde. Nur hatte ich gehofft, sie nicht vor Publikum beantworten zu müssen. Die Augen von Colin, Erin und Jamie sind auf mich gerichtet. Allison und Lennox haben sich zurückgezogen. Ich beschließe, die Lüge von vorhin weiter zu strapazieren. Was anderes bleibt mir ohnehin nicht übrig.

»Papa musste noch arbeiten und kommt erst morgen. Aber momentan wütet draußen ein starker Sturm, weshalb es ein bisschen dauern kann, bis er losfährt.«

»Ist Papa noch im Hotel?«

Ich spüre die Blicke in meinem Rücken und die Schweißperlen, die mir auf der Stirn wachsen. Ich möchte so wenig wie möglich aus meinem privaten Leben vor diesen Leuten ausbreiten. Irgendwann werden sie eins und eins zusammenzählen. Spätestens, wenn sie wieder fort sind und eine Tageszeitung kaufen oder Radio hören.

»Ja, mein Schatz. Das ist er. Eine Doppelschicht.«

»Was macht er?«, mischt Colin sich ein.

»Er arbeitet an der Bar oder veranstaltet Gin-Tastings, wenn die Gäste es gebucht haben. Wir sind vollständig ausgebucht und zu Weihnachten trinken die Leute mehr als gewöhnlich. Sein Kollege ist krank, was bedeutet, dass er alle Hände voll zu tun hat.« Das war nicht einmal gelogen.

»Können wir etwas spielen?«, fragt Neala.

»Na, klar. Entschuldigt ihr mich, bitte. Ich muss mich um meine Tochter kümmern. Sie hatte heute noch nicht so viel von mir.« Ich verstehe gar nicht, wieso ich mich so abmelde. Dies ist nicht das Hotel, in dem ich arbeite, doch seit einigen Stunden fühlt es sich so an.

»Selbstverständlich«, meldet sich Erin nach langer Zeit wieder zu Wort. »Kann ich vielleicht mitmachen? Zu dritt macht das Spielen mehr Spaß. Was meinst du, Neala. Wollen wir vielleicht Verstecken spielen?«

Zuerst lache ich, bis ihre Worte mein Gehirn erreichen. Dann zucke ich erschreckt zusammen. Als müsste er meine Worte von vorhin unterstreichen, heult der Wind auf, während er um die Hausecken fegt …

Dann fällt der Strom aus.

6

ERIN

Dieses Cottage ist Glück im Unglück, würde ich sagen. Trotz meines anfänglichen Misstrauens hat Skye sich als eine angenehme Gastgeberin entpuppt. Der wütende Ehemann war nur eine Einbildung von mir. Wahrscheinlich hat sie sich gestoßen. Die Zimmer sind besser, als wir es hätten erwarten können. Da hatte Lennox recht. Ich kann nicht sagen, dass es mir peinlich wäre, wie Skye mit Allison umspringt. Umgekehrt natürlich schon. Ich möchte so tun, als würde ich diese Leute nicht kennen – jedes Mal, wenn Allison den Mund aufmacht. Sie kann froh sein, dass Skye uns nicht vor die Tür gesetzt hat. Ich finde, das wäre ihr gutes Recht. Sturm hin oder her. Umso besser, dass wir bleiben dürfen, bis es vorbei ist.

Ich bin froh, dass Allison schon ihr Zimmer bezogen hat und uns fürs Erste in Ruhe lässt. Es ist von Vorteil, dass sie Skyes Bemerkung nicht gehört hat. Sie hat recht. Colin kommt mit seiner Verletzung inzwischen wunderbar klar. Ich frage mich, ob er es leid war, durch den Schnee zu stapfen, und diese Verletzung vorgetäuscht hat. Andererseits hätte er das sagen können, dann wären wir zum Auto zurückgelaufen.

Skyes Tochter ist wahnsinnig süß. Ich hoffe, eines Tages genauso ein Goldstück zu haben.

Als das Licht ausgeht, schreie ich fast laut auf. Ich weiß nicht, warum ich heute so nervös bin. Meine Nerven sind gespannt, dass sie zu reißen drohen. Skye beugt sich sofort zu Neala hinunter und beruhigt sie. Sie hat ganz große Augen bekommen. Ich hoffe, ich habe ihr keine Angst gemacht.

»Alles gut, mein Schatz«, sagt sie. »Das ist nur der Sturm. So etwas kann passieren. Wir gucken mal in der Küche, wo die Kerzen sind, okay?«

Sekunden darauf öffnet Allison die Tür. »Das Licht ist aus.«

Sie ist wie immer von der schnellen Sorte.

»Der Strom ist ausgefallen«, erwidert Jamie.

»Und jetzt?«

»Ich werde ein paar Kerzen suchen«, sagt Skye.

»Ich helfe dir«, höre ich Colin sagen. »Hat dieses Haus ein Notstromaggregat?«

»Da bin ich ehrlich überfragt.«

»Ich komme mit und schaue mal.« Er geht an mir vorbei, humpelt aber wieder. Offensichtlich habe ich mich getäuscht und Skye ebenfalls.

»Ich kann bei Neala bleiben, wenn du magst, während du die Kerzen suchst«, biete ich an. Skye schenkt mir einen dankbaren Blick.

»Magst du einen Moment mit Erin hier oben warten? Ich bin gleich wieder da, okay? Geht doch so lange zu uns ins Zimmer. Am großen Fenster ist noch etwas mehr Licht als hier in diesem Flur.«

Neala nickt. Ich nehme sie an die Hand und frage sie, ob sie mir ihren Pinguin vorstellen würde.

»Er heißt Alistair.«

»Das ist ja ein toller Name«, sage ich und folge ihr in das Zimmer. Unten schlägt die Haustür. Ich vermute, das ist Colin, der draußen nach dem Notstromaggregat sucht.

Skye höre ich in der Küche scheppern und dann ist für einen Moment Ruhe. Außerhalb des Hauses ist ein Donnern zu hören, als wäre ein Regal umgefallen und kurz darauf das Rattern eines Dieselmotors. Neala zuckt zusammen. Sie sieht über die Maßen ängstlich aus und mein Herz verkrampft sich. Ich fühle so sehr mit ihr, dass ich sie am liebsten an mich drücken möchte.

»Gehst du schon zur Schule?«, frage ich Neala, um sie abzulenken.

»Nein. Ich bin gerade sechs geworden. Ich gehe im nächsten Jahr.«

»Wo wirst du denn zur Schule gehen. Weißt du das schon?«

»In Crieff. Wir wohnen dort. Ich werde in Crieff zur Schule gehen.«

Ein kurzer Blitz zuckt durch den Raum und lässt mich blinzeln. In diesem Moment geht das Licht überall im Haus wieder an. Skye steht hinter mir. Ich habe sie überhaupt nicht reinkommen hören.

»Ich habe keine Kerzen finden können, doch wie ich sehe, ist das auch nicht notwendig.«

Unten schlägt die Haustür zu.

»Colin muss den Dieselgenerator gefunden haben.«

»Ja. Das ist sicherlich eine übliche Ausstattung für so eine abgeschiedene Hütte«, sage ich. Der Schreck über ihr plötzliches Auftauchen sitzt mir immer noch in den Knochen.

»Da wirst du recht haben.«

Ich spüre, dass sie mich beobachtet. Das Gefühl, dass etwas nicht stimmt, beschleicht mich erneut.

»Wollen wir jetzt Verstecken spielen«, frage ich Neala.

»Ich weiß nicht, ob Neala jetzt noch ...«, sagt Skye, doch ihre Tochter strahlt mich begeistert an.

»Au ja. Du fängst an mit Suchen oder besser noch: Mummy sucht uns und wir verstecken uns.«

Es scheint, als hätte ich eine neue Freundin gefunden, seit ich sie in der Dunkelheit beschützt habe.

»Ach, Nealy, ich weiß nicht«, nörgelt Skye, doch ihre Tochter schiebt sie schon gegen die Wand.

»Du bleibst hier und zählst bis dreißig und wir verstecken uns.«

»Ich mache auch mit«, höre ich Colin vom Flur aus sagen. Ich lächle ihn an. Ich habe ihn schon immer für kinderlieb gehalten.

»Super!« Und bevor Skye etwas einwenden kann, nehme ich Neala an die Hand und wir verschwinden aus dem Raum. »Und los«, rufe ich, noch während ich die Tür schließe. Colin geht zielstrebig an mir vorbei zur Treppe.

»Wo wollen wir uns verstecken?«, frage ich Neala leise.

»Vielleicht in Tante Eilidhs Zimmer?«, höre ich sie sagen.

»Ist das deine Tante?«

»Nein, ihr gehört das Haus.«

»Dann ist sie die Tante deiner Mutter.«

»Ich glaube nicht, aber ich weiß es nicht.«

»Nun, ich denke, wenn es das Zimmer neben dem Badezimmer ist, sollten wir da nicht hineingehen. Deine Mutter hat es nicht erlaubt.«

»Hmm. Dann vielleicht unten neben der Küche.«

»Im Wohnzimmer?«

»Nein. Hinter der Küche … da ist ein Raum. Aber die Tür ist abgeschlossen.«

»Hast du einen Schlüssel?«

»Nein. Aber ich dachte, du könntest ihn vielleicht aufmachen.«

»Leider weiß ich nicht, wie. Was ist da drin.«

»Das weiß ich auch nicht.«

»Na, gut, Neala. Jetzt müssen wir uns beeilen. Deine Mutter zählt ziemlich schnell. Sie ist schon bei zwanzig, wie ich höre. Lass uns in mein Zimmer gehen. Was anderes finden wir jetzt nicht mehr so schnell.«

Sie nickt und so rennen wir über den geknüpften Läufer den Flur bis ans Ende, stoppen vor der Amphore mit Farn vor dem kleinen runden Fenster und hasten in unser Zimmer. In dem Moment, da ich die Tür schließe, höre ich, wie Skye ihre öffnet. Sie geht schnurstracks zur Treppe und folgt ihr bis nach unten. Sie muss Colins Schritte darauf gehört haben.

Neala und ich setzen uns hinters Bett und warten. Ich atme ganz flach, aus Angst, uns zu verraten. Mein Puls rast und meine Atmung hat sich dem angepasst. Auf dem Bett liegt Colins Jacke, die er dort achtlos neben die meines Mannes geworfen hat. Etwas Weißes ist aus seiner Jackentasche gerutscht und lugt hinaus. Ich greife danach, aus einem Impuls heraus, und sehe es mir an. Ich muss es ein zweites Mal lesen, dann ein drittes Mal, um ganz sicherzugehen, dass ich mir nicht wieder etwas einbilde.

Plötzlich wird die Tür aufgerissen und Skye steht im Rahmen. Blitzschnell ziehe ich meine Hand zurück und stecke mir den Zettel in die Hosentasche.

»Hab ich euch!«

Natürlich konnte sie uns hinter dem Bett sehen. Da gibt es wenig Möglichkeiten, sich zu verbergen. Nachdenklich stehe ich auf.

»Du warst aber schnell. Ich dachte, du wärest nach unten gerannt.«

»Das bin ich auch. Doch Colin war schnell gefunden. Er hatte sich unter den Küchentisch gekauert. Er ist unten in der Küche geblieben, um etwas zu trinken. Kommt doch auch mit!«

»Nein, Mummy, jetzt ist Colin dran. Er hat verloren.«

Skye sieht nicht begeistert aus. Sie ist insgesamt ziemlich aus der Puste. Ich vermute, dass sie einfach gern ein bisschen Zeit mit ihrer Tochter allein verbringen will, und nun sind wir hier und rauben sie ihr während der Feiertage.

Neala stürmt an ihrer Mutter vorbei aus dem Zimmer. Noch während ich mich mühsam hinter dem Bett hochquäle, höre ich sie auf der Treppe poltern. Meine Wangen glühen, als hätte man mich bei etwas Verbotenem erwischt. Das ist schon die zweite Situation, in der ich mich von Skye ertappt fühle. Es könnte daran liegen, dass dies quasi ihr Haus ist und wir die Eindringlinge, um die sie nicht gebeten hat. Natürlich hat sie ein wachsames Auge auf alles, was wir tun. Oder aber es ist mein schlechtes Gewissen, das seit Tagen auf mir lastet, mich zermürbt und zu einem Nervenbündel werden lässt. Ich schnappe mir beide Jacken, um sie gleich unten an die Garderobe zu hängen, wo sie hingehören.

Unten in der Küche versucht Neala, den fußlahmen Colin zum Mitspielen zu animieren. Er hat ein paar Schatten unter den Augen, die mir zuvor nicht aufgefallen sind.

Plötzlich klingelt das Telefon. Colin und ich halten den Atem an. Ich war kurz geneigt, hinzulaufen und abzuheben, weil ich glaubte, dass es Gregor wäre, der uns freudige Nachrichten zu seiner baldigen Ankunft überbringt. Doch natürlich muss ich dem widerstehen. Es ist Skyes Apparat. Außerdem, wem will ich etwas vormachen? Die Schneemassen vor dem Fenster sind deutlich angestiegen in der letzten halben Stunde. Ich weiß nicht, wann ich das letzte Mal so viel Schnee in den Highlands gesehen habe. Unsere neue Heimat liegt dichter an der Westküste. Dort ist es milder.

Gut, dass Allison in ihrem Zimmer ist. Sie hätte keine Hemmungen gehabt, Skye den Apparat aus der Hand zu nehmen. Ich höre, wie sie ins Telefon spricht und dann eine ganze Zeit lang lauscht.

»Nein, hier ist alles in Ordnung«, sagt sie.

»Keine weiteren Vorkommnisse. Das Wetter ist übel. Wir können sicherlich eine Zeit lang nicht raus. Wir sind abgeschnitten, wenn du so willst.«

Der andere Teilnehmer redet wieder eine Weile. Skye beobachtet uns dabei.

»Ich danke dir«, sagt sie schließlich. »Auch wenn das nicht so gut klingt.«

Dann legt sie auf. Ich bin neugierig, wage aber nicht, nachzufragen. Colin ist da weniger verklemmt: »Schlechte Nachrichten?«, fragt er.

Skye, die kurz in Gedanken ist, reißt überrascht den Kopf nach oben.

»Was? Ach nein. Alles gut. Das war eine Freundin von mir. Sie hatte geplant, eine Reise zu machen und nun fällt die wegen des Schneechaos auf den Straßen ins Wasser.«

Ihr Blick geht an ihm vorbei und bleibt an der Wand hängen. Da sehe ich die kleine Tür, direkt hinter seinem Stuhl. Die Tür, von der Neala gesprochen hat, die verschlossen ist. Offensichtlich die einzige in diesem Haus. Ich muss sofort an den Moment denken, in dem ich Skye das erste Mal gesehen habe. Der ängstliche Blick in ihren Augen, das wunde Gesicht. Meine ersten Gedanken dazu waren nicht positiv, und ich hatte das ungute Gefühl, in etwas hineingezogen zu werden, das mich nichts angeht. Jetzt kehrt dieses Gefühl zurück. Warum ist ihr Ehemann nicht hier? Morgen ist Weihnachten.

»Alles in Ordnung?« Colin mustert mich. »Du siehst aus, als hättest du einen Geist gesehen, Erin.«

»Nein. So ein Quatsch. Ich war nur kurz in Gedanken.« Ich lege ein umwerfendes Lächeln auf, wie ich finde. Ich sehe Gespenster, da muss ich ihm zustimmen. Skyes Tochter ist hier. Sie hat ihren Vater bisher nicht gesehen. Meine Fantasie geht wieder einmal mit mir durch. Jamie kommt in die Küche.

»Gibt es Neuigkeiten? Ich habe einen Anruf gehört.«

Schnell stehe ich vom Tisch auf und gehe zu ihm. »Nein. Das war nur ein Anruf für Skye.«

»Das hätte mich auch gewundert. Wenn bereits der Strom ausfällt, gibt es bestimmt wenig Hoffnung, dass Hilfe unterwegs ist. Zumal wir ja hier oben nicht wirklich in Gefahr sind. Kein Grund, nervös zu werden. Nicht wahr, Colin?«

Er funkelt Colin böse an und in diesem Moment weiß ich es. Er hat es herausgefunden. Mein ganzer Körper erfährt eine Erschütterung.

Ich warte darauf, dass er mich ansieht, dass er mir irgendein Zeichen gibt, weil er mit mir sprechen will, doch mein Mann geht an mir vorbei und setzt sich im Wohnzimmer auf die Couch. Dort findet er eine Zeitschrift, die er aufblättert und studiert. Sieht von Weitem aus wie ein Gartenratgeber. Er könnte ihn auf dem Kopf lesen, ich weiß schon, was er mir sagen will. Mein erster Impuls ist, zu ihm zu gehen, doch er will eindeutig nichts von mir. Wie könnten wir das Thema vor so viel Publikum klären? Also bleibe ich sitzen und starre auf meine Hände, völlig ruhig nach außen, als wäre nichts gewesen, während der Sturm in meinen Körper eingezogen ist. Dort tobt er, heizt mich auf und lässt mein Herz rasen. Ich fange an zu schwitzen.

»Colin! Kannst du anfangen? Bitte!«, quengelt Neala.

Ich habe vergessen, dass wir uns mitten in einem Spiel befinden. Eigentlich möchte ich nur raus, möchte die Leute, mit denen ich hier bin, verlassen und draußen frische Luft atmen. Was ich jetzt brauche, ist weiter Himmel über meinem Kopf, keine Wände, die mich einengen, die mich einsperren mit einer explosiven Gruppe Menschen, die nicht gut für mich ist.

Ich atme lange aus. So habe ich das noch nie gesehen. Bisher war es mir immer wichtig gewesen, dass mich diese Leute mögen. Tatsächlich mag ich einige von ihnen nicht. Wütend schiele ich zu Colin. Auch er! Ich habe nicht verdient, wie er mich behandelt. Ich sollte nach oben gehen und mich zurückziehen, doch eine kleine Stimme in meinem Kopf warnt mich davor, die beiden hier unten allein zu lassen.

»Na, gut, Neala. Skye? Wenn es für dich in Ordnung ist. Ich weiß, wir dringen hier in dein Refugium ein. Eine Runde noch«, sagt Colin und erhebt sich mühevoll.

Skye nickt abwesend. Sie ist völlig in Gedanken.

»Au ja«, grölt Neala.

»Spielst du auch mit?« Colin reicht mir die Hand über den Tisch und sieht mir in die Augen.

Mein Blick gleitet zu Jamie im Wohnzimmer. Ich kann ihn gerade so sehen, weil die Tür offen steht und sie direkt in meinem Rücken liegt. Er starrt eisern in sein Blättchen.

»Okay«, sage ich und erhebe mich. Colins Hand fasse ich nicht an. Er zieht sie zurück und nickt ernst.

»Dann zähle ich«, sagt er und dreht sich gegen die Wand. Skye winkt ab. Sie setzt sich an den Küchentisch. »Du solltest mitmachen, das wird noch ein langer Abend«, sagt er leise zu ihr, wie ich hören kann. Dann zwinkert er. Ein wütendes Grollen macht sich in meinen Eingeweiden bemerkbar.

»Von mir aus«, erwidert sie müde. »Dann los!«

Colin fängt langsam an zu zählen und gibt uns dreien die Gelegenheit aus dem Raum zu fliehen. Neala hat vorsorglich sowohl die Tür ins Wohnzimmer als auch in den Flur geschlossen.

»Damit er nicht hört, wo wir hingehen«, flüstert sie mir leise ins Ohr.

»Aber hier draußen gibt es doch nur noch die Treppe«, erwidere ich und klinge dabei wie eine neunmalkluge Erwachsene.

»Das stimmt nicht. Schau.«

Ich drehe mich um und entdecke eine Tür, die sich unter der Treppe in der Wand befindet. Die ist mir bisher nicht aufgefallen. Sie wirkt wie eine Geheimtür, weil sie farblich nicht abgesetzt, sondern wie die Wand ist: zur Hälfte weiß gestrichen, der Rest grau getäfelt.

»Zwanzig …«, höre ich Colin aus der Küche zählen. Er ist echt langsam.

»Weißt du, was dahinter ist?«, frage ich Neala.

»Ja. Da ist ein Raum mit einem großen Schreibtisch drin und noch ein Raum mit vielen Kisten.«

»Aha.« Klingt für mich wie ein Abstellraum. Er muss ziemlich groß sein, denn unsere drei Schlafzimmer befinden sich meines Erachtens direkt darüber. Colin ist bei fünfundzwanzig angekommen.

»Wollen wir da rein?«, frage ich Neala und ziehe sie in die Richtung. Ich bin neugierig.

»Nein. Lass uns hoch zu meinem Pinguin.« Und so schleift sie mich mit sich die Treppe nach oben, zurück zu unseren Schlafzimmern.

»Ich verstecke mich hier und du gehst ins Badezimmer«, flüstert sie oben angekommen. Ich mache große Augen und reiße die Arme nach oben, um ihr zu signalisieren, dass sie zu viel auf einmal will. Colin hat gerade den Flur betreten, das kann ich hören. Deshalb schleiche ich auf Zehenspitzen mit Neala zu ihrem Raum, helfe ihr, die Tür leise zu öffnen und wieder zu schließen. »Versteck dich im Schrank«, flüstere ich noch, bevor ich sie verlasse. Dann husche ich ins Badezimmer.

Mein Herz rast. Sowohl das Versteckspiel mit der Angst entdeckt zu werden, als auch die Tatsache, dass mein Mann ein anderes Spiel inzwischen durchschaut hat, sorgt für eine Achterbahnfahrt in meinen Eingeweiden. Ich gehe zur Badewanne, setze mich hinein und ziehe den Duschvorhang vor. Er ist weiß mit kleinen Veilchen darauf. Das Licht lasse ich an, weil mir nicht danach ist, in völliger Dunkelheit zu hocken. Schließlich geht es bei diesem Spiel um nichts, ganz im Gegenteil zu meiner Ehe. Die habe ich gehörig versaut.

Nach einer Weile beruhige ich mich wieder. Die Badewanne ist von therapeutischem Wert, würde ich sagen. Der Vorhang umhüllt mich und sperrt meine Probleme aus. Ich kann hier drin nichts von den anderen hören, und so weiß ich nicht, ob Colin Neala gefunden oder wo Skye sich versteckt hat. Ich schlinge die Arme um meine Knie. Es ist recht unbequem hier drin, so ohne Wasser.

Während ich auf die weiße geflieste Wand vor mir starre und die Stille und Einsamkeit genieße, fällt mir die letzte Etappe unserer Wanderung wieder ein. Ich war ein paar Schritte vorgegangen, Allison und Lennox liefen hinter mir. Ganz am Ende unserer Gruppe sprachen Jamie und Colin miteinander. Der Wind hatte schon so stark an Fahrt aufgenommen und kam mir entgegen, dass ich keines der Wörter hören konnte, die hinter mir gesprochen wurden. Wir sind über eine kleine, romantische Brücke gekommen. Unter mir hörte ich Wasser plätschern. Der Bach war seitlich zugefroren und dort von dünnem Eis bedeckt. Am Ufer türmten sich dicke Schneehaufen auf den Büschen und der Heide, die hier und da durchlugte. Ich bin stehen geblieben, um die Schönheit der Natur zu bewundern und die Männer zu fragen, wann wir endlich umdrehen wollten. Allison und Lennox überholten mich. Sie hatten kein Interesse an dem Bach. Also drehte ich mich zu Jamie und Colin um und erwischte gerade noch den Moment, in dem Colin die Böschung hinunterfiel. Mein Herz blieb stehen, als er nach hinten kippte. Die beiden hatten am Anfang der Brücke gestanden. Der Bach unter uns war nicht tief, vielleicht drei Meter am tiefsten Punkt. Und Colin stürzte dort, wo die Böschung recht hoch war.

Vor meinem geistigen Auge kann ich Jamie sehen, der die Arme ausgestreckt hat. Das wäre auch mein erster Reflex gewesen. Wenn ich in Gedanken zu diesem Punkt zurückgehe, frage ich mich, ob ich das Gesicht meines Mannes falsch gedeutet habe. Vielleicht war dieser schmerzverzerrte Ausdruck – die ernsten, zusammengekniffenen Augen, der schmale Mund – kein Schreck über Colins Sturz. Vielleicht war es Wut. Wenn ich nur wüsste, über was sie sich unterhalten haben.

Die Tür fliegt auf und ich zucke in meiner Wanne zusammen. Schritte nähern sich; ich höre sie auf den Fliesen. Sie kommen zielgerichtet auf mich zu. Das ist nur ein Spiel. Ein dummes Kinderspiel. Dennoch beschleunigt mein Puls, bis mein Herz rast.

7

SKYE

Das Ganze gerät außer Kontrolle. Als das Telefon klingelte, spürte ich die Blicke der anderen sofort auf meinem Körper. Ich bin keine gute Lügnerin. Erin beobachtet mich, seit wir uns kennengelernt haben, und bei Colin bin ich mir nicht sicher. Manchmal habe ich das Gefühl, dass er ein bestimmtes Interesse an mir hat, dann wiederum fühle ich mich von ihm durchleuchtet.

Iona ist am Apparat. Sie klingt beunruhigt, was mich vollkommen nervös macht. Am liebsten würde ich ihr alles erzählen. Auch wenn es ihre Tante ist, die zwei Türen von mir entfernt zu verfaulen beginnt. Sie muss nicht gemeinsam mit ihr hier ausharren. Diese Leute – sie beunruhigen mich. Ich wünsche mir meine beste Freundin hierher, nicht diese Fremden, die alles noch schlimmer machen. Es ist ja nicht nur, dass sie mich auf Schritt und Tritt beobachten oder ausfragen. Sie mögen sich augenscheinlich untereinander nicht einmal. Die beiden Frauen leben komplett nebeneinanderher und sehen für mich nicht nach Freundinnen aus. Auch wenn Colin mir vorhin über die Freundschaft zu den Männern berichtet hat, so spüre ich doch eine gewisse Feindschaft zwischen ihm und Jamie. Während Lennox so unbeteiligt ist, wie man nur sein kann. Er hat weder Augen für seine Freunde noch für seine Frau, obwohl sie sicherlich anderes gewohnt ist.

Iona will wissen, wie es mir geht. Sie macht sich aufrichtig Sorgen. Ich liebe sie, doch hätte ich so viel Empathie dann doch nicht erwartet. Sie möchte wissen, ob ich die Nachrichten gehört habe. Ich verneine und betone, dass hier alles in Ordnung ist. Sean war bei ihr. Er hat sie ausgequetscht und etwas über uns in Erfahrung bringen wollen. Am Telefon versichert sie mir, dass sie sich nichts hat anmerken lassen. Das kann ich mir vorstellen. Iona ist eine gute Schauspielerin, wenn sie will. Sie hat jede Hauptrolle in unserer Schultheatergruppe verkörpert, als wäre sie ihr auf den Leib geschrieben worden.

Sean ist auf der Suche, davor will sie mich warnen. Sie beschwört mich, die Polizei zu rufen und in der Hütte zu bleiben. Doch das kann ich nicht. Ich rede mich mit dem Wetter heraus. In Crieff ist der Schneesturm ebenfalls angekommen, auch wenn er dort nicht so übel wütet, weil die Stadt am Fuße der Highlands liegt. Ganz Schottland ist derzeit diesem Wetterphänomen ausgesetzt, und sie gehen davon aus, dass es uns eine Weile begleiten wird, wie sie mir sagte.

Am Ende muss ich auflegen, ohne mit meiner Freundin über meine Gefühle sprechen zu können. Es kommt mir so vor, als spürte sie, dass etwas nicht stimmt, doch sie lässt es auf sich beruhen. Möglicherweise war ich zu kurz angebunden, das wird sie verunsichert haben. Was sollte ich anderes tun, während Erin und Colin mich wie Geier beobachtet haben. Natürlich hätte ich ihr von meinen Übernachtungsgästen erzählen können. Sogar müssen. Immerhin ist es ihr Haus oder zumindest das ihrer Tante. Ich weiß nicht, warum ich es nicht getan habe. Mir selbst ist wahrscheinlich klar, dass die fünf mein Schicksal besiegeln könnten. Es war eine dumme Idee, sie hereinzulassen. Ich hätte einfach nicht zur Tür gehen müssen, dann wären sie wieder abgezogen. Als ich dann wusste, worum es ging, konnte ich ihnen die Hilfe nicht verwehren. Ich habe einen gefährlichen Fehler gemacht. Für mich und für Neala bin ich ein enormes Risiko eingegangen und weiß nicht, welche Konsequenzen das nach sich ziehen wird. Das ist mir peinlich gegenüber Iona. Sie hat sich so ins Zeug gelegt, uns zu helfen, doch – es klingt unsinnig – ich möchte sie nicht enttäuschen.

Kaum habe ich das Gespräch mit ihr beendet, geht das Spiel weiter. Als wäre ich nicht schon genug angespannt, laufen nun auch noch alle, die mitspielen, durch das gesamte Haus und stecken ihre Nasen in Dinge, die sie nichts angehen. Immer wieder wandert meine Hand in meine Hosentasche, um sicherzustellen, dass sich der Schlüssel zur Vorratskammer dort noch befindet. Ich wage mir kaum auszumalen, was passiert, wenn ich den verlöre. Zu Tode erschreckt hat mich vorhin schon die Suche nach Kerzen. Gott, bin ich froh, dass Colin den Generator gefunden und in Betrieb genommen hat. Die Kerzen befinden sich in der Vorratskammer. Wäre es dunkel geblieben, hätte mich irgendwann jemand von den anderen bei der Suche unterstützt und wäre auf diesen Raum gestoßen.

Als Neala uns zu einer weiteren Suche drängt, gehe ich zu Jamie ins Wohnzimmer und kauere mich hinter einen Sessel. Er wirft mir einen belustigten Blick zu. Ich zucke mit den Schultern. Soviel ich bisher raushören konnte, hat er keine Kinder. Von hier habe ich die Küche ein wenig im Blick und kann mich vergewissern, dass niemand auf dumme Ideen kommt. Sie können zwar ohne Schlüssel nichts anrichten, doch ich fühle mich wohler, wenn ich in der Nähe bleiben kann. Dummerweise schließt Neala die

Tür zum Wohnzimmer, bevor sie mit Erin irgendwohin verschwindet.

Colin zählt unglaublich langsam, es klingt fast, als würde er dabei einschlafen. Irgendwann hat er die dreißig erreicht und schreit, dass er kommt. Als ich ihn die Tür zur Diele öffnen und wieder hinter sich schließen höre, komme ich aus meinem Versteck und setze mich auf den Sessel. Jamie ist in eine Zeitschrift vertieft, doch mich beschleicht das Gefühl, dass er sie gar nicht liest. Sein Blick geht trübe durch die Seite hindurch, die er noch kein einziges Mal umgeblättert hat.

»Ihr hab also vor, ein Bed & Breakfast zu eröffnen?«, frage ich ihn, um die Stille zu überbrücken. Er schnauft.

»Ja. So war der Plan.«

Darauf fällt mir nicht direkt eine Antwort ein. Er sieht von seiner Lektüre auf und stößt auf meinen fragenden Blick. Sein Gesicht wird weicher und er legt die Zeitschrift beiseite.

»Es ist tatsächlich seit Langem unser Wunsch gewesen, etwas aufzubauen, was so etwas wie ein kleines Familienunternehmen werden könnte, weißt du?«

Nachdem ich wieder nicht reagiere, sondern nur abwarte, dass er mit seiner Geschichte fortfährt, spricht er weiter.

»Wie Allison und Lennox auch haben wir jahrelang in London gelebt. Das war das perfekte Leben für uns, zumindest machte es den Anschein. Eine schicke Wohnung, gute Jobs, ausreichend Geld, um das Leben zu genießen. Wir haben unsere Wochenenden mit Freunden verbracht und sind auf Partys gegangen.«

»Das klingt nicht schlecht.«

»Ja. Oder?«

»Was, wenn ich dir sage, dass wir dieses Leben nur in unserer Vorstellung geführt haben?«

»Was meinst du?«

»Ich bin Strafverteidiger und arbeite sechzig Stunden die Woche. Erin ist Journalistin und ständig unterwegs. Wir haben eine Putzfrau und gehen sieben Tage die Woche außer Haus essen. Das klingt nach Luxus, ist aber nur notwendiges Übel, weil uns schlichtweg die Zeit fehlt. Das tolle Apartment in Kensington steht die meiste Zeit leer, die Küche hat bisher nur Eier und Speck zum Frühstück gesehen. Ein Leben, wie wir es uns immer erträumt haben. Nur war uns beiden nicht klar, fürchte ich, dass es gar kein Leben gibt. Nur Arbeit, um einen Standard aufrechtzuerhalten, den wir brauchen, um dem Arbeitspensum gewachsen zu sein.«

Er schaut verdrießlich auf seine Hände und dann wird ihm vermutlich klar, dass er mit einer Fremden spricht.

»Und jetzt seid ihr hier.«

»Ja. Eines Tages habe ich gekündigt.« Er sieht nachdenklich aus, als nagte die Entscheidung noch an ihm.

»Und jetzt wollt ihr von vorn anfangen.«

Er sieht mich an. »Genau. Erin hat sich immer ein Kind gewünscht, doch das hat nie in die Zeitplanung gepasst. Unsere Idee war es, dass ich kürzertrete, mir etwas suche, das mich ausfüllt, aber nicht überfordert. Wir sind hierhergezogen und haben uns zunächst eine Wohnung gemietet. Colin gab mir dann den Tipp, dass hier oben ein Haus zum Verkauf stünde. Da wollte ich zugeschlagen. Es ist groß genug, um in einem Teil zu leben und in dem anderen, Gäste unterzubringen. Das ist ein Job, den wir auch gut mit Kindern ausüben können.«

»Und ihr habt wahrscheinlich mehr Zeit füreinander.«

»Ja. Das war der Plan.«

»Was ist schiefgegangen?«, frage ich ihn direkt.

»Wer sagt, dass etwas schiefgegangen ist?« Jamie sieht mir in die Augen und ich halte seinen Blick. Nach einer Weile wendet er den Kopf ab und verschränkt die Beine übereinander.

»Irgendwas geht doch immer schief«, erwidere ich und stehe ganz kurz davor … nein! Das war nur ein schwacher Moment, weil dieser Mann so viel Vertrauen gezeigt hat. Er lächelt traurig.

»Das scheint ein Naturgesetz zu sein, nicht wahr? Etwas geht immer schief. Du kannst den Plan noch so gut durchdacht haben, das Schicksal kommt und langt dir eine, wenn du es am wenigsten erwartest. Dann zeigt sich, wer deine Freunde sind. Habe ich recht?«

Ich nicke. Ich weiß genau, wovon er spricht. Ein wenig tut er mir leid. Etwas ist passiert. Etwas Unerwartetes, das seine Welt für einen Moment aus den Angeln gehoben hat. Das Gleiche ist mir widerfahren, nur habe ich eine Freundin, die mich auffängt und mir hilft, auf der Spur zu bleiben, wenn ich von der Fahrbahn abkomme. Wer hilft ihm? Seine Freunde wirken nicht echt. Sie sind mit sich selbst beschäftigt. Colin? Ich weiß nicht, wie gut sie tatsächlich befreundet sind oder ob Colin das nur glauben möchte. Letztendlich haben sie eine Zweckbeziehung. Und Erin? Sie ist seine Frau und bestimmt der Mensch, der ihm am nächsten steht. Doch ich sehe sie nicht bei ihm, nicht wirklich. Etwas scheint die beiden so zu distanzieren, dass eine drohende Trennung fast spürbar ist. Warum sonst hätte er sich einer völlig fremden Frau anvertraut? Oder zumindest Andeutungen von Schwierigkeiten mir gegenüber gemacht? Ich bin mir nicht einmal sicher, ob sie dieses Haus nun gekauft haben oder nicht. Jamie spricht in Rätseln. Ich würde gern nachfragen, doch steht es mir im Grunde nicht zu, mich einzumischen. Andererseits stöbern diese Leute seit einigen Stunden in meinem Leben herum.

»Wir haben das Haus noch nicht gekauft«, sagt er plötzlich, als könnte er meine Gedanken lesen. Er ist ein schlauer Mann. »Doch, wie es weitergehen wird, steht in den Sternen.« Jamie legt die Zeitschrift auf den Tisch und steht auf. Er geht in die Küche und schließt die Tür hinter sich.

Jetzt kann ich den Sturm wieder vor den Fenstern hören. Ich stehe ebenfalls auf und blicke raus. In einer Ecke des Fensterrahmens hat sich ein Schneedreieck gebildet. Es wird langsam dunkel. Auf meinem Auto liegen fast dreißig Zentimeter Neuschnee. Das Nummernschild ist hinter einer Schneewehe verborgen. So hüllt das Wetter meine Identität weiter ein und hilft mir, mich zu verbergen. Der ganze Hof scheint unter den weißen Massen zu verschwinden und sich in der Landschaft aufzulösen. Wäre es nicht schön, wenn so alles andere verschwinden würde? Meine Probleme, mein Mann und die Leiche. Ich taste nach dem Schlüssel in meiner Jeans und nehme ihn fest in die Hand. Was wäre, wenn ich die Tür jetzt öffnen würde, und Eilidh wäre verschwunden? Sie sonnt sich an Deck auf ihrer Kreuzfahrt irgendwo im Mittelmeer oder war es die Karibik? Ich weiß es nicht mehr. Dann gäbe es hier fünf Fremde, denen ich von meinen Problemen erzählen könnte. Von meiner Angst, dass mein Mann mich töten oder mich von meiner Tochter trennen könnte. Doch mit wem von ihnen würde ich reden? Ernüchtert stelle ich fest, dass es keiner von ihnen ist, dem ich mich anvertrauen würde. Sie alle machen mich unruhig.

Ich gehe in die Küche und nehme mir ein Glas Wasser. Jamie ist nicht hier. Er muss nach oben gegangen sein. Colin scheint ebenfalls dort zu suchen. Wie lange dauert das eigentlich? Ich würde gern frühzeitig aus dem Spiel aussteigen, doch dann wäre Neala enttäuscht.

Mit dem Glas Wasser in der Hand spähe ich in die Diele. Dort ist niemand. Also gehe ich zur Vorratskammer und drücke die Klinke nach unten. Sie ist nach wie vor verschlossen. Gut so! Ich schnüffle. Nichts. Die niedrigen Temperaturen sind auf meiner Seite und halten die Leiche in einem Zustand, in dem sie nichts ausdünstet. Fragt sich nur, wie lange noch. In meinem Kühlschrank hält sich Fleisch einige Tage, bevor es anfangen würde zu stinken. Na, gut, wenn ich ehrlich bin, habe ich nie ausprobiert, wie lange es dauern würde. Eine Woche ist mit Sicherheit kein Problem.

Ich wandere mit meinem Glas in die Diele und bleibe neben der Treppe stehen. Vorsichtig spähe ich nach oben. Tritte sind auf dem Läufer im Flur zu hören, jedoch keine Stimmen. Dann öffnet sich eine Tür und wird kurz darauf wieder geschlossen. Was soll's? Ein bisschen Ruhe kann ich gut gebrauchen. Mein Blick fällt auf die Tür zu Eilidhs Arbeitszimmer. Tatsächlich war ich dort noch überhaupt nicht drinnen. Das muss ein Reflex sein, weil sie es uns als Kinder immer untersagt hat. Ich drücke die Klinke nach unten. Die Tür öffnet zum Flur hin. Ein Schwall muffiger

Luft schlägt mir entgegen. Ich taste nach dem Lichtschalter. Es dauert ein bisschen, weil er sich nicht beim Türanschlag, sondern auf der anderen Seite befindet. Als ich ihn endlich entdecke, erstrahlt zuerst die kleine Kammer unter der Treppe in hellem Licht – und dann ein großes Zimmer, das sich dahinter erstreckt. Leise schließe ich die Tür hinter mir und gehe die paar Schritte, bis ich in einem Raum mit einem einzelnen Schreibtisch in der Mitte stehe. Einen Augenblick bin ich sprachlos. Die Wand zu meiner Linken besteht nur aus gestapelten Pappkartons. Jede ist mit einem Jahr beschriftet. Ein paar stehen zu meinen Füßen, sind geöffnet und Papiere gucken heraus. Ich trete näher und schnappe mir ein Blatt. Es ist ein Kontoauszug. Ich wühle ein bisschen tiefer und ziehe ein zweites heraus: die Online-Buchung eines Pärchens für zwei Nächte aus dem Sommer letzten Jahres. Ich blättere weiter. Es sieht so aus, als befände sich Eilidhs Buchhaltung in diesem Karton. Auf der Seite steht 2022. Ich blicke zur Wand und entdecke dort einen Karton von 1979. Hier steht ihr ganzes Leben.

Auf dem Schreibtisch stehen ein Laptop und ein angeschlossener Bildschirm. Die Standby-Leuchte blinkt. Ich wische über das Mousepad und der Bildschirm leuchtet auf. Mehrere Fenster sind geöffnet, wie ich sehen kann. Im Vordergrund das E-Mail-Programm. Die letzte Mail hat sie offensichtlich vor einer Woche empfangen. Ich blättere in den Ordner mit den gesendeten Mails. Mich würde interessieren, wann sie ein letztes Lebenszeichen weggeschickt hat. Die Nachricht ist fünf Tage alt und ging an eine Frau in Glasgow. Der Text klingt für mich nach einer besonderen Beziehung, wie eine Freundschaft. Sie schreibt, wie sehr sie sich auf die Reise freut und dass es ein besonderer Urlaub werden wird. Dann bedankt sie sich bei der Frau - Julia heißt sie -, dass sie ihr gut zugeredet hat, und verspricht sich im Januar wieder zu melden und dann alles haarklein zu berichten.

Eilidh muss Anfang siebzig gewesen sein. Ich freue mich für sie, dass sie keine Scheu den modernen Medien gegenüber hatte. Ebenso ihre Freundin, deren Alter ich natürlich nicht kenne. Wenn ich daran denke, was ich tue, bevor wir das Haus für ein paar Tage verlassen, dann stimmt mich Eilidhs Arbeitsplatz etwas nachdenklich. Ich ziehe alle Stecker im Haus und stelle das Wasser ab. Das ist hier natürlich nicht notwendig gewesen, weil Iona ursprünglich das Haus hüten wollte, doch ich nähme an, dass Eilidh ihren Rechner runterfährt, bevor sie vereist. Stattdessen sind ein halbes Dutzend Programme geöffnet.

Mein Blick fällt erst jetzt auf ihre Arbeitsfläche und ich sehe das heillose Durcheinander. Hier liegt stapelweise Papier. Ich kann nicht einmal sagen, was das im Einzelnen ist. Ein paar Zettel sind vom Tisch abgestürzt und auf dem Boden gelandet. Mein erster Impuls ist es, sie aufzuheben. Als ich sie einzeln aufheben will, sehe ich es. Ein großer Fußabdruck befindet sich auf einer Rechnung für Nebenkosten aus diesem Jahr. Sprachlos nehme ich sie in die Hand. Das sieht nicht so aus, als wären das die zierlichen Füße einer alten Frau. Das ist der Abdruck eines schweren Männerwanderschuhs. Sofort richte ich mich auf und schaue mich genau im Raum um. Ich bin definitiv allein, aber vor nicht allzu langer Zeit ist jemand hier gewesen. Jemand, der dieses Chaos angerichtet hat. Vielleicht gehen die Pferde mit mir durch, doch ich kann mir nicht vorstellen, dass Eilidh ihren Schreibtisch dermaßen verwüstet hat. Die Kisten hinter mir sprechen zwar eine andere Sprache, doch ich habe sie als ordentlichen Menschen kennengelernt. Jemanden, der sein Leben strukturiert. Und dann dieser Fußabdruck. Mit dem Daumen wische ich über das Blatt, um herauszubekommen, wie frisch er ist. Schwer zu sagen.

Nachdenklich sehe ich auf und erkenne, dass der Raum eine L-Form besitzt. Um die Ecke gibt es eine schmiedeeiserne Wendeltreppe, die oben in Eilidhs Schlafzimmer herauskommen muss. Jetzt erinnere ich mich wieder. Iona und ich haben sie früher oft zum Verstecken genutzt. Bei dem Gedanken an diesen wundervollen Sommer schleicht sich ein Lächeln in mein Gesicht.

Ich ordne die Papiere ein bisschen und habe dann das Bedürfnis, von hier zu verschwinden. Ich sollte hier überhaupt nicht sein. Wir alle.

8

LENNOX

Je stärker du dich bemühst, desto tiefer fällst du. All die Qual umsonst. Ein Kartenhaus, das letztlich doch aus Papier besteht. Wie passend. Denn die Realität sieht anders aus.

Ich kann nicht sagen, dass mich der Sturm dort draußen stört, im Gegenteil. Jede weitere Schicht Schnee, die er mit sich bringt, schneidet mich ein Stück weiter von der Außenwelt ab. Mich und die anderen. Das Handy ist tröstlicherweise tot. Etwas in der Art hatte ich mir erhofft, als Allison mit der Idee für diesen Trip an mich herangetreten ist. Wie es jetzt ist, ist reines Glück. Erwartet hatte ich es nicht. So kann ich eine Zeit lang in der alten Blase leben, kann so tun, als wäre nichts passiert, und ignorieren, dass mein Leben nicht mehr dasselbe sein wird, sobald wir nach Hause fahren. Hier oben steht die Zeit still.

Alli ist gelangweilt, das kann ich ihr ansehen. Sie ist ein schnelleres Tempo gewohnt. Ausgebremst zu werden empfinden viele Menschen als vorteilhaft und entspannend. Alli macht es nervös. Ihre Ressourcen sind dafür ausgelegt, mit Vollgas zu fahren. Ich war überrascht, als sie um eine Auszeit in dem Zimmer bat, das Skye uns zugedacht hatte. Natürlich hat sie das Wort ›Auszeit‹ nicht benutzt. Ich bin mir nicht einmal sicher, ob sie es kennt. Sie wollte allein sein. Ich habe das Gefühl, dass Erin ihr auf die Nerven fällt. Alli hat wenig bis kein Verständnis für Schwächen. Seit ich sie kenne, habe ich sie nicht ein Mal weinen sehen. Erin ist das ganze Gegenteil. Alli erzählt mir wenig zu diesem Thema, doch ich denke, die beiden tauschen sich hin und wieder aus. Danach sieht meine Frau immer müde aus, als würde Erin ihre ganze positive Energie aussaugen. Möglicherweise sucht sie deshalb Abstand.

Ich kann ihr Kraft bieten, sie mit Energie betanken. Das weiß sie und deshalb ist sie bei mir. Mal sehen, wie das in Zukunft laufen wird.

Alli hat sich hingelegt. Sie liegt auf der lavendelfarbenen Tagesdecke mit geschlossenen Augen und dämmert. Sie schläft nicht, dann würde sie schnarchen. Etwas macht ihr zu schaffen. Die Momente, in denen meine Frau sich zurückgezogen hat, seit wir verheiratet sind, kann ich an einer Hand abzählen. Bisher hat sie sich mir nicht anvertraut. Mir ist auch nicht aufgefallen, dass es an unseren Freunden liegt. Ein bisschen lästert sie immer, wenn wir uns mal wieder sehen, doch im Großen und Ganzen kommt sie gut mit allen aus. Mit den Männern besser als mit Erin, aber das liegt an ihrem toughen Naturell.

Besorgt sehe ich in ihr engelsgleiches Gesicht und frage mich, ob sie es weiß. Ist sie deshalb distanzierter als sonst? Gibt es die Möglichkeit, dass sie jemand angerufen hat, bevor wir zu diesem Trip aufbrachen? Es gibt keinerlei Verbindung zwischen ihr und den Mitarbeitern in meiner Kanzlei. Keine Freundschaften. Selbstverständlich hat sie die Partnerinnen und Frauen meiner Kollegen auf verschiedenen Veranstaltungen kennengelernt.

Ich lege mich auf die andere Seite des Bettes und schließe ebenfalls die Augen. Die Bilder, die augenblicklich auf mich einströmen, ertrage ich nicht, weshalb ich mich wieder aufrichte und fortfahre, Alli zu beobachten.

Sie hat sich fest vorgenommen, sich schlafend zu stellen, weshalb ich ihr diesen Wunsch erfülle und sie in Ruhe lasse. Manch einen würde diese dominante Art bei seiner Frau stören. Mich nicht. Alli weiß, was sie will. Ihre Stärke ist schier unerschöpflich und das gibt mir die Sicherheit, die ich brauche. In vielerlei Hinsicht ist sie perfekt. Das war sie von Anfang an.

Ich höre die Stimmen der anderen eine Weile gedämpft. Sie müssen nach unten gegangen sein. Dann erneut Schritte auf der Treppe und eine Zeit lang klingt es, als hätten alle das Haus verlassen. Schwer vorstellbar, inzwischen ist es fast dunkel.

Die schwere Uhr an meinem Handgelenk zeigt halb fünf. Ich öffne die Schließe und lege sie ab. Zeit wird heute keine Rolle mehr spielen. Die Ärmel meines Pullovers schiebe ich hoch. Es ist verdammt warm hier drinnen.

Diese Skye ist eine interessante Frau. Ich weiß nicht, ob das den anderen aufgefallen ist. Sie ist nicht glücklich über unser Erscheinen hier, da bin ich sicher. Ob das daran liegt, dass sie mit ihrer Familie ein ruhiges Fest, abgeschieden von der Welt, verbringen will, kann ich nicht sagen. Ich glaube, es steckt mehr dahinter. Nervös und ängstlich verfolgt sie unsere Schritte, und obwohl sie wie ein reizender Mensch wirkt, hat sie nicht viel dafür getan, dass wir uns hier willkommen fühlen. Es sieht so aus, als wolle sie uns so schnell wie möglich loswerden.

Wahrscheinlich sollte ich mich fragen, welcher Typ Mensch über Weihnachten allein mit Mann und Kind in eine verwaiste Hütte fährt und das Risiko eingeht, von allem abgeschnitten zu werden. Wollte sie das womöglich gar nicht? Sie sieht nicht aus, als wäre sie glücklich oder in

Urlaubsstimmung. Es ist noch zu früh, etwas zu unternehmen, doch in den nächsten Stunden werde ich eine Entscheidung treffen müssen. Wir werden bald verschwinden aus dieser Blase, dem Hold Point unseres Lebens, der Auszeit, die mir freundlicherweise vergönnt war. Dann geht es zurück in ein Dasein, das richtig klingt, es aber nicht ist, zurück um weiterhin mit angezogener Handbremse zu fahren. Wie sehr ich diese Heuchelei hasse!

Auf der anderen Seite habe ich mich daran gewöhnt und fürchte mich vor dem Schritt über die Schwelle.

Völlig albern, Alter, sage ich mir immer. Du machst aus 'ner Mücke 'nen Elefanten, aber dann fällt mir wieder ein, was sie getan haben, und mein Magen rebelliert. Sie haben mit meinen Gefühlen gespielt, mich ausgetrickst und dann auflaufen lassen. Es war wie einer dieser Träume, in denen man nackt über den Schulhof läuft. Nur dass ich meinen Traum schon erlebt habe, quasi, natürlich nicht nackt, aber entblößt. Diese Blicke, die Sprüche, die Ablehnung. Das Gefühl, allein auf der Welt zu sein oder zumindest so unantastbar, dass sich niemand wagt, auf deine Seite zu stellen.

Tief in meinem Inneren möchte ich mich an ihnen rächen. An beiden. Ich möchte sie bloßstellen oder noch lieber würde ich sie aufknüpfen, nebeneinander an einem Ahorn, der inmitten eines Gartens auf einer grünen Wiese steht. Es wird ein sonniger Tag sein und Vögel zwitschern sich die Kehle aus dem Leib. Ein Bild, das seit Jahren fest in meinen Geist gebrannt ist. Beinahe kann ich das frisch geschnittene Gras und den Duft wilder Kräuter riechen.

Sie sollen um Gnade winseln, bevor ich sie hochziehe, einen nach dem anderen, sollen mich anflehen, sie gehen zu lassen. Den Gefallen kann ich ihnen nicht tun, weil das, was sie getan haben, unverzeihlich ist. Das ist nichts, über das man verhandeln kann. Menschen sterben, andere zerbrechen einfach nur. Sie sollen wissen, dass ihr Handeln Konsequenzen hat.

Hach! Was für ein schöner Traum. Aber natürlich werde ich das alles nicht tun. Nicht nur, weil mir die Möglichkeiten fehlen, ich bin kein kriminelles Superhirn. Ich werde den Schwanz einziehen und das Weite suchen – wie so oft. Oder nicht?

Während ich diesen Gedanken im Kopf bewusst nachvollziehe, werde ich traurig. Haben sie mich auch gebrochen? Wie werde ich enden? Immer die andere Wange hinhalten, nie auf die Hinterbeine stellen? Mit dem Hals in einer Schlinge? Es wird Zeit, diese Schlinge um andere Hälse zu knüpfen.

9

ERIN

»Er weiß es.«

Colin starrt mich an. In der Hand hält er den Duschvorhang, den er auf der Suche nach mir beiseitegezogen hat. »Wen meinst du?«, fragt er zaghaft.

»Jamie, Colin. Er weiß Bescheid.«

»Ja«, sagt er lang gezogen. »Hat er etwas zu dir gesagt?«

Ich schüttele den Kopf. »Er ist ein Mensch, der solche Dinge mit sich selbst abmacht. Er redet mit mir nicht darüber.«

Colin sieht etwas verwirrt aus, doch möglicherweise ist ihm dieses Gespräch genauso unangenehm wie mir.

»Und jetzt?«, frage ich. Ich merke, wie mein Kopf glüht.

Er sieht mich an und tritt einen Schritt zurück. Offensichtlich hat er darauf keine Antwort. Ich kann sehen, wie zwei Herzen in seiner Brust schlagen und das ist ein sehr schmeichelhaftes Gefühl.

»Ich kann nur hoffen, dass er mir vergibt. Er war sehr wütend. Mir war nicht klar, dass er dir davon erzählt, aber wahrscheinlich ist es besser so, dann weißt du gleich, woran du bist.«

Das überrascht mich schon. Ich hätte nicht gedacht, dass das Gespräch der beiden Männer so weit gegangen war. So wie es aussieht, ging es direkt ums Eingemachte. Jamie hätte mit mir darüber reden sollen. Doch ich werde mir vor Colin nicht die Blöße geben und beichten, dass mein Mann kein Sterbenswort mir gegenüber verloren hat.

»Was hat er zu dir gesagt? Glaubst du, dass er es verzeihen kann?«, frage ich.

»Er hat überhaupt nichts gesagt. Ich habe ihn um Verzeihung gebeten. Es war nie meine Absicht ... ich meine, ich habe das nicht geplant ... im Grunde kann ich nichts dafür. So ist der Lauf der Dinge nun mal.« Er fängt an zu stottern und ich fühle mich mit einem Mal schlecht zu sehen, wie er seine Tat bereut. Tatsächlich hatte ich etwas anderes gehofft. Auf einmal ist die ganze Geschichte nicht mehr so schmeichelhaft.

»Du kannst es aber nicht mehr ungeschehen machen«, fauche ich ihn an.

»Ich weiß. Tut mir leid. Auch für dich. Ich weiß, dass du dich darauf gefreut hattest.«

»Pfff.« Der Brocken ist schwer zu schlucken. Colin, du kaltblütiges Aas! »Es ist nicht meine Schuld, mein Lieber!«

»Natürlich nicht!«

Ich möchte hier weg. Diese Badewanne untergräbt meine gesamte Autorität. Als wären die Situation und dieses Gespräch nicht schon schambesetzt genug. Ich stehe so würdevoll, wie es mir irgend möglich ist, auf und steige aus der Wanne. Er reicht mir seine Hand, die ich ignoriere.

»Erin?« Seine Stimme klingt warm und einen Hauch so selbstbewusst wie sonst auch. Ein bisschen Demut schwingt auch noch mit. Alles in allem wieder eine sehr attraktive Mischung.

»Ja?«

»Danke, dass du so ein Kumpel bist.« Er lächelt mich an und ich könnte heulen. Ein Kumpel? Wie demütigend!

»Na, klar«, ist alles, was ich durch zusammengepresste Zähne hervorbringen kann. Ich gehe an ihm vorbei. »Hast du die anderen schon gefunden?«

»Nein. Du bist die Erste.«

»Ist nicht dein Ernst! Bist du unterwegs eingeschlafen? Was macht überhaupt dein Fuß?« Ich habe ihn kaum humpeln sehen.

»Dem geht es inzwischen deutlich besser. Ein bisschen verstaucht, würde ich sagen, aber es ist nicht schlimm. Wenn ich nicht ständig laufen muss, dann ist es okay. Ich hatte nur etwas Ruhe gebraucht.«

Es liegt mir auf der Zunge zu fragen, ob Jamie ihn die Böschung hinabgestoßen hat, doch etwas hält mich davon ab. Möglicherweise wäre es ihm peinlich. Sein männlicher Stolz ist bestimmt angeknackst.

»Dann pass auf, dass es so bleibt.«

»Das werde ich«, sagt er mit einem aufmerksamen Blick.

Ich halte ihm die Tür auf. »Nach dir. Du musst erst noch die anderen finden.«

»Kannst du mir nicht einen Tipp geben. Ich bin müde.« Er deutet entschuldigend auf seinen Knöchel. Der Schalk sitzt in seinem Nacken. Mein Blick wandert zurück zu seinen hellblauen Augen. Sie sprühen Funken. Das Feuer darin hat mich vom ersten Tage an schwach gemacht. Und schlagartig ist mir die Angst egal, die ich vorhin noch gespürt habe. Er steht ganz dicht vor mir und ich kann sein Eau de Toilette riechen. Meine Knie werden weich, dennoch spüre ich einen winzigen Anflug von Macht, ganz so, als hätte ich ihn in der Hand.

»Was wäre dir das wert?«, frage ich verführerisch und so nah bei ihm, dass sich unsere Nasenspitzen fast berühren. Er muss meine Nähe ebenso elektrisierend spüren wie ich seine. Es ist unmöglich, dass das nichts mit ihm macht. Die Situation ist beunruhigend und erregend in einem.

Er genießt die Situation, das kann ich sehen. Auch wenn ich nicht sicher bin, ob er das mit der Macht vielleicht umgekehrt empfindet. »Lass dich überraschen«, haucht er mir ins Ohr und beobachtet, wie ich eine Gänsehaut am Hals bekomme.

»Neala ist in ihrem Zimmer«, sage ich sofort und beiße mir dann auf die Zunge. Was zum Teufel ist nur mit mir los, in der Gegenwart dieses Mannes.

»Ich danke dir. Und Skye?«

»Die muss noch unten sein.«

»Unten?«

Er sieht etwas erschrocken aus.

»Ja. Soweit ich weiß, ist sie nicht mit uns hoch gekommen.«

»Okay.«

»Und?«, frage ich und mache mich damit endgültig lächerlich.

Seine Lippen verziehen sich zu einem siegessicheren Lächeln, bei dem ich am liebsten im Erdboden versinken will. »Du bist als Nächste dran. Aber mach dir keine Sorgen! Ich werde es dir nicht schwer machen.« Dann küsst er mich flüchtig auf die Wange und geht zu Nealas Zimmer.

Von wegen!, denke ich und atme langsam aus. Ich muss die ganze Zeit die Luft angehalten haben.

Als ich mich umdrehe, sehe ich Jamie am Ende der Treppe stehen. Er sieht mich einfach nur an.

Scheiße! Ich bin so eine dämliche Kuh!

Dann geht er an mir vorbei zu unserem Zimmer und lässt mich mit Schmerzen in der Magengegend zurück. Ich vermute, jetzt wird es ihm noch schwerer fallen, Colin zu verzeihen. Ebenso wie mir.

Bisher hatte ich mir noch keine Gedanken gemacht, ob ich überhaupt will, dass er das tut. Ich hatte ebenso eine andere Option am Horizont schimmern sehen. Eine, von der ich heimlich träumte, wenn ich allein war. So wie die Dinge stehen, habe ich keine Wahl. Es fühlt sich nicht so an, als gäbe es jemanden, zu dem ich könnte, sollte mein Mann mich verlassen. Wie immer habe ich nur mit mir spielen lassen. Warum muss ich auch mehr hineininterpretieren, als es ist. Wir spielen Verstecken, nicht mehr und nicht weniger.

Aus Skyes Zimmer höre ich Neala quietschen, die von Colin gefunden worden ist. Kurz darauf stürmt sie aus dem Zimmer in meine Arme.

»Du hast verloren. Du bist dran.« Sie lacht ein silberhelles Lachen und tanzt durch den Flur. Wie es aussieht, hat dieses kleine Mädchen ein ganz bezauberndes Weihnachtsfest, während für mich gerade meine ganze Welt zusammenbricht. Ich beneide Skye für ihre glückliche, kleine Familie.

»Colin muss erst noch deine Mama finden«, erwidere ich etwas ruppig. Colin zieht die Augenbrauen nach oben. Ihm fehlt eindeutig das Verständnis für meine schlechte Stimmung.

»Komm schon, Erin. Sei nicht eingeschnappt. Es kann nicht jeder Sieger sein.«

An diesen Worten habe ich hart zu schlucken, weil sie einer Zurechtweisung gleichkommen, zu der er kein Recht hat. Ich bin diejenige, die allen Grund hat, verschnupft zu sein. Er behandelt mich wie eine Sechsjährige.

»Kein Problem.«

Er nickt und geht die Treppe nach unten, auf der Suche nach Skye, vermute ich. Neala hängt an seinem Rockzipfel und kichert. Langsam folge ich ihnen. Nicht, weil ich muss, sondern weil ich nicht weiß, wohin ich soll. Die Alternative ist mein Zimmer. Da traue ich mich nicht hinein.

Es klingt so, als hätte Colin Skye im Wohnzimmer entdeckt. Ich kann hören, wie ihre Tochter sie anbettelt, noch eine Runde zu spielen, doch Skye das rigoros ablehnt. Ich wette, sie hat die Nase voll davon. Ich kann sie verstehen. Mir geht es inzwischen genauso. Ich flüchte mich zu ihr an den Couchtisch.

»Hattet ihr etwas Schönes geplant, während der Feiertage? Ein paar Ausflüge vielleicht … oder wolltet ihr einfach nur kuschlig hier in der Hütte bleiben?« Ich versuche, ein neues Thema anzuschneiden. Alles, was nichts mit mir und den Leuten zu tun hat, die ich kenne, ist gut.

Skye zaudert einen Augenblick. »Ich denke beides«, sagt sie. »Mein Mann, Sean, ist ein Outdoor-Junkie. Den halten keine zehn Pferde länger als einen Tag in der Hütte. Wir wandern normalerweise viel, und wenn er mit seinen Kumpels unterwegs ist, wird es auch schon mal anspruchsvoller. Dann gehen sie irgendwo klettern. Er hat vor ein paar Jahren mal so ein Überlebenstraining in den Bergen mitgemacht. Seitdem ist er süchtig.«

»Also ein Adrenalinjunkie«, wirft Colin ein, der am Fenster steht und nach draußen sieht.

»Das kann man so sagen. Er ist bei jedem Wetter draußen und weiß, wie er sich helfen kann, wenn es mal gefährlich wird.«

»Dann sollte er keine Probleme haben, morgen hierherzukommen, oder?« Colin lacht. Ich wette, er hat es im Scherz gesagt, doch Skye sieht einen Moment besorgt aus. Ihr Gesicht ist ernst geworden, und sie hat mit den Augen sofort ihre Tochter gesucht, das konnte ich sehen. Verständlich. Als Frau und Mutter macht man sich bestimmt immer Sorgen um seine Familie, ganz gleich, wie geschickt der eigene Mann im Umgang mit den Witterungsverhältnissen ist. Ich kann verstehen, dass sie hofft, er würde nicht extra ein Risiko für sie eingehen.

»Mach dir keine Sorgen, Skye.« Ich lege meine Hand auf ihren Arm und sehe sie beruhigend an, doch es wirkt nicht. Sie zuckt bei meiner Berührung. Der Gedanke beunruhigt sie augenscheinlich. Dann lächelt sie gezwungen und steht auf.

Unversehens flackert das Licht und Neala kreischt.

»Neala!«, höre ich Skye schreien. Sie ist übertrieben angespannt. Das Licht ist ja nicht einmal ausgegangen. Die Kleine kommt zu uns gerannt und schmiegt sich an ihre Mutter, während Skye sie mit leisen Worten beruhigt. Ein weiteres Mal flackert es, dann ist alles so, wie es war.

»Ich werde mal nach dem Generator sehen«, sagt Colin und geht Richtung Diele. »Hast du eine Taschenlampe für mich?«

Skye schüttelt traurig den Kopf. »Tut mir leid. Ich weiß nicht, wo hier so etwas aufbewahrt wird.«

»Die Besitzer haben doch sicher etwas für den Notfall. Wenn ich hier draußen wohnen würde, besäße ich ein ganzes Survival Kit. Warum schauen wir nicht in dem Raum hinter der Küche nach?«, frage ich.

»Ja. Warum nicht? Skye?« Colin sieht sie fragend an.

»Es tut mir leid, aber der Raum ist verschlossen.« Ihre Stimme klingt brüchig. Ich kann sie kaum verstehen.

»Hast du keinen Schlüssel zu der Tür?«

»Nein.« Sie schüttelt den Kopf. »Ich vermute mal, man wollte nicht, dass ich dort reingehe, und ich respektiere das.«

»Und wenn dort die Taschenlampe steht?«, frage ich. »Wollen wir nicht nachsehen?«

»Was willst du tun, die Tür aufbrechen?«, fragt Colin belustigt. »Seine abweisende Art geht mir inzwischen auf die Nerven.«

»Warum nicht?«

Skyes Augen werden groß. »Das lässt du bleiben.«

»Keine Sorge. Ich will ja nicht die Tür eintreten, nur gucken, ob vielleicht ein anderer Schlüssel aus dem Haus passt.«

Colin sieht beeindruckt aus, was mir gefällt. »Das ist gar kein dummer Gedanke«, sagt er und ich bin stolz auf meinen Einfallsreichtum.

Verdammt! Eben war ich doch noch sauer auf ihn. Das sollte ich lieber ausbauen, als mich von ihm einwickeln zu lassen.

»Ich halte nichts davon«, mischt Skye sich ein und schiebt ihren Körper immer mehr zwischen uns und die Küchentür.

»Vielleicht hilft es uns«, entgegne ich.

»Wir haben doch gar kein Problem.« Sie ist lauter geworden.

»Colin braucht Licht, um nach dem Generator zu sehen. Das reicht doch. Oder willst du vielleicht die ganze Nacht im Dunkeln sitzen?« Ich weiß nicht, warum ich so laut werde. Womöglich mag ich es nicht, dass Skye sich mir so rabiat in den Weg stellt und ein Projekt torpediert, das ich gemeinsam mit Colin habe.

»Dann soll er sein gottverdammtes Handy nehmen! Ihr habt doch alle so ein Scheißding dabei, oder? Ich bin Mieterin dieses Hauses, und wenn man nicht wünscht, dass ich diesen Raum betrete, dann halte ich mich daran. Es ist mir egal, was du davon hältst oder Colin oder die anderen drei, die oben in meinen Betten liegen. Es wird genauso gemacht, wie ich es sage. In Ordnung?«

Das einzige Geräusch ist das stetige Heulen des Windes. Neala hält sich die Ohren zu und hat die Augen geschlossen. Für einen winzigen Augenblick frage ich mich, wieso dieses Kind so intensiv auf Skyes Ausbruch reagiert. Meine Wangen fangen an zu brennen. Zunächst ist mir heiß vor Wut, wegen der Zurechtweisung, dann schäme ich mich.

»Du bist der Boss, Skye. Bitte entschuldige. Das war übergriffig von uns«, sagt Colin und berührt sie am Arm. Ein Stich schmerzt in meiner Brust, als er sich für mich entschuldigt, noch bevor ich es kann. Jetzt fühle ich mich schlecht.

»Ich nehme mein Handy. Da hätte ich auch selbst drauf kommen können. Wer besitzt heute noch eine Taschenlampe?« Er zwinkert ihr zu. Die Härte verschwindet langsam aus ihrem Gesicht. Sie hat sich eindeutig ebenso aufgeregt wie ich.

Colin geht aus dem Zimmer und in die Diele. Über den Raum hinter der Küche redet niemand mehr. Ich kann nicht sagen, dass die Geschichte für mich damit beendet ist. Zu gern würde ich wissen, ob Skye weiß, was sich darin verbirgt. Ist sie denn überhaupt nicht neugierig, warum man ihr verboten hat, dort nachzusehen? Wäre ich an ihrer Stelle, hätte ich es längst getan. Hat sie womöglich sogar den Schlüssel dazu? Warum sonst sollte man ein Verbot aussprechen, wenn niemand einen Schlüssel hat? Oder ich hatte recht und es passen tatsächlich die Schlüssel aller Zimmertüren zueinander. Das lässt sich leicht nachprüfen. Nachher, wenn alle in ihren Zimmern sind.

Vor mir auf dem Fußboden glitzert etwas. Ich beuge mich herunter und hebe es auf. Das ist doch ... ach, was soll's. Ich bin viel zu wütend, um es ihr jetzt zu geben. Ich stecke es in meine Tasche und ertaste dabei den anderen Fund, den ich fast vergessen hatte. Verärgert stehe ich auf und gehe auf Colin zu.

»Das hast du verloren.« Ich strecke ihm den Zettel in seiner Handschrift entgegen.

Eilidh Macdonald und darunter eine Telefonnummer. Er schluckt, als er ihn annimmt.

10

SKYE

Das war knapp. Was ist nur in sie gefahren? Es ist, als wüsste sie, was sich in dem Raum verbirgt. Immerhin kann so eine Taschenlampe überall im Haus aufbewahrt werden.

»Ich werde jetzt mit Neala nach oben gehen und sie schon einmal baden. Dann habt ihr das Bad später für euch«, sage ich und schnappe mir meine Tochter. Von Erin kommt keine Antwort. Das soll mir recht sein. Sollte sie sich in den Kopf setzen, jetzt in dem Zimmer nachsehen zu wollen, dann wünsche ich ihr einen Schrecken, von dem sie sich nicht mehr erholt. Bitte geh und öffne die Tür!

»Komm, mein Schatz.« Ich schiebe sie langsam vor mir her. »Lass uns baden gehen.«

Wenig später sitzt sie in der Wanne und spielt mit dem Seifenschaum. Ich wasche ihre Haare und genieße es, einmal fünf Minuten keine Rechenschaft ablegen zu müssen. Colins Worte von vorhin gehen mir durch den Kopf und ein Frösteln zieht meine Schultern hinab.

»Ist dir kalt, Mummy? Du zitterst ja. Komm zu mir in die Wanne.« Neala schiebt ihren Schaum beiseite und bedeutet mir einzusteigen. Ich muss lächeln.

»Nachher, mein Schatz. Wenn du fertig bist, gehe ich rein. Du hast recht. Ich muss mich ein bisschen aufwärmen.«

Nachdem ich sie abgetrocknet und in eines ihrer langen T-Shirts gesteckt habe, bringe ich sie in unser Zimmer und zaubere ein Buch aus der Seitentasche des Seesacks. Das hatte ich dort vor längerer Zeit vergessen. Es ist eine süße, kleine Geschichte über einen Elf, der zum ersten Mal in die Stadt kommt.

»Ich bin gleich wieder bei dir. Schau dir das an und heute Abend lese ich es dir vor«, sage ich und gebe ihr einen Kuss.

Die Badewanne ist genau das, was ich gebraucht habe. Es tut mir leid, dass ich Neala anlügen musste in Bezug auf unser gemeinsames Bad. Doch wenn ich mir die blauen Flecken an meinem Oberkörper und meinen Schenkeln ansehe, ist es das Beste, was ich tun konnte. Ich möchte es ihr nicht erklären, noch nicht, und sie wird sich nur noch mehr Sorgen machen, wenn sie mich sieht und ich nichts sage.

Draußen auf dem Flur knackt etwas. Ich schrecke hoch. Das einzige Geräusch hier im Bad ist ein steter Tropfen, der vom Hahn in die volle Wanne fällt. Pling, Pling, Pling.

Ich kann die Anwesenheit einer weiteren Person spüren. Fast steige ich aus der Wanne, um nackt, wie ich bin, die Tür aufzureißen und denjenigen zu konfrontieren, der davor wartet, da höre ich Schritte, die sich wieder entfernen.

Ich sollte zu meiner Tochter gehen. Entspannen kann ich ein anderes Mal.

Draußen im Flur bin ich allein. Ich weiß nicht, wo sich die anderen die letzte halbe Stunde aufgehalten haben. Auf unserem Bett finde ich Neala.

»Wollen wir was zu essen machen?«

»Ich komme«, ruft sie enthusiastisch.

»Lass uns Colin fragen, ob er uns hilft.«

Sie strahlt. Wir finden Colin unten im Wohnzimmer sitzen.

»Hey, hast du Lust, beim Kochen zu helfen?«

Er legt sein Handy beiseite und steht auf. »Sicher.«

»Sag nicht, du hast plötzlich Empfang.«

»Nein, hab mir nur die Zeit vertrieben.«

»Verstehe. Was sagt der Generator?« Ich hatte noch keine Gelegenheit, mit ihm darüber zu sprechen.

»Der ist in Ordnung. Vielleicht ein bisschen in die Jahre gekommen. Ich behalte ihn im Blick und auch den Dieselvorrat. Ich habe herausgefunden, wo draußen alles gelagert wird.«

»Dann bist du einen Schritt weiter als ich.«

Er sieht mich verdutzt an. »Hat man dir keine Einweisung gegeben, bevor du hergekommen bist?«

»Die hat Sean bekommen«, sage ich schnell. »Aber das war sicher ein Fehler, wenn man bedenkt, dass ich als Erste losgefahren bin.« Ich hole eine Schachtel aus dem Küchenschrank und nehme frisches Hackfleisch aus dem Kühlschrank, das Iona gekauft hatte.

»Was hältst du von Lasagne? Geht schnell und wir kriegen wahrscheinlich alle satt.«

»Perfekt. Ich helfe. Lass mich Tomaten schneiden, vorausgesetzt, du machst welche rein.«

Ich kneife die Augen zusammen und verziehe das Gesicht.

»Also gut. Keine Tomaten. Dann werde ich mich hier hinsetzen und dir zusehen. Sobald du Hilfe brauchst, meldest du dich einfach.« Er grinst.

»Du kannst den Tisch decken«, sage ich und werfe mit einem Geschirrtuch nach ihm. Neala strahlt. Sie schnappt sich das Tuch, sobald es den Boden berührt, und schleudert es wieder nach oben. Colin kommt dicht an mich heran und flüstert: »Es tut mir leid wegen vorhin.«

»Das muss es nicht. Ich war bestimmt etwas zu ruppig.«

»Du hast allen Grund, böse zu sein. Wir sind hier fremd und es geht uns nichts an.«

Überrascht sehe ich ihm in die Augen. Sie sehen so bläulich wie Schnee im Schatten aus »Was meinst du?«

»Egal was. Es ist deine Sache.«

Sein Gesicht ist ernst geworden und er hat etwas darübergelegt, das es mir unmöglich macht, darin zu lesen. Nachdem ich es einige Sekunden probiert habe, gebe ich auf und nicke. Er zieht sich zurück. Die nächste dreiviertel Stunde schweigen wir. Nur wenn Neala etwas fragt oder erzählt, gehen wir darauf ein. Irgendwann wird sie müde und zieht sich vor den Fernseher zurück.

»Das duftet köstlich, was gibt es denn?« Die Frage kommt von Allison, die die Küche betreten hat. Sie sieht kein bisschen erholt aus, obwohl sie fast den gesamten Nachmittag in ihrem Zimmer verbracht hat.

»Lasagne, Liebes«, flötet Colin.

»Dann hast du ab sofort einen neuen Freund, Skye. Lennox liebt alles Italienische.« Sie geht zum Ofen und wirft einen Blick hinein. Es fällt mir schwer, dieses eigenartige Kompliment als solches zu sehen, deshalb kommentiere ich es nicht weiter.

»In zehn Minuten ist das Essen fertig. Vielleicht magst du Erin und Jamie Bescheid sagen.«

Erin habe ich seit einiger Zeit nicht gesehen. Ich habe allerdings nichts dagegen, wenn meine Gäste beschließen, auf ihren Zimmern zu bleiben.

»Colin, sei ein Schatz und sag ihnen schnell Bescheid«, sagt sie, ohne den Blick von mir zu nehmen.

Schon klar, du hast hier das Sagen. Wer bin ich, mich in eure Gruppendynamik einzumischen? Zu meinem Erstaunen denkt Colin nicht daran.

»Tut mir leid. Nicht heute. Ich habe einen Bärenhunger.«

Also schicke ich Neala hoch, die den Job mit Freuden übernimmt. Als die drei zum Essen herunterkommen, steht die Lasagne schon auf dem Tisch, ist in gleichmäßige Teile geschnitten und dampft kräftig.

»Großartig!« Lennox betrachtet das Gericht mit sichtbar wässrigem Mund. Seine Frau greift nach dem Heber und angelt sich das erste Stück. Colin wirft mir einen entschuldigenden Blick zu. Er ist eindeutig der Einzige mit Manieren am Tisch.

Ein Gespräch will nicht so richtig aufkommen. Ich bin erleichtert, dass alles, was ich für die Zubereitung des Dinners benötigt habe, im Kühlschrank oder den Küchenschränken zu finden war. Iona hat mir jede Menge mitgegeben, doch wenn ich fünf Mann mehr verköstigen muss, wird es eng. Zwar verfügt Eilidh über weitere Vorräte, aber an diesen Ort möchte ich nicht gehen, selbst wenn ich unbeobachtet wäre. Morgen muss das Wetter einfach besser werden. Neala und ich müssen hier weg, so schnell es geht.

Ich könnte später angeben, dass ich von Eilidhs Leichnam in der Vorratskammer nichts wusste, oder ich schaffe sie hoch in ihr Schlafzimmer, das ich angeblich nie betreten habe. Ach, Mist! Allison war da drin. Diese Leute waren einfach in jedem Raum! Was ist mit dem Arbeitszimmer? Kann ich sicher sein, dass dort niemand gewesen ist? Mir muss etwas einfallen, das alles erklärt.

Die Bande ist recht still. Sogar Neala ist das aufgefallen, weshalb sie angefangen hat, jeden Einzelnen zu beobachten, während sie ihr Essen kaut. Colin hat im Schrank eine Flasche Weißwein gefunden. Die ist zwar nicht kalt genug, doch er hat entschieden, dass er lieber warmen Wein trinkt als keinen. Erin verzichtet freiwillig, Allison auch. Ich hätte sie tatsächlich für eine Frau gehalten, die ihren Morgen mit Champagner beginnt, aber möglicherweise hat der Wein nur nicht die Klasse, die sie gewohnt ist. Sie bleibt bei Wasser aus dem Hahn, während Erin Apfelsaft trinkt.

Zwischen Jamie und Erin muss sich etwas abgespielt haben. Sie sitzen nebeneinander, sehen sich aber nie direkt an.

Schließlich ist es Colin, der die Stimme erhebt.

»Ich würde gern anstoßen, wenn ihr nichts dagegen habt. Auf Skye. Weil sie so nett war, uns hier aufzunehmen.«

Alle nicken und murmeln »Auf Skye!«.

»Und auf Jamie und Lennox, die mich bis hier getragen haben.«

Lennox hat vergessen, sich ein Weinglas zu holen, und stößt deshalb lachend mit Wasser an.

»Auf Lennox!«, schließt Erin sich an.

Ich mag die Stille nicht, die sich bedrohlich anschließt, also wende ich mich an Colin. »Was ist überhaupt passiert?«

Colin verzieht das Gesicht. »Ich bin ein Tollpatsch. Wir sind über die Brücke unten bei der Hauptstraße gegangen und ich habe mich zu weit zur Seite gelehnt, um nach unten zu sehen. Dann bin ich abgerutscht. Jamie hat noch versucht, mich aufzufangen, aber da war es schon zu spät.« Er zuckt mit den Achseln. »Reine Blödheit könnte man so sagen.« Er versucht Augenkontakt mit Jamie aufzunehmen, doch der sieht auf seinen Teller.

Erin neben ihm hat aufgehört zu kauen, und sieht ihn ernst an. Dann schüttelt sie den Kopf. Sie sieht irgendwie elend aus.

»Da hast du Glück gehabt, dass du quasi mit dem Schrecken davongekommen bist. Das hätte böse enden können.«

»Ganz recht«, murmelt Erin in ihr Glas. Sie verschluckt sich und muss husten.

»Darüber bin ich auch froh«, ergänzt Colin.

Neala ist mit dem Essen fertig und bettelt darum, aufzustehen und etwas fernsehen zu dürfen. Ich habe keine Lust auf eine Diskussion heute Abend, gerade weil ich vorhabe, morgen hier zu verschwinden. Deshalb gestatte ich ihr noch eine halbe Stunde, bitte sie aber, die Tür zur Küche zu schließen.

»Hat einer von euch noch einmal versucht, Gregor zu erreichen?«, fragt Allison.

»Ja«, sagt Jamie.

Das muss während meines Bades gewesen sein. Ich habe davon nichts mitbekommen.

»Das hatte ich euch vergessen zu erzählen. Die Leitung ist tot.«

»Was?«, kreischt Allison ihn beinahe an.

»Sie ist tot.«

Erin hat sich so stark verschluckt, dass sie sich kaum wieder beruhigen kann. Colin klopft ihr wild auf den Rücken.

»Ich wollte euch nicht beunruhigen und dachte, dass es momentan ohnehin keine Rolle spielt. Die Telefongesellschaft wird das Problem sicher kurzfristig lösen, noch bevor wir aus diesem Haus weggehen können.«

»Das kann ich nicht glauben. Hast du es noch mal probiert? Vielleicht ist das Problem schon wieder behoben«, sagt Allison.

»Nein. Es ist ja gerade mal eine Stunde her.«

»Dann lass uns nachsehen.«

»Tu dir keinen Zwang an«, kontert Jamie gelassen.

Allison funkelt ihn böse an. Ihre Fingernägel hat sie wütend in die Tischplatte gekrallt. Sie sieht aus, als wolle sie Jamie jeden Moment an die Kehle springen. Guter Gott! Sie ist auf einmal so gereizt. Das passt überhaupt nicht zu der überlegen agierenden Frau, die ich vor ein paar Stunden kennengelernt habe.

»Nun beruhigen wir uns alle mal wieder. Das lässt sich nach dem Abendessen leicht klären. Jamie, eine Info wäre schön gewesen, aber ich stimme dir zu. Es ändert derzeit nichts.« Lennox legt seine auf die angespannte, zierliche Hand seiner Frau. »Vielleicht solltest du doch einen Schluck Wein trinken, Süße. Das entspannt dich.«

Er steht auf, nimmt zwei Gläser aus dem Schrank und kommt zurück zum Tisch. Dort gießt er Allison und sich großzügig ein und schiebt ihr eines hin. Sie atmet schwer durch und schüttelt den Kopf. »Ich mag nicht. Lass es gut sein.«

Lennox sieht sie ernst an. Auf der anderen Seite hustet Erin erneut, und dieses Mal habe ich das dumpfe Gefühl, dass sie sich übel verschluckt hat. Tränen laufen ihr übers ganze Gesicht und sie schlägt sich mit wild rudernden Armen auf die Brust.

»Hier!« Allison schiebt ihr das Glas Wein rüber und Erin angelt verzweifelt danach. Sie kippt einen großen Schluck runter und ich atme erleichtert aus. Das hat mir einen gehörigen Schrecken eingejagt. Colin klopft ihr noch einmal auf den Rücken und fragt: »Geht's wieder?«

Sie blickt auf und ihr Gesicht sieht nicht gut aus. Tränen laufen ihr aus den Augen und Speichel aus dem Mund.

»Erin! Was zur Hölle …?« Jetzt hat auch Jamie bemerkt, dass etwas nicht stimmt. Er stößt seinen Stuhl zurück und springt auf. Er zieht sie hoch und schüttelt sie leicht. »Kriegst du keine Luft? Erin?«, schreit er.

Aus dem Nachbarraum höre ich einen Kindersender. Fröhliche Stimmen und Gesänge.

Erin beginnt zu würgen und noch bevor ich mich bewegen kann, spuckt sie Lasagne in zerkauten, teils verdauten Stücken über den Tisch.

»Ahh!« Allison springt auf. Der Großteil ist auf ihrem Teller und ihrer Bluse gelandet. Mit böser Miene putzt sie die ersten Brocken nach unten. Colin und Lennox sind ebenfalls aufgesprungen und versuchen zu helfen.

»Sie muss Wasser trinken!«, schreit Colin und Lennox stürzt zur Spüle.

»Erin!« Ihr Mann klopft ihr unentwegt auf den Rücken. Sie übergibt sich erneut und bricht dann zusammen.

»Erin!«

Zitternd liegt Erin auf den Steinfliesen und verdreht die Augen. Ihr Körper zieht sich in Krämpfen zusammen. In ihrem dunkelblonden Bubikopf klebt Erbrochenes.

»Scheiße! Ruft einen Krankenwagen. Schnell!« Jamie fällt zu ihr auf die Knie und ich bekomme Angst. Mein erster Blick geht zu der geschlossenen Tür, die ins Wohnzimmer führt. Colin hat es bemerkt und sieht mich wissend an. »Ich versuch's«, flüstert er und rennt los. Kaum hat er die Tür geöffnet, schlägt er sie auch schon wieder hinter sich zu. In meinem Hals formt sich ein Knoten. Vor mir liegt Erin, umringt von ihren Freunden, die zeitgleich auf sie einreden, ihr den Rücken streicheln und weinen. Zumindest habe ich eben noch ein Schluchzen gehört, könnte aber nicht sagen, von wem es kam. Ich gehe ins Wohnzimmer. Dort ist meine unschuldige Tochter. Hier kann ich nichts tun. Colin sieht hoch, als ich eintrete. Er schüttelt den Kopf. Sein Gesicht ist bleich.

»Tot?«, frage ich und beiße mir sofort auf die Zunge.

Er nickt hektisch. Dann geht er schweren Schrittes zurück in die Küche und spricht mit den anderen.

Eine Minute später steht er wieder neben mir. »Skye, wir brauchen dein Auto. Es ist ein gefährlicher Trip, aber wir müssen es versuchen. Erin braucht sofort ein Krankenhaus.« Er flüstert beinahe und ich bin ihm dankbar, dass er trotz der traumatisierenden Umstände Rücksicht auf meine kleine Tochter nimmt. Die Tür hat er zuvor angelehnt, damit sie nichts sehen kann.

»Natürlich.«

»Danke.« Ich laufe an ihm vorbei in die Diele und hole den Autoschlüssel aus meiner Jackentasche. Lennox und Jamie haben Erin hochgehoben und tragen sie in die Diele.

Colin schnappt sich den Schlüssel, schlüpft in seine Schuhe und öffnet auch schon die Haustür. Sofort fegt eine Bö mit Schnee ins Haus und bringt eisige Luft hinein. Ich muss die Tür festhalten, damit sie nicht sofort wieder zugeschlagen wird. Ich kann sehen, dass Colin wie ein Wilder Schnee von der Windschutzscheibe schaufelt und sich bemüht, die Autotüren freizubekommen. Es kommt mir wie eine Ewigkeit vor.

Die Männer hieven Erin in die Kälte, während Colin schließlich den Motor startet. Er braucht einige erschreckend lange Sekunden, doch dann springt er an. Sie schieben Erin auf die Rücksitzbank und Jamie setzt sich daneben. Lennox schlägt die Tür zu und Colin beginnt zu rollen, noch bevor Lennox sich richtig entfernen kann. Mit bedächtigen Schritten kommt er zurück. In seinem Gesicht steht der Schock geschrieben. Langsam schließe ich die Tür hinter ihm. Allison steht in der Küchentür. Sie sieht aus wie ein Gespenst. Ihre Haut ist grau, die Haare hängen strähnig in ihr Gesicht. Man könnte meinen, sie ist um einige Jahre gealtert, seit ich sie vorhin gesehen habe.

Wir drei stehen da und sehen uns an. Minutenlang. Keiner wagt, etwas zu sagen.

»Was war das?«, frage ich als Erste. »Hat sie sich verschluckt?«

Lennox schüttelt den Kopf. »Sie hat sich so oft übergeben. Ich kann es mir nicht vorstellen.«

»Sie war den ganzen Tag schon irgendwie anders«, sagt Allison leise.

Von der Eingangstür kommt lautes Klopfen.

11

SKYE

Lennox dreht sich um und öffnet die Tür. Erschrocken stellen wir fest, dass Colin davor steht. Er ist klatschnass und sieht elend aus. Er bleibt einfach stehen und sieht uns aus müden Augen an.

»Was ist?«, fragt Allison. Sie klingt über die Maßen gereizt. »Fahrt!«

Er schüttelt den Kopf. »Es ist vorbei.« Dann tritt er beiseite und gibt den Blick auf den Weg vor dem Haus frei. Ich kann überhaupt nichts erkennen. Colin setzt sich auf die Bank in der Diele und schlägt die Hände vors Gesicht. Lennox tritt nach draußen.

»Was ist passiert?«, frage ich.

»Der Wagen hat keine Chance, bei dem Wetter. Ich habe nach ein paar Metern die Kontrolle verloren und mich mehrfach um die eigene Achse gedreht. Dann sind wir in einer Schneewehe stecken geblieben.«

Er sieht auf und ich kann ein Glitzern in seinen Augen sehen.

»Da bin ich rausgesprungen und habe versucht, ihn mit den Händen frei zu graben. Aus dem Auto kam plötzlich so ein Geräusch ... ich wusste nicht, was es ist und habe nachgesehen. Es war Jamie. Er hat geweint. In seinem Arm lag Erin, völlig reglos. Sie ist tot.«

»Oh, mein Gott.« Allison geht in die Knie und Lennox eilt herbei, um ihr aufzuhelfen.

»Ist alles in Ordnung, Schatz? Ist dir schlecht?«

»Alles okay«, sagt sie und dann sieht sie ihn fragend an. »Du glaubst, es war was im Essen?« Ihr Blick schnellt anklagend zu mir. Mir bleibt das Herz stehen bei dem Gedanken, dass mein Essen etwas damit zu tun haben könnte.

»Wir müssen Jamie da rausholen. Er ist immer noch bei ihr in dem Wagen und hält sie fest«, mischt sich Colin ein.

»Wieso? Soll er sie doch die ganze Nacht festhalten. Das täte sie auch für ihn. Sie ist seine Frau, Colin!«, erwidert Allison zornig. Sie greift sich an die Schläfen und reibt daran mit geschlossenen Augen. Allison so gereizt zu sehen, überrascht mich. Ich hatte gedacht, an der Frau perlt alles ab.

»Das weiß ich, aber er erfriert dort draußen. Es ist geradezu arktisch und der Wagen springt überhaupt nicht mehr an. Ich habe die Tür öffnen können, aber nicht mehr zu bekommen. Er sitzt dort und merkt nicht, wie es kälter und kälter wird. Er steht unter Schock. Lennox, du musst mir helfen. Ich kriege ihn nicht dazu, mit mir reinzukommen.«

Lennox nickt. Allison wendet uns den Rücken zu und geht zurück in die Küche. Das passt schon besser zu ihr. Ich bleibe an der Tür stehen. Die beiden Männer verlassen das Haus, nachdem sie sich ihre Jacken von der Garderobe genommen haben. Ich schaue ihnen nach, in die Nacht, während sie kleiner und kleiner werden, bis die Dunkelheit sie komplett verschluckt und ein Vorhang aus Schnee hinter ihnen zufällt.

Neala! Ich muss unbedingt zu ihr. Hoffentlich hat sie nichts gesehen. Doch als ich im Wohnzimmer ankomme, sehe ich dort Allison, die sich an Neala gekuschelt mit ihr einen Trickfilm ansieht. Allison sieht verängstigt aus.

»Mein Schatz, es ist langsam Schlafenszeit. Sag Allison Gute Nacht und dann gehen wir beide nach oben.« Traurig sehe ich Allison an, während meine Tochter ihr einen Schmatzer auf die Wange drückt. In diesem Moment läuft ihr eine Träne über die Wange und ich vergesse meine garstigen Gefühle ihr gegenüber. Sie ist ein Mensch. Sie muss Furchtbares durchmachen. Anzusehen, wie die eigene Freundin stirbt, ist scheußlich. Sofort muss ich an Iona denken und wünsche sie mir augenblicklich her. Sie ist das ganze Gegenteil von Allison. Vielleicht nicht komplett, tough ist sie auch.

Doch sie hat langes, schwarzes Haar und große gutmütige Augen. Iona würde mich jetzt in den Arm nehmen und mir mit sanfter Stimme erklären, dass für jeden irgendwann die Zeit gekommen ist. Ich wünschte, wir hätten in den letzten Jahren mehr Zeit füreinander gehabt. Wenn es bei mir eines Tages so weit ist, will ich nicht bereuen müssen, die wichtigen Menschen in meinem Leben, vergessen zu haben. Wir telefonieren oft miteinander, doch verabredet haben wir uns in letzter Zeit seltener. Es ist jetzt zwei Wochen her, dass Iona und ich gemeinsam im Pub am Marktplatz waren. Das erste Mal seit fast einem halben Jahr. Stattdessen habe ich meine Tage mit einem Mann verschwendet, dem ich nichts bedeute. Ich vermisse unsere Pub-Abende.

Neala steht träge auf und reibt sich die Augen. »Noch nicht, Mummy.«

»Komm mit! Ich lese dir noch etwas vor«, sage ich und nehme sie auf den Arm. Sie ist schwer geworden im letzten

Jahr, doch heute stört mich das nicht. Ich will sie nur halten und ihre Nähe spüren. Ihre warme, kleine Wange an meiner und den Duft ihres Haares in mich aufnehmen. Ich kann verstehen, dass Allison das Bedürfnis hatte, sich zu ihr zu setzen. Sie ist die Einzige, die das Elend in der Küche nicht gesehen hat. Ein Ruhepol.

Allison starrt weiter auf den Bildschirm und ich bringe Neala die Treppe hoch. Oben setze ich sie runter und lasse sie die letzten Schritte in unser Zimmer laufen.

»Ich will den anderen auch Gute Nacht sagen«, bettelt sie plötzlich.

»Es tut mir leid, mein Schatz, aber sie sind rausgegangen. Das wird heute nichts mehr.«

»Raus?«

»Ja. Sie versuchen, Hilfe zu holen …

… wegen des Sturmes«, schiebe ich hinterher.

»Wozu Hilfe? Hier drinnen ist doch alles gut.«

Meine süße Kleine! Ich wünschte, es wäre so. Doch hier drinnen ist überhaupt nichts gut. Das war schon so, als wir ankamen, und das wird auch in dieser Nacht so sein. Langsam glaube ich, dass ein alter Fluch auf dem Haus liegt oder auf mir.

Ich greife nach dem Buch über den Elf und fange an, daraus vorzulesen. Mit der Zeit werden Nealas Augen kleiner und wenige Minuten später ist sie eingeschlafen.

Unter mir höre ich die Eingangstür aufgehen. Einer der beiden muss den Schlüssel mitgenommen haben. Ich lege das Buch vorsichtig beiseite, knipse die Nachttischlampe aus und verlasse das Zimmer. Normalerweise würde ich die Tür einen Spalt offenlassen, doch nicht heute. Ich will, dass Neala weder etwas hört noch sieht von dem, was in dieser Nacht passiert.

Plötzlich geht das Licht im ganzen Haus aus.

Vom Fuße der Treppe dringt Murmeln nach oben. Ich taste mich vorwärts. Dann schaltet jemand ein Handy an und leuchtet. Es ist Lennox.

»Wer hat das Licht ausgemacht?«, fragt er.

»Das ganze Haus ist dunkel«, antworte ich.

»Der Generator! Ich gehe nachsehen«, erwidert Colin. Er steht neben Lennox. Ich kann Jamie zunächst nicht entdecken. Dann sehe ich ihn, wie er auf der Bank sitzt und auf seine Schuhe starrt.

»Nein, warte!«, rufe ich. Mir ist es mit einem Male unheimlich in diesem Haus.

»Wieso?«

Was soll ich ihm sagen?

»Skye? Was ist?«

Ich sehe Jamie an und versuche, Zeit zu schinden. »Wie geht's ihm?«, flüstere ich.

»Er ist ein Wrack. Wir haben ihn aus der Karre rauszerren müssen. Er hat sich mit Händen und Füßen gewehrt.« Colin deutet auf eine Platzwunde über seinem Auge. Ich werfe Jamie einen Blick zu und schlucke.

»Lass mich schnell nachsehen, was der Generator macht, Skye, okay? Wir unterhalten uns über alles Weitere, wenn wir wieder Licht haben.« Er sieht mir beruhigend in die Augen und ich wünschte, ich könnte diesen Schritt auf ihn zugehen, doch es geht nicht.

»Bitte nicht«, flüstere ich. »Was ist, wenn ihn jemand zerstört hat?«

»Wer soll das gewesen sein?« Die Stimme gehört Allison. Sie ist tief und rauchig und klingt bedrohlich nah hinter mir. Ich halte das aus und drehe mich nicht um. Stattdessen sehe ich Colin an, der ganz dicht vor mir steht, damit wir uns bei diesen Lichtverhältnissen überhaupt erkennen können.

»Was ist, wenn da draußen jemand ist?«

»Da ist niemand, Skye. Wir kommen gerade von draußen. Wir hätten jemanden gesehen.«

»Vielleicht versteckt er sich.«

»Wovor hast du Angst, Skye?«, haucht er mir ins Ohr.

Ich schüttele den Kopf. »Ich habe mich nur gefragt, warum der Generator gerade jetzt kaputt geht. Nichts weiter.«

Er sieht enttäuscht aus.

»Das habe ich mich allerdings auch gefragt«, höre ich Allison hinter mir. »Sicher, dass du nichts damit zu tun hast? Du vergiftest erst eine von uns und schlachtest uns dann alle langsam in finsterer Nacht hier drinnen ab?«

»Allison! Was ist nur in dich gefahren?«, schreit Lennox.

Ich ziehe mich von ihr zurück. »Du bist ja krank.«

»Bin ich das? Das alles hier ist mehr als seltsam: du, dieses Haus, die Bereiche, die man nicht betreten darf. Wem gehört der Koffer dort oben im Schlafzimmer? Deiner ist es nicht. So viel ist sicher. Er steht schon den ganzen Tag unangetastet da und du holst dein Zeug aus der Reisetasche in deinem Raum.«

Colin sieht mich ungläubig an. Lennox hingegen ist das alles unangenehm.

»Du schnüffelst mir hinterher?«, fauche ich.

»Was hast du mit Erin gemacht, Skye? Wieso hast du sie vergiftet?«

Ich klebe ihr eine.

»Ahhhh!« Jamie springt auf und hört nicht auf zu schreien. Das rüttelt mich wach und ich glaube Allison auch. Plötzlich fühlte ich mich wie in einem Tunnel, dessen Ausgang immer kleiner wird und in weite Ferne rückt.

Die Männer reden beruhigend auf Jamie ein. Lennox wirft Allison einen wütenden Blick zu und bringt Jamie ins Wohnzimmer.

»Ich war es nicht«, sage ich zu ihr, als sie aufsieht. »Ich könnte keiner Fliege was zuleide tun, es sei denn, sie will meiner Tochter schaden.«

»Gut zu wissen«, sagt sie, dreht sich um und geht. Ich wage kaum zu atmen. Ich starre ihnen hinterher. Colin rührt sich, wendet sich mir zu und nimmt mich in den Arm. Wie ein Schlosshund öffnen sich bei mir alle Schleusen und ich heule in seinen Wollpullover. Er streicht mir beruhigend übers Haar.

»Alles wird gut.«

Ich schüttele den Kopf und drücke mich von ihm ab. »Trotzdem, danke.«

Er nickt. »Ich gehe jetzt raus.«

»Sei bitte vorsichtig. Ich habe kein gutes Gefühl.«

»Bin ich.« Dann öffnet er die Tür und verschwindet in der Ungewissheit. Ich stehe in der Diele und zittere. Erst jetzt wird mir bewusst, wie sehr mich dieser Tag belastet. Gestern hatte ich noch gedacht, dass es nicht schlimmer kommen könnte.

Ich lausche auf Schritte von draußen, doch der Schnee schluckt jedes Geräusch. Kurz darauf ertönt ein metallenes

Klong. Ich halte es hier keine Sekunde mehr aus. Colin hätte nicht allein rausgehen sollen. So schnell ich kann, schlüpfe ich in meine Stiefel, greife mir meinen Mantel und da sehe ich sie – neben dem Schirmständer, den mein Mantel verdeckte, steht eine Taschenlampe. Sie ist aus Edelstahl und so groß, dass ich sie leicht als Waffe benutzen könnte. Wenn das kein gutes Zeichen ist.

Die Tür fällt zu und besiegelt mein Schicksal. Keine Ahnung, ob Colin den Schlüssel hat. Ich hoffe es. Mutig knipse ich das Licht an. Es wird von tausend kleinen Flocken in der Luft reflektiert und ich fühle mich blind. Einen Augenblick, dann erkenne ich meine Umgebung besser.

In dem Moment, als die Tür hinter mir ins Schloss fiel, wollte ich gern einen Rückzieher machen. Der Strahl der Taschenlampe spendet Licht, und doch weiß ich, dass ich so ein perfektes Ziel abgebe. Alles, was ich sehe, befindet sich auf einer geraden Linie, während sich die Gefahr aus jeder Himmelsrichtung anpirschen kann.

Der Schnee knirscht unter meinen zaghaften Schritten, während die Kälte unter meinen Mantel kriecht.

Was habe ich mir dabei gedacht rauszugehen, wo ich im Haus doch sicher war?

Soweit ich weiß, steht der Generator hinter der nächsten Hausecke und speist dort in die Außensteckdose ein. Ich richte den Strahl der Taschenlampe dorthin und pirsche in Richtung der Geräusche, die ich von dort höre. Der Schnee ist auf meiner Seite und dämpft meine Schritte, doch das Licht verrät mich. Sei's drum! Um nichts in der Welt werde ich hier draußen im Dunkeln herumschleichen.

Vor mir klappert es laut und dann höre ich eine Männerstimme leise fluchen. Mit angehaltenem Atem linse ich um die Ecke. Dort hockt Colin neben dem Generator und rüttelt dran herum. Erleichtert lasse ich die Taschenlampe sinken und leuchte damit direkt auf ein Gartengerät, das den Strahl reflektiert. Colin zuckt zusammen und springt auf.

»Himmel hast du mich erschreckt! Was machst du hier? Hey, du hast ja eine Taschenlampe!«

Ich kann mir nicht helfen und muss schmunzeln.

»Hast du dir Sorgen um mich gemacht?« Der Kerl hat tatsächlich den Nerv hier draußen ein verführerisches Lächeln aufzulegen und mir zuzuzwinkern. Ich sehe sofort Erin vor mir, ich kann mir nicht helfen und kriege ein schlechtes Gewissen.

»Wie kannst du so kurz, nachdem ...«

»Entschuldigung. Das war taktlos.«

»Was hat hier so geknallt? Ich habe mir tatsächlich Sorgen gemacht, dass etwas passiert ist.«

»Die Schaufel hier drüben.« Er deutet auf das Gerät an der Hauswand. »Sie ist umgefallen und hat den Notgenerator getroffen. Aber das ist nicht das Problem. Das Ding hat irgendeinen Defekt. Ich habe keine Ahnung, was ich tun kann. Er läuft nicht. Egal, was ich mache.«

»Braucht er mehr Diesel?«

»Hab ich nachgefüllt. Ist alles tipptopp. Tut mir leid. Wir müssen bis zum Morgen ohne Strom auskommen.«

»Und dann? Es ist ja nicht nur das fehlende Licht. die Heizungsanlage läuft dann auch nicht.«

»Ich weiß. Lass uns hoffen, dass die Straßen dann passierbar sind. Ich habe im Wohnzimmer den Kamin gesehen. Ich werde etwas Holz suchen. Hier wird bestimmt irgendwo ein Stapel rumliegen. Das nehmen wir mit und haben etwas Licht und Wärme.« Er steht auf, sieht sich um und geht weiter ums Haus herum. Ich stehe wie angefroren da und leuchte ihm den Weg mit der Taschenlampe. An der Wand des Vorratsraumes wird er fündig.

»Siehst du?«

Ich nicke hektisch. Die Kälte dringt durch meinen Mantel und lässt meine Zähne unkontrolliert aufeinanderschlagen. Direkt dahinter liegt Eilidh. Mir ist, als bestünde die Gefahr, dass die Wand abrupt verschwindet, sich wie ein Vorhang lüften könnte und preisgibt, was für ein grausiges Geheimnis ich bewahre.

Mir wird schlecht. »Colin, ihr habt meinen Wagen in den Graben gefahren. Wie kommen wir von hier weg? Wir können niemanden anrufen. Kein Festnetz, kein Handy. Wir können nicht einmal aus dem Arbeitszimmer eine E-Mail schicken, weil es keinen Strom gibt!«

»Das sieht nicht gut für uns aus, oder? Ich versteh, was du meinst. Dann müssen wir laufen.«

»Mit Neala?«

»Skye!« Er nimmt mein Gesicht in seine Hände. Sie sind warm, ganz anders, als ich vermutet habe. »Es wird sich ein Weg finden. Okay? Vertrau mir. Das Telefon wird nicht ewig tot sein. Die Leitung ist schneller repariert, als du denkst. Möglicherweise schon morgen früh. Lass uns jetzt lieber reingehen und Jamie helfen. Er hatte die fixe Idee, dass wir Erin reinholen. Ich weiß nicht, was ich davon halten soll. Ich verstehe ihn, doch der Gedanke an ... lass uns reingehen.«

Ich nicke stumm. Ich weiß genau, was er meint. Manchmal hat man aber keine Wahl, als mit den Leichen in seinem Keller zu leben.

12

SKYE

Jamie sitzt auf der Couch. Er trägt immer noch seine Schuhe, sein Pullover ist verklebt mit Erins Erbrochenem. Im Kamin brennt – im Gegensatz zur wenig heimeligen Atmosphäre im Raum – ein fröhliches Feuerchen. Lennox kniet in der Küche auf dem Fußboden und wischt mit einem Lappen die Schweinerei auf. Ich gehe zu ihm und helfe ihm. Das Geschirr hat er schon abgeräumt und in die Spüle gestellt. Auf dem Tisch gibt es keinerlei Spuren mehr.

»Wo ist Allison?«, frage ich ihn.

»Sie versucht, sich im Bad sauber zu machen. Ist allerdings das Einzige, was sie dabeihat. Ich denke nicht, dass sie noch einmal nach unten kommt.«

Daran hatte ich überhaupt nicht gedacht.

»Ich geh ihr schnell helfen«, sage ich und wasche mir die Hände. Lennox dankt mir mit einem entsprechenden Blick.

Oben schleiche ich mich in unser Zimmer und krame in meiner Tasche nach einem Wollpulli. Neala schläft tief und fest. Ich höre das Wasser im Badezimmer laufen und klopfe an.

»Ja?«, höre ich ihre rauchige Stimme.

Beherzt drücke ich die Klinke nach unten und trete ein. Den Pullover trage ich wie einen Schutzschild vor mir.

»Ist nicht ganz dein Stil, aber besser als mit dem Geruch schlafen zu müssen.« Ich strecke ihn ihr entgegen. Sie schluckt eine Bemerkung runter, das kann ich sehen.

»Danke, Skye«, bringt sie dann hervor. Ich nicke.

»Wir müssen uns nachher unterhalten.«

»Worüber?«

»Über Erin.« Sie funkelt mich an. Von Versöhnung keine Spur.

»Jederzeit«, sage ich feierlich und verlasse das Bad mit einem Lächeln, das sofort gefriert, sobald ich ihr den Rücken zugedreht habe.

Im Wohnzimmer gehe ich auf Jamie zu und drücke ihm mein Beileid aus.

Er richtet die Augen eine Sekunde zu mir nach oben und nickt. Colin sitzt in einem Sessel ihm gegenüber und starrt vor sich hin.

»Ich möchte sie reinholen. Sie soll nicht die ganze Nacht dort draußen bleiben«, sagt er plötzlich mit leiser Stimme.

»Das kann ich verstehen. Ich denke, Lennox und Colin helfen dir gleich dabei«, erwidere ich und meine es ernst. Ich kann es verstehen. Ich würde meine Lieben auch nicht zurücklassen wollen. Colin sieht mich finster an. Darauf kann ich nur mit den Schultern zucken.

»Wo möchtest du sie … ich meine … wo wollen wir sie dann hinbringen?«, fragt er.

»In unser Zimmer.«

Bei dem Gedanken wird mir mulmig. »Darf ich etwas vorschlagen?«, frage ich. »Es gibt ein Arbeitszimmer hier im Haus, direkt unter der Treppe ist der Eingang. Wir könnten sie dort auf Decken legen und zudecken. Sie wäre im Haus, du könntest jederzeit zu ihr und du hättest die Gelegenheit, heute Nacht in eurem Zimmer zu schlafen, was ansonsten nur schwer möglich ist.«

Das lodernde Feuer wirft tanzende Schatten auf sein Gesicht, sodass ich seine Gefühlsregungen zu meinem Vorschlag nicht sehen kann.

»Ja. Danke. Lass uns das so machen.« Er sieht wieder auf. »Ich will wissen, was passiert ist, Skye. Ich stimme Alli zu. Etwas ist hier schiefgelaufen und ich werde verdammt noch einmal herausfinden, was.«

Ich muss schlucken. »Du denkst, sie ist vergiftet worden?«

»Sie war jedenfalls nicht krank, als wir hierherkamen. Sie war im ganzen letzten Jahr nicht krank. Du hast sie doch gesehen. Sah das für dich nach einer üblichen Lebensmittelvergiftung aus?«

»Nein. Dafür ging es zu schnell.« Das weiß sogar ich, ohne medizinische Kenntnisse.

»Du glaubst doch nicht im Ernst, dass es einer von uns war«, sagt Colin und sieht ihn herausfordernd an.

»Nun … ja.«

Jamies Blick durchbohrt mich anklagend.

»Du bist die Einzige, die keine Freundin von uns ist.«

Das geht zu weit. Colin setzt sich gerade hin, doch ich habe überhaupt nicht vor, es so weit kommen zu lassen, dass er mich verteidigen muss. Mir ist aufgefallen, dass er auf meiner Seite steht. Warum das so ist, verstehe ich selbst nicht. Offenbar Dankbarkeit, weil ich sie hier aufgenommen habe. Er hat davon ja am meisten profitiert, aufgrund seiner Verletzung.

»Ich bin tatsächlich keine Freundin und deshalb womöglich die Einzige, die keinen Grund hatte, Erin etwas anzutun. Seit ihr hergekommen seid, gibt es immer wieder Zwist zwischen euch. Ich gebe zu, dass ich kein konkretes Motiv aus dem Hut zaubern kann, wieso einer von euch es gewesen sein könnte, doch die Spannungen sind deutlich spürbar, und das wisst ihr. Ihr kennt eure kleinen Geheimnisse, und die Einzige, die darin nicht eingeweiht ist, bin ich.«

Stille kehrt ein. Colin räuspert sich und Jamie starrt auf den Tisch vor sich.

»Und noch eines, wenn ihr ernsthaft denkt, dass Erin von jemandem absichtlich vergiftet wurde, wieso hat dann niemand darauf geachtet, dass das ganze Geschirr nicht abgewaschen wird. Meine Idee war das nicht.« Jamies Blick schnellt zu Lennox in die Küche. Ich bin wütend. Dennoch setze ich mich in einen freien Sessel, verschränke die Arme und warte ab, wie es weitergeht.

»Verdammt, Lennox!«

Der hört seinen Namen und schaut auf.

»Konntest du deinen Putzfimmel nicht für eine Stunde unter Kontrolle halten?« Jamie ist verärgert, zumindest sagt das sein Blick. Ich finde, dass er ziemlich schnell akzeptiert hat. Alle potenziellen Spuren sind vernichtet worden. Es wird kaum möglich sein herauszufinden, in was das Gift sich befunden hat.

»Seid ihr schon weitergekommen?«, fragt Allison, die eben das Wohnzimmer betritt. Alle schweigen.

»Nehmen wir mal an, Jamie hat recht und Erin wurde vorsätzlich vergiftet. Dann sitzt der Täter jetzt in diesem

Raum beziehungsweise steht in der Küche«, bemerkt Colin.

»Korrekt«, erwidert Jamie.

»Dann hat sie das Gift also beim Essen bekommen?«

»Ist anzunehmen«, erwidere ich.

»Du hast gekocht«, stichelt Allison und lächelt boshaft.

»Wie praktisch für euch. Soll ich mich fragen, wieso ihr diese Nacht hierhergekommen seid? Ich konnte das nicht beeinflussen. Glaubst du wirklich, deine Freundin hat so starke Antipathien in mir geweckt, dass ich mich habe zu einem spontanen Mord hinreißen lassen?«

Ich kann Allison ansehen, dass sie etwas erwidern will, doch sie presst vorsorglich die Lippen zusammen. Ich wette, sie wollte impulsiv Erins Bezeichnung als ›Freundin‹ korrigieren. Ich fresse einen Besen, wenn die beiden wahrhaftig befreundet waren.

»Außerdem hat Colin beim Kochen geholfen«, streue ich hinterher.

»Jetzt hau mich nicht in die Pfanne. Ich bin auf deiner Seite«, sagt er, sichtlich getroffen.

»Ich weiß, aber ich werde hier stark beschuldigt und ich kenne dich genauso wenig wie die anderen.«

»In Ordnung.«

Lennox setzt sich neben seine Frau auf die Lehne ihres Sessels. Erneut kehrt Schweigen ein und jeder hängt seinen Gedanken nach.

»Seht mal!«, sagt Allison laut. »Es sieht so aus, als hätte der Wind nachgelassen.« Alle drehen sich ruckartig zum Fenster. Tatsächlich gleiten die Flocken an der Scheibe langsam schwebend herab.

»Wir müssen Erin holen«, sagt Jamie plötzlich und steht auf.

»Ich helfe dir.« Lennox erhebt sich ebenfalls. Allison will gerade etwas dazu sagen, doch ihr Mann schneidet ihr augenblicklich das Wort ab. »Colin, vielleicht bleibst du bei den Frauen. Ich denke, wir schaffen das zu zweit.« Colin sieht unverschämt erleichtert aus.

Zehn Sekunden, nachdem die beiden die Tür hinter sich ins Schloss haben fallen lassen, beugt Allison sich nach vorn und sieht Colin scharf an. »Lass uns Klartext reden, solange Jamie nicht hier ist. Du hattest die Gelegenheit, ihr etwas ins Essen zu tun.«

»Wie bitte? Was soll das deiner Meinung nach sein? Eine Prise aus meinem Arsenbeutel, den ich immer bei mir habe?«

»Ich weiß es nicht, doch du hattest definitiv ein Thema mit ihr.«

»Ein Thema?« Colin sieht ernsthaft bestürzt aus.

»Ja. Zwing mich nicht, vor Skye deutlicher zu werden. Du weißt genau, was ich meine!«

»Tu dir keinen Zwang an. Ich habe keinen blassen Schimmer.«

»Erin war verliebt in dich! Ich wette, das kam dir ungelegen.«

Triumphierend über ihre Enthüllung lehnt sie sich im Sessel zurück und beobachtet abwechselnd mein und Colins Gesicht.

»Träumst du? Unterlass bitte solche Andeutungen in Gegenwart von Jamie. Der könnte denken, da wäre was dran.«

»Liege ich etwa falsch?«

Ich kann mir nicht helfen, doch mich interessiert Colins Gesichtsausdruck. Es geht mich nichts an, doch er hat in den letzten Stunden nicht wenig mit mir geflirtet und ich bin auf seine Reaktion gespannt.

»Du liegst meilenweit daneben. Wie kommst du darauf?«

»Sie hat es mir erzählt.«

»Sie hat dir erzählt, dass Colin in sie verliebt ist?«, hake ich nach.

»Nein. Sie war in ihn verliebt und hat behauptet, er hätte ihr Anlass dazu gegeben, auf mehr hoffen zu dürfen.«

Colin schüttelt vehement den Kopf. »Das hat sie sich eingebildet. Ich habe ihr keinen Anlass gegeben. Jamie ist ein Geschäftspartner.«

»Ich dachte, ihr seid Freunde«, werfe ich ein. Er ignoriert mich.

»Sie muss ...«

Plötzlich stoppt er mitten im Satz und überlegt.

»Das hat sie gemeint«, flüstert er. »Du irrst dich, Allison. Ich habe ihr nicht den geringsten Anlass dazu gegeben. Und selbst wenn, wieso sollte ich sie deshalb umbringen?«

»Weil sie Jamie für dich verlassen hätte«, erwidert Allison gelassen.

»Was? Das kann ich nicht glauben. Das wäre ja verrückt.«

»Ich sehe das genau wie du, aber Erin war bis über beide Ohren verknallt in dich.«

»Was bringt euch nur darauf?«

»Colin hat sie geküsst und damit konnte sie nicht umgehen. Ich habe ihr gesagt, dass sie nicht so viel hineininterpretieren soll, aber Erin hat das in den Wind geschlagen. Sie war sich hundertprozentig sicher, dass Colin versteckte Gefühle für sie hat, die er sich nur nicht traut zu zeigen.« Bei dem Satz setzt Allison einen angewiderten Gesichtsausdruck auf. Colin hingegen bleibt ruhig.

»Mädels, ich schwöre euch hoch und heilig, dass ich Erin keine Hoffnungen gemacht habe. Warum auch? Sie war eine nette Frau, jedoch nicht mehr für mich. Natürlich haben wir auch mal rumgeflachst. Erst am frühen Abend habe ich ihr einen Kuss auf die Wange gegeben. Na, und?«

»So was habe ich mir schon gedacht«, sagt Allison leise.

»Na, also. Kein Grund, wüste Verdächtigungen in den Raum zu stellen. Ich bringe doch niemanden um, weil derjenige glaubt, verliebt in mich zu sein.«

»Es ist zumindest ziemlich unbequem für dich, wenn Jamie davon Wind bekommt und dir die Freundschaft kündigt. Immerhin investiert er regelmäßig über dich und schleppt eine Menge neuer Kunden ran, soviel ich weiß. Wäre doch schade, wenn die Kuh irgendwann nicht mehr gemolken werden könnte.«

»Das wäre es, meine Liebe«, bemerkt Colin ungerührt, »und dennoch bin ich kein Mörder.«

Die beiden werfen sich giftige Blicke zu. Ich bin bisher davon ausgegangen, dass sie sich mögen, doch offensichtlich gibt es auch bei ihnen Spannung. Was mich wundert, weil es Allison vollkommen egal sein müsste, mit wem Colin flirtet. Sie ist verheiratet. Colin zu verurteilen, steht mir nicht zu. Wenn es ist, wie er sagt, kann man ihm keinen Vorwurf machen. Dann hat Erin sich in einer Traumwelt verloren, ohne ihn mitzunehmen. Man könnte das Ganze höchstens als tragischen Irrtum bezeichnen. Was mich viel mehr umtreibt, ist ein ganz anderer Gedanke und ich bin überrascht, dass keiner der Anwesenden bisher Überlegungen in dieser Richtung angestellt hat.

»Selbst wenn Colin ihr absichtlich keine Avancen gemacht hat, liegt es augenscheinlich auf der Hand, dass Erin sich Hoffnungen machte. Wenn ich so darüber nachdenke, passt ihr Verhalten von heute Nachmittag ganz gut dazu. Sie war geradezu stutenbissig mir gegenüber, weil Colin auf meiner Seite stand.«

Allison zieht gelangweilt die Brauen nach oben.

»Was, wenn Jamie davon wusste? Ich meine, nicht von dem Missverständnis. Nehmen wir mal an, sie hat mit ihm über ihre Schwärmerei gesprochen. Oder womöglich mehr angedeutet. Das gibt Jamie ein ziemlich starkes Motiv und dabei spielt es keine Rolle, ob Colin mit im Boot ist oder nicht.«

Die beiden denken augenscheinlich über meine Worte nach. Selbst Allison hat keinen schnellen Spruch auf den Lippen, um mich wie üblich auf meinen Platz zu verweisen. Dann schüttelt Colin den Kopf.

»Ich kann mir das einfach nicht vorstellen. Tut mir leid. Weder Jamie noch einer von euch beiden, Allison, wäre dazu in der Lage. Wir kennen uns nun schon so viele Jahre. Erin war sicherlich nervig hin und wieder, doch das rechtfertigt keinen Mord.«

Dass man sich in seinen lieben Mitmenschen täuschen kann, weiß ich nur zu gut, doch ich sage nichts dazu. Ich finde es das Naheliegende, an den Ehemann zu denken. Das mag an meinen eigenen Erfahrungen liegen. Ich möchte nicht wie Erin enden, doch wie man sieht, geht so etwas schneller, als man denkt.

»Ich war es jedenfalls nicht«, sage ich laut.

»Ich glaube dir«, kommt von Colin. Allison sieht mich skeptisch an. »Ich auch nicht«, sagt sie zögerlich.

»Und jetzt?«, frage ich Colin.

Er zuckt mit den Achseln. »Wir werden darauf warten, dass wir Kontakt zur Außenwelt bekommen und die Polizei alarmieren. Was anderes bleibt uns derzeit nicht übrig. Ich gehe davon aus, dass es nicht so lange dauern wird, bis das Telefon wieder funktioniert.«

Demonstrativ lehnt er sich rüber und greift nach dem Hörer. Als er das Mobilteil vom Apparat hebt, ist nichts zu hören. Kein Freizeichen.

»Und bis dahin warten wir hier mit einem Mörder? Oder was ist jetzt unsere Schlussfolgerung?«, frage ich.

Ich wage kaum, daran zu denken, was passiert, wenn die Polizei hier eintrifft. Wen werden sie verhaften? Doch sicherlich die Frau, die bereits eine Leiche in der Vorratskammer hat. Sie werden nicht einmal zuhören, keine Sekunde zögern und alles, was ich sage, als Lüge abspeichern. Ich verliere Neala noch schneller, als sie die Ermittlungen aufnehmen können. Sie wird sofort zu ihrem Vater kommen – und dann ist es aus. Es ist der schlimmste aller denkbaren Fälle eingetreten. Wäre ich nur gleich zur Polizei gegangen. Jetzt habe ich nicht einmal mehr den Hauch einer Chance, sie auf meine Seite zu ziehen.

Meine Kehle schnürt sich zu und ich spüre, wie ich ersticke. Ich atme hektisch ein und aus, doch kein Sauerstoff erreicht meine Lungen. Mein Herz rast und kalter Schweiß materialisiert sich auf meiner Haut. Es ist heiß im ganzen Raum und das dämmrige Licht flirrt vor meinen Augen. Ich sehe Colin durch einen Schleier, wie er sich aus dem

Sessel erhebt und auf mich zukommt. Seine Stimme ist dumpf und von einem Tunnel umgeben.

Verdammt, was habe ich gegessen?

13

LENNOX

Jamie läuft neben mir, in seinen Mantel gehüllt und schweigt. Sie ist nicht meine Frau, doch auch für mich ist dieser Gang nicht leicht. Soeben wird mir bewusst, dass ich bisher nicht kondoliert habe. Ich war im ersten Moment so geschockt über ihren Tod, dass es mir regelrecht die Sprache verschlagen hat. Es tut mir so wahnsinnig leid für ihn, doch jetzt ist nicht der Moment, um darüber zu reden.

Ich habe die große Taschenlampe von Skye dabei und leuchte uns den Weg. Der Schnee schwebt wie kleine Federn vom Himmel. Die Flocken werden immer größer, ich nehme an, dass wärmere Luftmassen im Anmarsch sind. Wir folgen den Reifenspuren von Skyes Kleinwagen. Um uns herum kriecht Schwärze, die ich nur verscheuchen kann, wenn ich die Taschenlampe in die Weite richte.

Plötzlich taucht der Wagen vor uns auf. Irgendein Teil des Wagens, von dem der Schnee abgerutscht sein muss, reflektiert den Lichtstrahl. Viel ist von ihm nicht mehr zu erkennen. Wind und Schneemassen haben ihn eingegraben und geben ihm die Form einer weißen Hobbit-Höhle. Nur dass in unserem Fall kein Schatz darin zu finden ist.

Jamie wird langsamer und bleibt stehen. Etwa drei Meter trennen uns von Erins Grab. Ich fürchte, das ist ihm soeben aufgegangen. Er reibt sich mit beiden Händen die Arme und bleibt genauso stehen – als würde er sich selbst umarmen. Ich muss etwas tun, also gehe ich zu ihm und lege die Hand auf seine Schulter.

»Du hast alle Zeit der Welt, Kumpel. Wenn du willst, kannst du hier warten, und ich hole sie.« Mein Magen verkrampft sich schon bei dem Gedanken daran, doch das ist das Mindeste, das ich tun kann.

Von ihm kommt nicht sofort eine Reaktion, also drehe ich meinen Kopf und versuche, ihm ins Gesicht zu schauen. Eine nasse Spur läuft ihm über die Wange, was mir erneut einen Stich ins Herz jagt. So viel Leid! Ich weiß, dass Jamie mit Erin seit der Schule zusammen ist. Sie war quasi sein ganzes Leben lang ein Teil von ihm.

»Bitte, mach das! Ich kann es nicht«, sagt er plötzlich überraschend für mich. Ich schlucke, drücke Jamie die Lampe in die Hand und zähle innerlich bis zwei – absichtlich. Bei drei hätte ich mein Angebot zurückgezogen. Ich gehe los. Was soll's? Sie ist immer noch Erin. Die Tatsache, dass sie vor einiger Zeit von uns gegangen ist, sollte mir keine Angst machen.

Doch ich habe Angst. Eine Scheißangst sogar. Nach wenigen Schritten bin ich am Auto. Jamie hält die Lampe so, dass ich etwas sehen kann. Eine der Türen ist offen. Soweit ich mich erinnere, hat Colin vorhin so etwas erwähnt.

»Bitte, leuchte auf die Heckscheibe«, rufe ich ihm zu. Der Klang meiner Worte hier draußen in der Dunkelheit ängstigt mich noch mehr. Die Fahrertür steht offen, doch mir wäre es lieber, könnte ich die Tür zur Rücksitzbank öffnen. Deshalb buddele ich mich durch den Schnee. Irgendwann erreiche ich den Türgriff und ziehe daran. Sinnlos. Es öffnet sich gar nichts.

»Ist der Wagen offen?«, fragt Jamie aus sicherer Entfernung. Er beobachtet meine Anstrengungen. Ich drücke noch einmal auf den Knopf für die Entriegelung auf dem Schlüssel in meiner Tasche, höre das charakteristische Geräusch, wie auch schon zuvor und unternehme einen weiteren Versuch. Nichts.

»Ist eingefroren.«

Dann eben über die Fahrerseite. Ich zwänge mich in den Wagen, unter Mühen. »Ich könnte gleich doch deine Hilfe gebrauchen«, rufe ich Jamie aus den Tiefen dieser Höhle zu.

Dann hat mein Herz einen Aussetzer.

Erin ist weg.

Ich drehe mich hektisch um, aus Angst, sie könnte hinter mir sitzen und mir mit einem kalten Finger auf die Schulter tippen. Das kann nicht sein! Ich verrenke meinen Kopf so, dass ich bis in den Fußraum auf der Rücksitzbank gucken kann. Nichts. Fuck!

»Jamie!« Seinen Namen bekomme ich nur in Etappen heraus. Schwer atmend stemme ich mich aus dem Wagen. Jamie ist die paar Schritte auf mich zugekommen.

»Was ist?«, fragt er.

Mein Mund ist so trocken, dass mir die Zunge an den Zähnen kleben bleibt. »Sie ist weg«, sage ich und weiß, wie verrückt das für ihn klingt. Ich muss verrückt sein, eine andere Erklärung gibt es nicht, es sei denn ...?

»Quatsch!« Jamie schiebt mich kräftig beiseite und kriecht selbst in das Auto. Ich beobachte ihn.

Wer von den beiden hat vorhin erkannt, dass sie tot war? Erzählt hat es Colin, doch Jamie war noch eine ganze Zeit bei ihr geblieben. Gut, ich war auch dort. Ich habe gesehen, wie sie mit zurückgelehntem Kopf auf dem Rücksitz saß. Direkt in ihr Gesicht habe ich nicht geschaut. Würde ich überhaupt erkennen, wenn jemand tot ist, aus der Entfernung? In meinem ganzen Leben habe ich nur eine Leiche gesehen und da war es eindeutig. Wenn jemand an einem Strick baumelt, vergisst man das nicht so schnell. Ja. Ich würde es erkennen. Ein Flashback durchzuckt mich und bringt das Gefühl zurück, in Gegenwart einer Leiche zu sein. Doch vorhin war ich so aufgelöst, stand förmlich neben mir und ließ mich von der Nervosität meiner Freunde davontragen. Immerhin hatte Erin erst noch gelebt und war dann gestorben. Denke ich zumindest. Das ist doch etwas anderes, als bei einem Menschen zu sein, der schon länger tot ist, oder nicht?

Jamie steigt aus und rauft sich die Haare. Ein wirrer Blick verändert seine Augen, doch das mag an dem Licht der Taschenlampe liegen, die ihm eben in den Schnee gefallen ist und die ihr Licht von unten zu uns hinauf schickt.

Er starrt mich an. »Wo ist sie hin?«

»Ich weiß es nicht«, flüstere ich, als könnte sie mich hören. Unsere Blicke wandern in verschiedenen Richtungen durch den Schnee.

»War sie denn nicht ...?«

»Doch!«

»Aber wieso?«

»Keine Ahnung! Verdammt!«

»Das heißt doch, dass sie noch lebt«, sage ich und ringe mir ein Lächeln ab. Um einzuschätzen, ob das etwas Positives ist, fehlt mir momentan die Ruhe.

»Ich weiß nicht«, antwortet der verdatterte Jamie.

»Was machen wir jetzt?«

Er überlegt. »Wir müssen sie finden«, sagt er dann mit fester Stimme.

»Meinst du, sie ist zurück zum Haus gelaufen?«

»Hätten wir sie dann nicht treffen müssen?«

»Na ja, wir hatten eine Lampe. Sie könnte sich verirrt haben. Vorhin tobte noch der Sturm. Ich glaube nicht, dass sie viel sehen konnte.«

»Dreh dich um, Lennox. Das Haus kannst du von hier sehen oder zumindest den Lichtschein aus den Fenstern.« Er stutzt. »Hey! Moment. Wieso brennt das Licht wieder?«

Wie aufs Stichwort geht es wieder aus. Eine Weile starren wir noch, hoffen und glauben fest, dass es gleich wieder angeht. Doch nichts passiert. Das gefällt mir nicht.

»Das ist ja wie bei einem Leuchtturm«, sagt er.

»Aber jetzt ist nichts mehr zu sehen. Wir beide wissen nur, in welche Richtung wir gehen müssen.«

»Du glaubst, sie wollte zurück und hat sich im Sturm verlaufen? Dann müssen wir sie suchen!« Und schon rennt Jamie los. Ich schnappe mir die Taschenlampe und stürze hinterher.

»Jamie! Warte. Wir müssen das systematisch angehen.«

»Erin!«, brüllt er aus vollem Hals. »Erin!« Er klingt manisch.

»Halt. Lass uns zurückgehen und die anderen holen. Dann teilen wir uns auf.«

Jamie rennt weiter. Dann sackt er mit dem Fuß in die Tiefe und verschwindet bis zur Hüfte in einer Schneewehe.

»Verdammt! Jamie! Das ist ’ne Nummer zu groß für uns allein. Lass uns wenigstens Colin dazu holen.« Ich greife nach seinen Armen und helfe ihm, wieder auf den Weg zu gelangen. Er putzt sich den Schnee von den Klamotten und schnauft.

»Ich hätte sie nicht allein lassen sollen. Sie hat gelebt! Ich wusste, dass es nicht gut ist wegzugehen!«

Ich sehe ihn an, hilflos. Das nächste Flashback ereilt mich und schnürt mir die Kehle zu. Ich bin wahrlich ein schlechter Freund! Immer gewesen. Hätte ich ein Rückgrat, müsste ich nicht nach anderer Leute Pfeife tanzen. Er hat völlig recht mit dem, was er sagt, doch was bringt es jetzt noch, ihm ein schlechtes Gewissen zu machen.

»Das konnte doch keiner wissen. Ihr habt gesagt, sie ist tot. Was sollst du dann noch hier draußen sitzen und womöglich erfrieren?«

»Sie war nicht tot.«

»Wusstest du das?«

»Nein, verdammt. Natürlich nicht! Bist du irre? Als ich sie in den Armen hielt, war sie eisekalt und blass. Sie hat nicht mehr geatmet.«

»Vielleicht war sie nur bewusstlos.«

Halt die Klappe, Lennox! Hier geht es nicht ums Recht. Du wolltest deinen Freund unterstützen. Warum zur Hölle versagst du immer in diesen Fällen?

»Kann sein, dass sie nur bewusstlos war. Mir schwirrt der Kopf! Sie sah tot aus, aber was wir hier sehen, spricht eine andere Sprache, oder? Ich habe einen Riesen-Fehler gemacht, Lennox. Ich habe meine Frau allein gelassen und jetzt irrt sie seit … ich weiß nicht, wie lange … im Scheißschnee umher.«

Zu spät. Das habe ich versaut.

»Womöglich ist sie jetzt tot! Dann habe ich sie umgebracht!« Seine Stimme überschlägt sich, bricht, er japst nach Luft. Das klingt nicht gut.

»Jamie, nicht. Wir wissen nicht, was passiert ist, okay. Beruhige dich. Du kannst nichts dafür. Das ist der Schock. Du bist nicht schuld!«

»Na, klar. Ich trage die Verantwortung dafür. Sie ist meine Frau. Ich habe versprochen, auf sie aufzupassen.« Er greift mit der Hand in sein Gesicht und weint.

»Ich habe eine Idee«, sage ich, weil mir eine Eingebung kommt. »Gehen wir zum Auto zurück und suchen nach ihren Fußspuren.«

»Völlig sinnlos. Es schneit. Wenn sie nicht eben erst losgezogen ist, sind die längst verschwunden«, sagt er.

»Aber du sinkst doch auch sehr stark beim Gehen ein. Die Mulden könnte man noch sehen.«

»Kann sein.«

»Dann los!« Ich leuchte mit der Lampe Richtung Auto und wir gehen zurück, um den Bereich drumherum abzusuchen. Um den Wagen herum gibt es jede Menge Spuren, doch sie sind frisch und sehen aus wie unsere Abdrücke.

Nach einigen Minuten ruft er: »Siehst du das … da drüben? Die gehen Richtung Haus, wenn ich nicht irre.« Jamie klingt optimistisch, irgendwie aufgekratzt.

Und tatsächlich. Seitlich an dem Weg vorbei, den wir gekommen sind, finden sich tiefe Abdrücke im Schnee. Sie füllen sich mehr und mehr, doch sind sie in Form und Abstand noch gut erkennbar. Fast habe ich das Gefühl, altes Gras durch die dünne Schneedecke scheinen zu sehen.

»Ganz schön tief. Vielleicht ist es etwas anderes. Siehst du, Jamie? Ich mache bei Weitem nicht so tiefe Abdrücke.«

»Ist aber die gleiche Schrittlänge wie bei dir. Das passt schon. Lass uns denen folgen. Vielleicht ist sie längst beim Haus und wir haben sie nur nicht gesehen.«

Auf dem Weg zurück befällt mich eine ungewöhnlich nervöse Stimmung. Erin lebt! Das sind gute Nachrichten, doch je näher wir dem Haus kommen, umso mehr beunruhigt mich der Gedanke, ihr zu begegnen. Ich weiß natürlich, dass ich keine ›Friedhof der Kuscheltiere‹-Szene befürchten muss, bei der eine tote Erin wieder aufersteht, nachdem wir sie beerdigt haben. Doch ich kann nicht leugnen, dass mir davor graut, was mich erwartet.

In diesem Augenblick erscheint mir unsere Wohnung in Kensington wie ein paradiesischer Traum. Wie ich meinen Mantel an die Edelstahlgarderobe im Eingang hänge, bevor ich in mein Arbeitszimmer gehe, um die Aktentasche abzustellen. Schal, Handschuhe, alles hat seinen Platz. Musik dringt aus dem sanft beleuchteten Wohnzimmer, in dem Alli sitzt und in der ›Vogue‹ blättert. Sie hat dezentes Make-up aufgelegt, das immer noch sexy genug ist, um ihrer Abendgarderobe zu schmeicheln. Ihr fruchtiges Parfüm schwebt in der Luft. Ein Duft nach Passionsfrucht und Frangipani, den ich immer mit zu Hause assoziiere. Dorthin würde ich gern fliehen und all dem hier den Rücken zukehren. Was für eine Ironie des Schicksals! Wenn einer weiß, dass Entscheidungen Konsequenzen haben, dann bin ich das. Ich habe mich vor Jahren entschieden und wieder, als ich hierherkam. Die Blase, in die ich mich hier begeben habe, lässt wiederum andere platzen und ich fürchte, die vom trauten Heim ist mit dabei.

Ich kann sehen, wie Jamie sich anstrengt, um in einem ordentlichen Tempo voranzukommen, doch der Schnee hindert uns am Gehen. Als watete man durch Kaugummi. Mir steht der Schweiß auf der Stirn, als wir schließlich die Eingangstür erreichen. Drinnen ist es nach wie vor stockfinster.

»Verstehst du das mit dem Licht? Wenn der Strom wieder da ist, müssen sie schlafen gegangen sein. Anders kann ich mir nicht erklären, dass sie das Licht ausgeschaltet haben«, sage ich.

Jamie zuckt nur mit den Achseln. »Ich weiß es nicht, kann mir aber nicht vorstellen, dass die schlafen gehen, wenn wir hier draußen durch die Gegend laufen. Und dann so abrupt. Auf keinen Fall! Erin ist ja auch da. Das passt nicht.«

Der Hof vor dem Cottage ist von unser aller Fußspuren so oft breit getreten worden, dass ich nicht mehr sagen kann, ob die Spur, der wir gefolgt sind, bis zum Haus lief. Wir werden es gleich sehen.

»Jamie? Meinst du nicht, sie hätten nach uns gerufen oder Colin wäre rausgekommen, wenn Erin bei ihnen im Haus wäre?«

Ich wollte diese Frage erst nicht stellen, weil sie Jamie Angst machen wird, doch wir kommen nicht drumherum, uns damit zu beschäftigen. Was, wenn sie nicht dort drinnen ist?

Erneut blicke ich ängstlich über meine Schulter. Suche die Umgebung ab und fühle mich beobachtet. Das Schicksal sieht alles, was du tust, und eines Tages wird es dich ereilen, wenn du nicht damit rechnest.

14

COLIN

Skye tritt komplett weg. Sie verdreht die Augen und schnappt nach Luft, als wäre sie unter Wasser. Ich gehe zu ihr und spreche sie an, doch mich beschleicht das Gefühl, dass sie mich nicht versteht. Von der Seite macht Alli den Vorschlag, ihr mit der Hand ins Gesicht zu schlagen, doch so weit würde ich nicht gehen. Ich schüttele sie zunächst ein wenig und nach einigen Sekunden reagieren ihre Augen auf meine Bewegungen. Sie ist wieder da. Ein bisschen blass, trotz des Kaminfeuers, das unsere Gesichter in orangenes Licht taucht. Bei Skye wirkt es wie Wasserfarbe auf weißem Grund.

»Skye! Hallo! Sieh mich an!«, sage ich jetzt deutlich leiser zu ihr als noch vor einer Minute. Sie atmet wieder normal. Ich kann sehen, dass sie zittert.

»Hörst du mich? Skye, du hattest eine Panikattacke.«

Sie greift sich mit großen Augen, die mich endlich vollständig fixieren, an den Bauch und sieht elend aus. Ich knie vor ihrem Sessel und warte auf eine Reaktion. Sie hat einiges mitgemacht in den letzten Stunden, immerhin war sie auf Familienurlaub eingestellt und muss nun mit unseren Problemen klarkommen. Trotzdem hätte ich sie für härter gehalten, als dass sie der Tod einer Fremden so aus der Bahn wirft.

Langsam kommt sie vollständig zu sich.

»Mir ist schlecht.« Ihre ersten Wörter.

»Das war die Aufregung. Du bist einmal komplett aus der Bahn geworfen worden. Da meckert der Kreislauf schon mal. Warte, ich hole dir ein Glas Wasser.«

Nachdem sie das Wasser getrunken hat, bekommt sie wieder Farbe. Selbst in dem schwachen Licht meines Handys, mit dem ich sie trotz des Feuers angestrahlt habe, konnte ich ihre Blässe sehen. Ich frage mich, wie lange mein Akku das noch mitmacht.

»Ich dachte, ich wäre vergiftet worden«, bringt sie langsam heraus.

Ich schüttele den Kopf und lächle sie an. »Es war alles ein bisschen viel.«

Sie schluckt und für einen Moment meine ich, dass ihr etwas unausgesprochen auf der Zunge liegt. Leider überlegt sie es sich mit einem Blick auf Alli anders und bleibt still. Ich habe mich noch nicht entschieden, ob ich ihr die Fragen stellen werde, die mir auf der Seele brennen. Erst einmal muss sie wieder zu Kräften kommen.

»Geht's wieder?«, fragt Alli von der Couch her.

Skye nickt in ihre Richtung.

»Na, gut. Dann werde ich auf mein Zimmer gehen, wenn es euch nichts ausmacht. Ich will einfach nur die Augen schließen und hoffen, dass alles vorbei ist, wenn ich sie wieder öffne.«

»Dann Gute Nacht«, wünsche ich. Ich bin erfreut, dass sie uns endlich allein lässt.

»Tu nichts, was ich nicht auch tun würde, Colin«, erwidert sie, ohne Skye anzusehen.

»Vielleicht solltest du die Tür abschließen«, murmelt Skye. Doch ich kann nicht sagen, ob Alli das gehört hat. Ich schmunzle und setze mich auf die Couch, froh, dass ihre Bissigkeit zurückgekehrt ist. Sie hat mir einen ziemlichen Schrecken eingejagt. Ich bin überrascht, dass mich das beeindruckt hat. Ich gebe mir einen Ruck und frage sie, was mir auf der Seele brennt.

»Skye, ich würde dich gerne etwas fragen.«

»Schieß los.« Sie ist wieder voll da.

»Ich unterstütze in keiner Art und Weise Allis Worte, aber ich muss gestehen, dass von dem Moment, seit wir hier ankamen, klar war, dass etwas nicht stimmt.«

Sie bleibt vollkommen ungerührt.

»Möglicherweise, wage ich mich auch zu weit raus damit, aber du bist schon den ganzen Tag ängstlich, und da war Erin am Anfang noch putzmunter. Nun glaube ich nicht, dass du eine Mörderin bist, aber etwas ist doch los. Kann es sein, dass du die Besitzerin dieses Haus gar nicht kennst?«

»Wie kommst du denn darauf?«

»Ich zähle eins und eins zusammen. Du kannst kaum weiterhelfen, wenn es um Fragen zum Haus geht. Es kommt mir so vor, als würdest du es gerade selbst erst entdecken. Außerdem ...«

»Was?«

»Außerdem hat Alli vorhin einen Koffer erwähnt. Was hat es damit auf sich? Klingt nicht, als wäre es deiner.«

»Du glaubst, wir sind hier eingebrochen?«

»Nun ja.«

»Woher habe ich dann den Schlüssel?«, will sie wissen.

»Gefunden?«

»Gefunden. Dein Ernst?«

Ich habe das Gefühl, dass sie mich hinhält.

»So ein Quatsch. Wir haben das Haus für die Feiertage gemietet. Die Frau, der es gehört, ist auf Kreuzfahrt gegangen.«

Ich bin verblüfft.

»Wie heißt sie?«

»Eilidh Macdonald. Sie ist die Tante meiner Freundin, wenn du es genau wissen willst.«

»Dann ist an der ganzen Sache nichts faul?«

»Nicht das Geringste.«

»Und warum ist ihr Koffer noch hier? Ich gehe doch mal davon aus, dass er der Eigentümerin des Cottages gehört, wenn nicht dir. Und dass er nicht dir gehört, schließe ich daraus, dass du es bisher nicht einmal abgestritten hast.«

»Vielleicht hat sie ihn vergessen. Ich war nicht bei ihrer Abreise dabei. Möglicherweise hatte sie deutlich mehr Gepäck und da ist das Fehlen dieses kleinen Koffers nicht aufgefallen. Oder er ist leer. Daran schon einmal gedacht? Oder habt ihr ihn geöffnet und nachgesehen?«

Sie sieht mich herausfordernd an. Ihre Ausführungen klingen logisch. Das kann ich nicht leugnen. Es ist möglich. Muss ich uneingeschränkt zugeben, also gebe ich mich geschlagen.

»Hast du noch mehr Fragen an mich? Wenn nicht, würde ich gern wissen, warum ihr euch einbildet, in meinen und Eilidhs Sachen schnüffeln zu dürfen? Mit welchem Recht durchsucht Allison Zimmer, in denen sie nichts zu suchen hat?«

Da hat sie nicht Unrecht. Ich kann Alli nicht böse sein, ich weiß, dass sie nun mal so tickt. Sie denkt wenig über Grenzen nach, sondern tut das, was sie zum Ziel führt.

Grundsätzlich eine Eigenschaft, die ich an ihr schätze. Skye ist da augenscheinlich komplizierter gestrickt. Etwas zu kompliziert für meinen Geschmack. Der direkte Weg ist mir gern der liebste.

»Ich spreche mit ihr, wenn du willst«, lenke ich ein. »Sag mal, hattest du mit dieser Eilidh eigentlich Kontakt, bevor du angereist bist? Habt ihr euch gesprochen? Du sagst ja, du warst nicht bei ihrer Abreise dabei.«

»Nein. Tatsächlich habe ich den Schlüssel von Iona, meiner Freundin, erhalten, nachdem sie abgereist sein wollte.«

»Also hast du sie noch gesehen?«

Skye wirkt, als hätte sie etwas getroffen. »Nein, das sage ich doch.« Ihre Stimme klingt genervt.

Ja, das hat sie gesagt, doch die Formulierung ... ich frage mich, wie viel sie weiß und wann sie tatsächlich angereist ist.

»War es das?«

»Nein«, sage ich ehrlich, denn eine Sache liegt mir seit Stunden auf den Lippen. »Wie ist das mit deinem Gesicht passiert?«

»Ich bin die Treppe heruntergefallen«, antwortet sie spontan und ohne unnötige Gefühlsregung.

Ich bin enttäuscht. Nachdem ich den ganzen Tag auf ihrer Seite gestanden habe, hätte ich mehr Vertrauen erwartet. Doch Skye ist kein Mensch, der vertraut, das wird mir bewusst. Sie ist ein Einzelkämpfer. Sie und ihr Kind gegen den Rest der Welt. Wo bleibt der Ehemann in diesem Spiel? Gibt es ihn überhaupt oder hat sie uns das glauben lassen, damit wir sie nicht als schutzlose Frau wahrnehmen, die mit ihrer Tochter allein in den Highlands ist und nach der niemand suchen würde?

Und dann trifft mich die Erkenntnis wie ein Schlag.

»Ich warte noch, bis die beiden zurückkehren und zeige ihnen das Arbeitszimmer, bevor ich auch schlafen gehe«, sagt sie unvermittelt. Ihre Augen sehen traurig und müde aus. Ich spanne den Kiefer an, um nicht eine unüberlegte Bemerkung von mir zu geben. Sie hat sich entschieden, mir nicht zu vertrauen. Das muss ich respektieren. Es ist besser so.

»Sie sollten jeden Moment kommen.«

»Glaubst du, sie haben sich verlaufen?«

»Ich hoffe nicht. Immerhin haben sie die Taschenlampe dabei.«

»Aber vielleicht finden sie das Haus nicht mehr auf dem Rückweg.«

»Ich glaube nicht. Doch wie wollen wir etwas daran ändern?«

»Vielleicht mit einer Art Leuchtfeuer?«, schlägt sie vor.

»Hmm. Keine schlechte Idee. Vorher würde ich gern einen Blick nach draußen werfen, aber wenn niemand zu sehen ist, können wir es ja versuchen. Vielleicht suchst du schon einmal die Streichhölzer oder ein Feuerzeug und ein paar alte Zeitungen zusammen.« Ich stehe auf und gehe zur Tür. Skye folgt mir, um in der Küche nach den Sachen zu suchen.

»Ich kann niemanden sehen«, rufe ich ihr von der Tür zu. Mit zusammengekniffenen Augen suche ich die Umgebung ab. Es ist verdammt dunkel, und auf die Entfernung bringt mich die Lampe meines Handys nicht weiter, weshalb ich es ausschalte und ohne versuche.

»Ich komme gleich«, antwortet sie aus der Küche. Ihre Stimme klingt weit weg.

Ein paar Meter vom Haus entfernt, bewegt sich plötzlich etwas. Direkt neben den Büschen, die zum Bach führen. Ich kneife die Augen weiter zusammen.

In der nächsten Sekunde stehe ich im Scheinwerferlicht, in Flammen, bin blind und japse nach Luft, durch den Schreck. Etwas huscht an mir vorbei. Ich spüre deutlich den Luftzug, unfähig etwas mit den Augen aufzunehmen.

»Was?«

»Colin, was hast du gemacht?«

Verdattert reibe ich mir die Augen. Dann ist es finster um mich herum. Was ist los mit mir?

»Colin?«

Das ist Skyes Stimme. Sie greift mir an die Schulter. Ich drehe mich um und sehe ihr in diese tiefgrünen Augen, die mich schon am frühen Tag gefangen genommen haben.

»Was ist los? Du siehst aus, als hättest du einen Geist gesehen?«

Tatsächlich fühlen sich meine Beine ein wenig wie Pudding an, was ich ihr sicher nicht sagen werde.

»Alles gut.«

»Das Licht war an. Warst du das?«

»Nein.« Ruckartig drehe ich mich zur Tür, lehne mich nach draußen und schaue mich um. Wir sind allein. Zügiger, als ich es mir eingestehen will, schließe ich sie.

»Ich kann dir nicht sagen, was das war. Kann sein, dass der Strom wiederkommt. Erlebt habe ich so etwas allerdings auch noch nicht. Üblicherweise kommt er wieder und bleibt dann.«

»Könnte das der Generator gewesen sein? Womöglich berappelt er sich ja wieder. Solltest du draußen mal nachschauen?«

»Nein!« Ich muss mich zügeln. »Nein«, sage ich erneut, diesmal ruhiger. »Das Teil ist Schrott. Daher kam das bestimmt nicht. Lass uns hier drinnen abwarten.« Insgeheim schäme ich mich für meine Feigheit, aber ich bin Finanzberater, kein Clark Kent, verdammt noch mal.

»In Ordnung. Und jetzt?«

»Ich habe die beiden nicht gesehen, aber ...« Wenn ich ihr von meiner Beobachtung erzähle, kriegt sie Angst. Damit ist uns beiden nicht geholfen. »Sie kommen bestimmt gleich.«

»Dann willst du also noch warten?«

»Ja. Fünf Minuten vielleicht. Hast du noch eine Taschenlampe?«

Sie schüttelt bedauernd den Kopf.

»Skye, hör mal, ich weiß, du hast kein Vertrauen zu mir, aber wenn es etwas gibt, das ... etwas, das dich belastet. Ich will nur sagen, ich habe ein offenes Ohr. Okay. Das muss auch keiner von den anderen wissen.«

In ihrem Gesicht findet eine Veränderung statt. Ihre grünen Augen mustern mich und suchen nach Aufrichtigkeit, wie ich vermute. Ich habe definitiv einen wunden Punkt erwischt.

Ein knappes Nicken zur Bestätigung, mehr nicht, folgt meinen Worten, die ich so meine, wie ich sie gesagt habe. Natürlich gibt es auch andere Gründe, weshalb ich ein Interesse an ihren Geheimnissen habe, doch die stehen nicht im Vordergrund. Ihre Verletzungen müssen nichts mit diesem Haus zu tun haben. Diesem Haus, das ich besser kenne, als es mir lieb ist. Ich bin sogar fest davon überzeugt, dass ihre Geschichte nicht an Eilidh geknüpft ist. Und doch ist sie hier und erzählt eine Story, die ich nicht glauben kann. Und die so gar nicht zu dem passt, was ich erwartet habe, als wir zu diesem Trip aufbrachen. Genauer: als ich Alli vorschlug, diese Wanderung zu unternehmen.

War es eine glückliche Fügung, dass Jamie mich von der Böschung gestoßen hat? Möglich. Ich hatte einen anderen Plan, aber manchmal greift das Schicksal schneller ein. Nun sind wir hier und sitzen fest. Definitiv Karma, wenn man bedenkt, was ich getan habe. Man könnte es auch als Vorsehung bezeichnen.

Skye dreht sich um und geht zurück ins Wohnzimmer. Sie hat sich wieder komplett erholt nach ihrem Anfall. Als wäre nichts geschehen. Seitdem beobachte ich sie genauer als zuvor. Sie wirkt kontrolliert, jede Bewegung langsam und durchdacht. Ich wette, das trifft insbesondere auf die Wörter zu, die ihren Mund verlassen. Ist sie ein Naturtalent. Oder hat sie eine Lektion lernen müssen?

Während ich ihr folge, wird mir schmerzlich bewusst, dass mein Versprechen von eben nur eine leere Hülle ist. Es gibt keinen Weg, ihr mein Vertrauen zu schenken, ohne sie abzustoßen. Warum sollte sie mir ihre Geheimnisse verraten, wenn ich mich nicht revanchieren kann?

»Colin?«

Sie steht neben dem Wohnzimmerfenster mit verschränkten Armen. Ich genieße diese Minuten, die wir allein für uns haben. Zu gern hätte ich die Chance, diese Frau in ungezwungener Atmosphäre kennenzulernen. Nicht zwischen Alli und Erins Geist. Ein Wunsch, der ein Fantasiegespinst bleiben wird.

»Du sagtest vorhin etwas von der Besitzerin des Hauses.«

»Ja.«

»Hatte ich dir heute schon erzählt, dass es eine Frau ist?« Sie dreht sich nicht um. Schaut weiter in die Dunkelheit, da draußen. Das Feuer wird in der Scheibe reflektiert und macht es praktisch unmöglich, etwas zu erkennen. Mir scheint, als beobachte sie unsere Reflexionen im Glas statt die schottische Landschaft bei Nacht. Von der Treppe höre ich ein Knarren, muss mich aber irren, da Jamie und Lennox noch nicht zurück sind.

»Ja, hast du.« Und schon steht die nächste Lüge zwischen uns. Kein vielversprechender Start.

»Okay.«

Sekunden vergehen, in denen ich langsam in der Dunkelheit auf sie zugehe. Ich bin so nah, dass ich den Duft ihres Haares riechen kann. Nur ausstrecken müsste ich meinen Arm und ich könnte darüber streichen.

»Kennst du sie gut?« Skye fragt unvermittelt, ohne sich zu mir umzudrehen. Sie weiß nicht, dass ich eine Armlänge entfernt hinter ihr stehe.

15

ALLISON

Als Skye diesen Anfall bekommt, bin ich einen Moment erleichtert, doch dann stellt sich heraus, dass es nichts mit dem Tod von Erin zu tun hat. Kein Giftanschlag. Sie erholt sich wieder und fügt sich erneut in die hilflose Rolle der alleinerziehenden Mutter, die Colin so bewundert. Ich hätte ihn für anspruchsvoller gehalten. Doch womöglich habe ich seinen Beschützerinstinkt unterschätzt. Er entspricht dann doch ziemlich dem Klischee des behütenden Mannes, dessen Frau seine starke Seite braucht. Keine neue Erkenntnis, ich hatte es nur vergessen.

Was stelle ich jetzt mit diesem Wissen an? Wenn meine Schlussfolgerungen richtig sind, hätte ich das Opfer sein sollen und der Täter wäre damit zweifelsohne mein Mann. Natürlich ist den anderen dieser Gedanke noch nicht gekommen, das ist jedoch nur eine Frage der Zeit.

Sobald Lennox diesen Raum betritt, werde ich ihn zur Rede stellen. Die ganze Situation scheint mir so unwirklich, dass es sich nur um ein Missverständnis handeln kann. Warum sollte er nach einem Weg suchen, mich loszuwerden? Wir sind perfekt füreinander und geben dem anderen die Deckung, die er braucht.

Wirft mich das Ganze aus der Bahn? Nein. Ich stelle mich ans Fenster und schaue nach draußen. Ein wenig Farbe blättert von dem alten Holzrahmen unter meiner Berührung ab. Ich wische sie mit dem Finger auf den Boden. Diese Fenster sind einmal zu oft überstrichen worden. Ein schwaches Licht von vereinzelten Sternen erhellt die Landschaft so minimal, dass ich Umrisse vor tiefblauem Hintergrund ausmachen kann. Überall Schnee, so weit das Auge reicht. Irgendwo da draußen läuft Lennox mit Jamie zu dessen toter Frau, die an meiner Stelle ihr Leben beenden musste. Ich verstehe, warum er sich dafür angeboten hat: schlechtes Gewissen. Der Wein, den sie kurz vor ihrem Tode trank, war für mich bestimmt gewesen.

Dass ich keinen Alkohol trinken darf, hat mir heute das Leben gerettet. Weiß er es? Mein Bewusstsein wehrt sich gegen diesen grausamen Gedanken. Es muss einen anderen Grund geben. Aber Lennox? Er ist der fürsorglichste Mensch, den ich kenne. Er hängt an mir, das weiß ich. Ich bin seine beste Freundin. Wieso sollte er mit dieser Gewalt gegen mich vorgehen wollen.

Wäre da nicht der gestrige und heutige Tag gewesen, an denen er mit seinen Gedanken immer meilenweit weg war, würde ich verwerfen, dass ihn etwas umtreibt. Doch das kann ich nicht. Er hat Sorgen und aus irgendeinem Grund schien ihm dieser Schritt die einfachste Lösung zu sein.

Der Wind bewegt die Büsche vor meinem Fenster. Eigenartig, wo doch die wenigen Schneeflocken kerzengerade nach unten segeln. Die eigene Angst spielt den Augen gern einen Streich. Ich mag es grundsätzlich nicht, von Ängsten beherrscht zu werden, das macht mich schwach. Trotzdem kann ich mich in dieser Umgebung kaum dagegen wehren. Das schwarze Gestrüpp wirkt bedrohlich, beinahe wie eine Gestalt, die dort sitzt und lauert – bis ich schlafen gegangen bin, bis sie die über Fassade zu mir kriechen kann, um durch das angekippte Fenster zu schlüpfen.

Ich schließe das Fenster. Plötzlich löst sich der Busch aus dem Schatten und dann passiert etwas Unglaubliches: Ein gleißendes Licht fällt für den Bruchteil einer Sekunde auf die vermeintliche Gestalt und enthüllt zu meinem Entsetzen einen Menschen aus Fleisch und Blut. Im nahezu selben Augenblick geht das Licht in meinem Zimmer an und macht mich blind für alles, das sich draußen vor dem Fenster abspielt. Atemlos presse ich meine Hände und Gesicht gegen die Scheibe und versuche, das Licht auszusperren, das an den Seiten mit Macht eindringt.

Und schon ist es wieder dunkel. Sterne tanzen vor meinen Augen und schieben sich zwischen mich und meine Umgebung. Nur langsam kehrt die Fähigkeit zurück, Tiefen wahrzunehmen, bis ich wieder auf dieselbe Szenerie blicke, die ich schon vor wenigen Minuten betrachtet habe.

Ich atme tief ein und überlege, was ich tun soll. Vor dem Haus rührt sich nichts. Alles nur Einbildung? Hat mich der Anschlag auf mein Leben doch stärker aus der Bahn geworfen, als mir lieb ist? Wann kommt Lennox zurück? Will ich ihn überhaupt sehen? Der Gedanke, dass er mir Böses wollen könnte, ist so absurd, denke ich und dann fällt mir ein, wie eilig er das Geschirr abgewaschen hat. Doch warum? In Gedanken gehe ich durch, was in den letzten Tagen passiert ist.

Zunächst riefen Jamie und Erin an und fragten, ob wir unser jährliches Treffen dieses Jahr nicht in Schottland abhalten wollten. Mich hat der Gedanke abgeschreckt, weil ich so auf all die Annehmlichkeiten verzichten musste, die London während der Feiertage bietet. Ich sagte, wir würden es uns überlegen. Doch als Lennox einen Tag später seinen letzten Arbeitstag hatte, war er völlig Feuer und

Flamme hierherzukommen. Er wollte nichts lieber als raus aus London. Ungewöhnlich für ihn, da er zwischen den Feiertagen immer eine Menge seiner Freunde trifft. Also sagten wir zu. Später erzählte Erin mir, dass auch Colin die Idee unterstützt hat. Es schien, als wüsste sie nicht mehr genau, wer den Vorschlag als Erster gemacht hatte. Ich habe von Anfang an auf Colin getippt, weil Erin praktisch alles tut, was er vorschlägt. Sie hatte diese fixe Idee, dass er eine Schwäche für sie hat, in Wahrheit war es umgekehrt. Arme Erin! Unter diesem Hirngespinst hat sie eine lange Zeit gelitten. Als sie und Jamie in London lebten und Colin irgendwann in die Highlands zurückzog, aus denen er ursprünglich stammte, beschränkten sich gemeinsame Treffen auf wenige Gelegenheiten im Jahr. Natürlich blieb sie über die sozialen Medien mit ihm in Kontakt.

Doch als Jamie dann die Wohnung in North Ballachulish mietete, weil sie sich dort ein Haus kaufen wollten, nahm das Elend seinen Lauf. Manchmal ist es besser, den Kontakt zu gewissen Menschen abzubrechen, die einem nicht guttun. Colin – so sehr ich ihn liebe – war so jemand für Erin. Er brachte sie grundlos in Versuchung, und ich kann es ihm nicht einmal übel nehmen, weil er es nicht absichtlich tat. So ist er eben.

Auf mich hat Erin nicht hören wollen. Ich habe sie mehr als einmal darauf hingewiesen, dass sie sich etwas vormacht, dass sie kurz davor ist, ein Stalker zu werden und dass diese Story nur mit Tränen enden kann. Dass sie mit ihrem Tod zum Stillstand kommen würde, habe ich nicht kommen sehen. Karma? Würde sich Erin in ihrem nächsten Leben an mir rächen, weil der Drink nicht für sie bestimmt war? Oder an Lennox?

Als sie mir von dem Kuss erzählte, hat mich das überrascht. Eine Situation, in der Jamie nicht zu Hause war. Colin kam vorbei, um ihn zu sprechen. Das war kurz vor unserem Trip. Sie haben sich geküsst. Wie es dazu kam, hat sie nicht erwähnt. Ich neige dazu, Colin zu glauben, wenn er sagt, dass es keine kompromittierende Situation gegeben hätte. Ein Kuss zum Abschied vielleicht oder einer unter Freunden. Die Tatsache, dass er es vergessen hat, spricht Bände.

Doch zurück zu Lennox. Er wollte unbedingt hierher. Die Art, wie er mich an diesem Tag bat, über meinen Schatten zu springen, hat den Ausschlag gegeben. Wenn ich es mir recht überlege, hatte ich das Gefühl, dass es für ihn um mehr ging, als Erin glücklich zu machen. Er brauchte diese Auszeit, hatte er zu mir gesagt, und ich willigte ein.

Mein Mann ist Superman. Er arbeitet zwölf Stunden am Tag in seiner Kanzlei und hat trotzdem die Energie, sich mittags mit mir in der City zum Lunch zu treffen, wenn es sein Zeitplan bei Gericht zulässt. Lennox sieht immer wie aus dem Ei gepellt aus, eine Fähigkeit, die er schon besaß, bevor wir uns kennenlernten. Wenn ich recht darüber nachdenke, kam er an dem Tag mit gelöster Krawatte aus dem Büro. Ich fand sie später zusammengeknüllt in seinem Anzugoberteil. Die oberen drei Knöpfe seines Hemdes geöffnet, als hätte er Luft zum Atmen gebraucht, die Schuhe standen vor Dreck. Er musste eine Weile draußen rumgelaufen sein. Ein starker Geruch nach Schweiß war von ihm ausgegangen, weshalb ich ihn mit einem Spruch sofort unter die Dusche geschickt habe. Und dann gab es noch ein Detail, das mir ins Auge sprang, jetzt da ich bewusst über diesen Abend nachdenke: Er konnte mir nicht in die Augen sehen. Kleinlaut hat er auf mich reagiert. Ja, wie ein Murmeltier blieb er immer in Deckung und versuchte, nicht aufzufallen. Es gelang ihm und so denke ich erst heute genau über diesen Abend nach, an dem er mich nur einmal richtig ansah, als er mich bat, nach Schottland zu fahren. Er wolle nicht in London feiern. Die Silvesterfeier mit den Partnern und Kollegen aus der Kanzlei würden wir ebenfalls absagen. Damit hatte er mich. Diese steife, konservative Festivität war noch nie nach meinem Geschmack gewesen. Da gab es heißere Partys in London, zu denen, so hoffte ich, wir wieder zurück sein würden.

Als wir hier ankamen, wurde es nicht besser. Mein Mann blieb in Gedanken bei sich, stand oft am Fenster, um rauszusehen, und beteiligte sich wenig an Unterhaltungen mit unseren Freunden. Ich habe mich gefragt, warum wir überhaupt gekommen sind. Der lebenslustige, quirlige, selbstbewusste Mann, den ich so gut kenne, ist seitdem ein Schatten seiner selbst. Es ist mir zuwider, so von ihm zu denken, doch möglicherweise manifestiert sich eine Depression. Zumindest würde das seine Stimmung erklären. Die schweren Fälle neigen dazu, sich umzubringen und nicht andere. Ist das der fatale Fehler, der ihm unterlaufen ist, hat er mir das falsche Glas gegeben? War es sein Plan, seinem Leben inmitten seiner Freunde ein Ende zu setzen?

Ich kann es nicht glauben, doch je länger ich darüber nachdenke, umso logischer klingt es. Armer Lenni! Ich hoffe, sie sind jeden Moment zurück, damit wir reden können. Wenn ich ihn vernachlässigt habe in der letzten Zeit, muss ich das wiedergutmachen. Ich muss ihm zeigen, wie schön unser gemeinsames Leben ist, und dass es keinen Grund gibt, dem gewaltsam ein Ende zu bereiten. Wenn dies ein schwacher Moment auf seinem Weg ist, kann ich ihn mit meiner Stärke unterstützen.

Die letzten Jahre habe ich mich in seiner strahlenden Persönlichkeit gesonnt, jetzt soll er sich ausruhen und Kraft tanken können. Ganz gleich, ob es der Job ist, der ihn stresst, oder die Angst vor der Zukunft. Was die angeht, kann ich ihm eine Perspektive geben. Wollen wir hoffen, dass er die als solche begreift. Wenn ich diesbezüglich keine Zweifel hätte, hätte ich ihm längst davon erzählt.

Draußen auf dem Flur knacken die Dielen unter dem Gewicht eines Körpers. Endlich! Ich habe in Gedanken aus dem Fenster gestarrt, meine Stirn an der Scheibe gekühlt und womöglich übersehen, dass die Männer längst zurückgekehrt sind. Ein Kloß formt sich in meinem Hals. Seit Langem habe ich Muffensausen vor einem Gespräch. Dieses Gefühl war mir abhandengekommen.

Gezwungen ruhig setze ich einen Fuß vor den anderen, straffe mich an der Tür und drücke die Klinke nach unten. Die verzogene Zimmertür öffnet unter Quietschen zum Flur, einem wahrhaft finsteren Raum, in dem sich alles verbergen könnte, ohne dass ich es sähe – bis hin zum Bernsteinzimmer.

»Lennox?«, frage ich dämlich in die Stille hinein. Mein Mann hätte keinen Grund, sich in einer der Ecken zu verbergen.

Von unten höre ich gedämpft die Stimmen von Colin und Skye. Ich ziehe die Tür hinter mir zu und taste mich langsam an der Wand entlang Richtung Treppe. Die Stimmen werden lauter. Lieber wäre ich jetzt bei den beiden als hier oben allein im Dunkeln. Zurück in mein

Zimmer ist keine Option. Dort fühle ich mich in der Falle und ausgeliefert. Sicherlich sitzt mir der Schock über das Erlebnis von vorhin in den Knochen.

Von oben aus, vom Ende der Treppe, kann ich einen Teil von Colin sehen und höre, wie er mit zuckersüßer Stimme mit Skye spricht. Würg! Mir ist nicht danach, als fünftes Rad am Wagen in dieses romantische Stelldichein zu poltern. Trotzdem bleibe ich, wo ich bin. Der Gang zurück erscheint mir als schlimmeres Übel.

Die beiden gehen in die Küche und, wenn ich richtig höre, danach ins Wohnzimmer. Ich schleiche leise die Treppe hinunter, die bei jedem Schritt ächzt. Hier könnte ich warten, wäre die Erste, die Lennox in Empfang nimmt nach dieser schweren Mission. Wieso nur hat er sich freiwillig dafür gemeldet? In seinem Zustand sollte er keine Leiche durch den Schnee schleppen müssen. Ich wünschte, er hätte sich mir vorher anvertraut, gleich als passiert war, was auch immer sein Leben verändert hat. Doch eine Depression kommt nicht über Nacht, soweit ich weiß. Es dauert Jahre, bis die Menschen merken, dass sie Hilfe brauchen, bis ihr Umfeld sieht, dass etwas nicht stimmt. Hätte ich es verhindern können? Wie war mein Gedanke vorhin doch gleich? Lennox mit seinen täglichen zwölf Stunden Arbeitspensum und der Energie, die er drumherum mir widmet? Er ist fast Mitte dreißig und ich habe mir keine Gedanken gemacht, dass ihm dieses Leben womöglich zu viel werden könnte.

Wie auch? Ich selbst liebe den Stress, das Tempo und die Adrenalinräusche. Es ist mein Elixier, ich habe gedacht, Lennox wäre wie ich. Immer mit einhundertfünfzig Prozent unterwegs, den anderen um Längen voraus. Ich habe meinen Mann auf dem weiten Weg verloren und überfahren. So sieht es aus. Im Grunde hat nicht er versucht, mir das Leben zu nehmen. Ich war es, die ihm seines ausgesaugt hat. Zu doppeldeutig? Mag sein. Wir hatten auch ’ne Menge Spaß in den letzten Jahren. Tatsächlich war ich der Meinung, dass wir nur Spaß gehabt haben, doch damit liege ich augenscheinlich falsch.

Vor der Eingangstür rumort es plötzlich, und ich springe so hektisch auf, dass es sich anfühlt, als wäre mein Herz auf der Treppe liegen geblieben. Gemurmel dringt an mein Ohr. Ich fixiere die massive Eichenplatte, ohne mich rühren zu können. Dann herrscht Stille, sowohl draußen als auch im Wohnzimmer. Zu meiner Erleichterung höre ich den Schlüssel im Schloss und wie er gedreht wird. Lennox! Die beiden haben ihn mitgenommen. Freudig stürze ich die letzten Stufen hinunter, bis mir klar wird, dass sie nicht allein sein werden. Mein Gespräch mit Lennox wird warten müssen. Ich wünschte nur, ich könnte ihn aus all dem raushalten, dass er Ruhe finden kann, seine Wunden lecken.

Die Tür wird geöffnet und zwei Umrisse erscheinen im Rahmen. Ich vermute, sie sehen mich nicht einmal, weil weder im Flur noch draußen irgendeine Lichtquelle ist. Mein Handy liegt oben auf unserem Bett. Ich atme flach.

»Was ist, wenn sie nicht hier ist?«, höre ich meinen Mann fragen.

»Dann gehen wir wieder raus und finden sie«, antwortet Jamie mit einem Ausdruck in der Stimme, den ich noch nie bei ihm gehört habe. Vermutlich ist es dieser Ton, der mich veranlasst, an die Wand gepresst stehen zu bleiben. Lag ich falsch?

»Sie weiß nicht, dass wir nach ihr suchen.« Das ist erneut mein Mann.

»Lass uns keine Zeit verschwenden, wir müssen die anderen fragen, ob sie sie gesehen haben.«

Und so stürzen die beiden an mir, die sich im Schatten verbirgt, vorbei und rennen zu Colin und Skye ins Wohnzimmer. Mein Herz rast. Ein Wunder, dass sie es nicht gehört haben. Was zur Hölle wird hier gespielt? Oberhalb der Treppe knarrt es erneut.

Bestimmt Neala, die nach ihrer Mutter sucht.

16

LENNOX

»Wo ist Erin?«, ist das Erste, das Jamie zu Colin und Skye sagt, als er ins Wohnzimmer kommt. Ich folge ihm auf dem Fuß, die Taschenlampe habe ich in der Küche wieder eingeschaltet.

Die beiden stehen am Fenster, dicht beieinander und wirken, als wären sie eine Einheit. Alli ist nirgends zu sehen.

»Erin?«, fragt Colin verdutzt. Bei seiner Frage weiß ich, dass wir wieder rausmüssen.

»Ja«, antwortet Jamie heiser. »Ist sie nicht hier?«

»Jamie.« Skye geht auf ihn zu, legt ihm die Hände an die Schultern und sieht ihm mitleidig in die Augen. »Erin ist tot.« Ihre Stimme bricht beim letzten Wort wie Knäckebrot.

»Nein.« Jamie schüttelt wild den Kopf. Ich fürchte, er hat längst eine Grenze der Überforderung überschritten. »Sie lebt. Sie war nicht im Auto. Sie muss versucht haben hierherzukommen.«

»Nicht im Auto?«, schaltet sich Colin ein. »Bist du sicher?«

»Colin. Er hat recht. Ich hab's gesehen.«

»Wo ist sie denn?«, will Skye wissen.

»Wir dachten, dass sie vielleicht den Weg zum Cottage gesucht hat und längst hier ist.«

Skye schüttelt den Kopf. Ihre Augen sind groß und ängstlich und sie drängt sich dicht hinter Colin, sodass sie seinen Rücken berühren muss.

»Dann gehe ich sie suchen. Sie hat sich verlaufen.« Jamie macht auf dem Absatz kehrt und geht zurück in die Diele.

Colin sieht mich geschockt an. »Ist das wirklich wahr?«, fragt er. »Oder will Jamie es nur nicht akzeptieren? Wart ihr beim Wagen?«

»Ja. Es stimmt. Ich konnte es selbst nicht glauben. Tatsächlich war ich als Erster dort. Sie ist weg. Ich bin in das Auto hineingeklettert. Es ist fast komplett eingeschneit und man kommt nur durch die Tür rein, die du offengelassen hast. Der Rest ist eingefroren. Der ganze Wagen steckt in einer verdammten Schneewehe fest. Doch keine Spur von Erin.«

Skye zieht hinter Colin die Luft scharf ein. Es mag an meiner derzeitigen angespannten, emotionalen Verfassung liegen, doch jeder, mich eingeschlossen, reagiert auf diese Nachricht mit Furcht.

»Wir haben Fußabdrücke gefunden, die vom Auto wegführen«, ergänze ich und gieße unbeabsichtigt Öl ins Feuer.

»Von ihr?«, fragt Skye.

Ich zucke mit den Achseln. »Nehme ich an. Wir sind ihnen gefolgt, bis zum Haus. Oder zumindest bis kurz davor. Dann verliefen sie sich in breit getretenem Schnee.«

»Dann muss sie es zum Haus geschafft haben. Wieso habt ihr sie nicht getroffen?« Da schwingt ein leichter Vorwurf in Skyes Worten mit.

»Ich kann es dir nicht sagen. Sie könnte losgegangen sein, als wir noch hier drinnen waren.« Ich spüre, wie mir ein Rinnsal Schweiß über die Stirn läuft. Ich trage immer noch Stiefel und Mantel.

»Wo ist sie dann?« Skyes Stimme ist jetzt deutlich höher.

»Keine Ahnung. Jamie will sie suchen. Ich kann ihn verstehen. Ich werde mit rausmüssen. Wahrscheinlich ist er schon los und allein da draußen rumzuirren, ist keine gute Idee. Er hat nicht einmal Licht. Hoffentlich macht er keinen Blödsinn. Ich weiß nicht, wie lange es dauern wird. Ich nehme die Lampe wieder mit, wenn es euch recht ist.«

»Na, klar. Soll ich euch begleiten?«, fragt Colin. Skye wechselt einen überraschten Blick mit ihm.

»Nein«, entscheide ich. »Es wäre gut, wenn einer bei den Frauen bleibt. Damit würde ich mich wohler fühlen. Es wäre zwar schön, in verschiedenen Richtungen suchen zu können, aber selbst wenn du mitkämst, müsste einer allein gehen. Das ist zu gefährlich.«

»Lennox?«, flüstert Skye, der ich die Erleichterung ansehen kann. »Wieso lebt sie noch?«

Jeder von uns hat die kuriose Formulierung ihrer Frage gehört, doch keinem kommt sie respektlos vor. Wir alle denken offensichtlich das Gleiche. Ich muss schlucken.

»Skye, ich hab sie nur kurz gesehen, doch ich erinnere mich an Jamies Worte und du, Colin, du warst ja auch dabei.«

Colin nickt hektisch.

»Ich dachte, sie wäre tot. Wenn nicht, haben wir einen fatalen Fehler gemacht, als wir sie in der Kälte ließen. Jamie lag richtig. Wir hätten sie nicht allein lassen sollen. Wir hätten sie gleich hierher bringen müssen. Ich weiß nicht, was uns dabei geritten hat, sie in dem Wagen zu lassen. Ich stand unter Schock, Jamie sowieso und ...«

»Ich auch«, ergänzt Colin.

»Ich habe so etwas noch nie ...« Das ist eine Lüge. Keine bewusste, die mir da über die Lippen kommt. Ich hatte es nur verdrängt. Vergessen, das Gefühl einem Trauma gegenüberzustehen. Der erste am Schauplatz einer Gewalttat zu sein und Entscheidungen zu treffen. Sie treffen zu müssen. Manchmal beherrschen diese Entschlüsse dann dein ganzes Leben, mitunter sind sie falsch und ab und zu beides.

»Ich muss los«, sage ich und versuche Jamie einzuholen. In meinem Kopf formt sich ein genaues Bild von Colin und Skyes Reaktionen nach meinem Abgang. Sie haben Angst. Angst davor, dass wir alle uns zu Mördern gemacht haben.

Denn seien wir mal ehrlich, wenn Erin bis jetzt nicht an diese Tür geklopft hat, wird sie es nie mehr tun. Keiner hat es gesagt, doch ich bin sicher, jedem ist bewusst … ihr Fernbleiben bedeutet, dass sie es nicht geschafft hat. Deshalb die Angst in ihren Augen. Besonders in Jamies. Er war nicht voller Freude über die Entdeckung, dass sie noch lebt. Ihm war klar geworden, dass sie leben könnte, wenn wir nicht die falsche Entscheidung getroffen hätten.

Deshalb werde ich keine Eile bei dieser Suche an den Tag legen. Erin ist tot. Sie muss tot sein. Es ist nur eine Frage der Zeit, bis wir sie finden.

Hinter mir fällt die Tür quietschend ins Schloss. Ich schalte die Taschenlampe ein, die ich während des Gespräches ausgelöscht hatte, um die Batterien zu schonen.

Kaum auszudenken, wie wir zurückkämen, wenn sie uns bei der Suche verlassen würden. Vor mir gibt es jede Menge Fußspuren. Da nur vereinzelte Flocken fallen, sind unsere eigenen von vorhin gut zu sehen. Ich weiß nicht, welche zu Jamie gehören und in welche Richtung er gegangen ist. Ich würde die Straße entlang zum Wagen gehen. Ergo folge ich den blassen Reifenspuren.

»Jamie!« Unter meinen Füßen knirscht es kräftig. In der Ferne ruft ein Vogel. Das erste Mal höre ich in dieser Ödnis ein anderes Lebewesen. Ich habe ihn aufgeschreckt. Der Sturm ist vorbei.

»Jamie!«

»Hier Kumpel.«

Überrascht fahre ich zusammen. Zwei Meter neben mir steht Jamie. »Du hast mich erschreckt. Hast du was entdeckt?«

»Nein«, presst er hervor.

»Wie bist du ohne Licht so weit gekommen?«

»Handy.«

»Verstehe. Warst du schon beim Auto?«

»Ja. Keine Chance. Dort ist alles zertrampelt. Ich weiß nicht, wonach ich suchen soll.«

Die Verzweiflung in seiner Stimme ist nicht zu überhören. Ich wünschte, ich könnte ihm helfen. Doch es ist zu früh, ihn an die Wahrheit heranzuführen. Zu früh, ihm zu sagen, dass seine Frau tot ist. Also sage ich: »Dann suchen wir weiter.«

»Vielleicht näher beim Haus. Wir wissen ja, dass sie es in die Nähe geschafft haben muss. Sie könnte gestürzt sein und wir haben sie hinter einer Schneewehe nicht gesehen.« Ich kann fühlen, wie jedes dieser Wörter ihm Schmerzen zufügt. Doch Jamie bleibt stark und lässt sich davon nicht zerbrechen. Ich bewundere ihn. Selbst war ich nicht so widerstandsfähig.

»Dann los!«

Wir folgen im Abstand von etwa fünf Metern dem Weg zurück zum Haus. Einmal bleibe ich stehen und sehe nach unten, wo ich die A82 vermute. Sobald die Straße wieder frei ist, müsste man dort vereinzelte Lichter von Autos erkennen. Ein Hinweis auf Hilfe. Doch es ist nichts zu sehen. Die Zeit hier oben steht still. War es nicht das, was ich wollte? Mit dem Strahl der Lampe streife ich immer wieder die unberührte, glitzernde Schneedecke seitlich meines Weges. Jamie sucht auf seiner Seite. Minuten vergehen und ich stehe vor dem Haus. Von Jamie keine Spur. Es ist zwecklos, doch ich biege rechts ab, um mir alles genau anzusehen. Wie Colin beschrieben hat, steht dort an der Hauswand unter einem Unterstand der Notstromgenerator. Er trägt ein Schneehäubchen und ist tot. Mit der Lampe leuchte ich die Wand ab. Direkt neben dem Generator gibt es eine Leiter – ein altes Holzteil, dessen Stufen aus modrigem grau-braunen Holz bis nach oben kurz unters Dach führen. Sie ist fest mit der Wand verankert, eine Sicherheitsmaßnahme, wenn es im Haus brennt und die Bewohner die Treppe nicht mehr benutzen können. Kurz vor einem kleinen Fenster endet sie. Wenn ich mich recht erinnere, ist es das Fenster am Ende des Flures im ersten Stock. Daneben geht die Strom-Freileitung über einen antik anmutenden Isolator ins Haus. Kein Wunder, dass wir hier Probleme mit dem Strom haben. Es würde mich nicht überraschen, wenn der zweite Ausfall wegen überholungsbedürftiger Technik passiert ist.

Ich gehe weiter um die nächste Hausecke herum und stehe vor einem Anbau aus dunklem Stein, der das Haus mit dem Felsmassiv dahinter verbindet. Das ist der Raum, um den die Mädels so ein Aufheben gemacht haben, wie ich hörte. Ein winziges Guckloch aus Glasbausteinen, das Tageslicht hineinbefördern soll, ist in die Wand eingefügt worden. Ich presse mein Gesicht dagegen und versuche, etwas zu sehen. Völlig unmöglich. Es ist stockfinster darin und Einweckgläser stehen direkt vor der Verglasung.

Ich lasse die Lampe sinken und gehe zurück. Meine Frau schläft bestimmt schon. Ich beneide sie, dass sie nicht mit den gleichen schaurigen Gedanken durch die Nacht irren muss wie wir. Wo ist Jamie?

Am Horizont schimmert ein kleines Licht, in der Nähe des Wagens. Ich gehe wieder zurück. Diese Nacht nimmt kein Ende. Ich blicke auf meine beleuchtete Uhr und sehe, dass es kurz vor Mitternacht ist. Die Anstrengung der Wanderung vom Vormittag sitzt mir in den Knochen, das Trauma danach hat meinen Geist erschöpft. Ich habe alle Reserven aufgebraucht, doch weiß ich nicht, wie ich Jamie klarmachen kann, dass diese Suche zwecklos ist. Erin war halb tot und hier draußen sind es einige Grad unter null. Wir haben ihr keine Jacke angezogen und keine Schuhe, als wir sie zum Auto gebracht haben, um ein Krankenhaus aufzusuchen. Das kann sie unmöglich schaffen.

Das Licht, das ich gesehen habe, ist plötzlich aus, doch ich weiß, wo ich hingehen muss. Etwa zwanzig Meter vor dem Auto biege ich ab. Vor mir verlaufen Abdrücke, die von Jamie stammen müssen und etliche Spuren, die ich nicht zuordnen kann. Ein Schluchzen dringt an mein Ohr.

Die Stimme erkenne ich. Augenblicklich wird mir der Hals enger.

»Jamie?«

Da kauert er, den Mantel um sich geschlungen. Ich sehe nur seinen Rücken. Er wiegt sich hin und her, und als ich ihn direkt anleuchte, kann ich erkennen, was er im Arm hält.

Erin.

Er hat sie gefunden. Ihr leicht bekleideter Körper liegt wie eine Puppe in seinen Armen und macht jede Bewegung mit Leichtigkeit mit. Wann wird ein Körper starr? Müsste das nicht längst der Fall sein … bei diesen Temperaturen? Ich habe keine Ahnung davon. Erschöpft knie ich mich neben Jamie und lege ihm die Hand auf die Schulter.

»Sie ist tot«, sagt er überflüssigerweise.

»Ja.«

»Ich habe sie umgebracht.«

»Jamie, nicht.«

»Doch, Lennox. Ich hab sie allein gelassen. Nicht nur heute Abend.«

Er ist vollkommen aufgelöst. Ich sollte ihn schnellstens ins Haus bringen. »Dich trifft keine Schuld.«

»Sie hat sich bis hierher geschleppt.«

»Wieso eigentlich? Das ist nicht einmal die richtige Richtung?« Ich schreibe diesen Kommentar meiner Übermüdung und der mangelnden Konzentrationsfähigkeit zu fortgeschrittener Stunde zu.

»Wie sollte sie das wissen, ohne Licht?«

Ich kann ihm nicht widersprechen. Alles, was ich sage, wirkt plump.

»Sie ist gestorben, weil niemand ihr geholfen hat. Das werde ich mir mein Leben lang nicht verzeihen. Du kannst das nicht verstehen.«

»Ich verstehe das sehr gut, glaub mir.«

Er schüttelt den Kopf, sieht stur auf die Leiche seiner Frau, die schlaffen Arme und Hände, das Erbrochene an ihrem Oberkörper.

Mir wird schlecht und so schnell ich kann, wende ich mich ab und übergebe mich in den Schnee.

»Gehen wir. Ich helfe dir tragen«, diktiere ich ihm, ohne eine Widerrede akzeptieren zu wollen. Mein Körper ist nach dieser Erklärung kraftlos und nur noch ein Schatten seiner selbst. Raus aus der Kälte! Ich greife nach ihren bestrumpften Füßen und hebe sie an. Jamie hält sie unter den Armen.

Der Weg zum Haus zurück ist beschwerlich, schweigend schaffen wir es ohne Licht. Wir sind diesen Weg heute so oft gegangen und außerdem hat keiner eine Hand frei, um mit einer Taschenlampe zu leuchten. Die klemmt unter meinem Arm.

»Es tut mir leid, Jamie«, sage ich endlich, unsicher, warum ich so lange dafür gebraucht habe. »Ehrlich. Ich weiß, wie es dir geht und dass dein Leben heute zum Stillstand gekommen ist. Es ist nicht fair und tut so unendlich weh, dass du meinst, von dieser neuen Wirklichkeit zerquetscht zu werden.«

Jamie sieht mich an, und mir wird bewusst, dass ich nicht mehr über ihn rede. »Bitte entschuldige, dass ich so lange gebraucht habe, um dir das zu sagen. Ich bin immer für dich da, wenn du über etwas reden willst. Ganz gleich, wann.« Ich keuche unter dem Gewicht.

»Danke. Glaubst du, einer der anderen war es?«

»Was?«

»Der Erin vergiftet hat.«

Darauf fällt mir nichts ein außer: »Ich wüsste nicht, wieso.«

»Vielleicht hat sie sich vor dem Dinner mit etwas vergiftet.«

»Und wenn sie krank war?«

»Das wüsste ich doch. Glaubst du, da lief etwas mit Colin?«

»Mit Colin? Nein. Das glaube ich nicht. Du kennst ihn doch.«

»Eben.«

»Das würde er nicht tun. Nicht unter Freunden. Außerdem ...« Wie sage ich ihm nur, dass Colin auf einen anderen Typ Frau scharf war?

»Erin ist jedes Mal nervös geworden in seiner Gegenwart.«

»Und wenn schon. Wieso willst du dir ihr Andenken mit solchen Gedanken zerstören? Er hat sie sicher nicht deswegen umgebracht. Ich glaube aber auch nicht, dass da was war.«

Wir sind fast da. Auf den letzten Metern rutscht Erin eine Wollsocke vom Fuß, an der ich sie gehalten habe. Ihr nackter Fuß gleitet in den Schnee und ich stöhne laut.

»Warte, Jamie. Ich zieh sie schnell wieder an.«

Jamie lässt sie herabsinken, sodass sie mit dem Hintern auf dem Boden sitzen bleibt. Ich streife ihr die saubere Socke über und hebe sie wieder an. Nach drei Metern bleibe ich stehen. Mein trauriger Freund wirft mir einen genervten Blick zu. Seine Nacht war länger als meine.

»Was ist?«, fragt er gereizt.

»Guck dir mal die Strümpfe von Erin an.«

Er ist hellwach. »Wieso?«

»Weil sie so sauber sind.«

Wir legen sie ab und er kommt zu mir. »Na, und? Im Schnee werden sie nicht dreckig.«

»Schon, aber sie ist ohne Schuhe aus dem Wagen ausgestiegen und ein gutes Stück gelaufen. Du bekommst doch nasse Füße, wenn du durch den Schnee läufst. Zumindest, wenn du warme Füße hast, also Körpertemperatur. Da müsste doch was drankleben: Schneematsch, Eis, irgendwas. Auf diesen Socken ist sie nirgends hingelaufen.«

»Sie waren doch voller Schnee, als ich sie fand.«

»Schnee, der vom Himmel gefallen ist, wo sind die gefrorenen Stellen an ihren kalten Füßen, die zeigen, dass sie durch den Schnee gestapft ist? Guck auf ihre Jeans, und dann sieh uns an.« Ich hebe demonstrativ mein Bein und bis etwa zwanzig Zentimeter oberhalb meines Knöchels sieht man eine glitzernde Schicht auf der Hose. »Ich sehe das bei Erin nicht.«

»Was heißt das jetzt?«, fragt Jamie verdattert. »Ist sie nicht gelaufen?«

Ich schüttele den Kopf. »Sieht nicht so aus.«

»Was soll das heißen?« Er klingt wütend.

»Ich weiß es nicht.«

17

JAMIE

Ich halte sie in meinen Armen, während Lennox die Tür aufschließt. Es wird das letzte Mal für uns beide sein. Jede einzelne Sekunde nehme ich intensiv wahr. Erin ist schwerer, als ich vermutet habe. Ihr Schwerpunkt liegt tiefer als meine Hüfte, weshalb ich mich sehr anstrengen muss, sie ins Haus zu bringen. Nach kurzer Verschnaufpause schwinge ich sie nach oben und nehme sie auf meinen Arm. Lennox hat mir Hilfe angeboten, doch diese letzten Augenblicke will ich allein mit ihr verbringen.

Skye kommt im Flur auf mich zu. Sie öffnet eine Tür unter der Treppe und bringt mich in einen neuen Raum. Hinter mir knipst Lennox die Taschenlampe an und ich erkenne ein Arbeitszimmer. Neben einem Schreibtisch hat Skye eine Decke ausgebreitet. Ich lege Erin darauf und decke sie mit einer zweiten zu.

Das war es jetzt. So muss sich eine Beerdigung anfühlen. Fast glaube ich, dass gleich jemand etwas sagt. Gott sei Dank hat keiner eine Kerze angezündet. So wie es ist, ist es unwirklich und diese Idee gefällt mir. Bei Tageslicht werden mich die Ereignisse schnell genug einholen.

Ich spüre ihre mitleidigen Blicke in meinem Rücken, während ich neben ihr knie. Heuchler, allesamt! Lennox mag die Ausnahme sein, doch Erin hatte so ihre Vermutungen, dass auch er ein falsches Spiel spielt. Gott! Was wohl passiert, wenn Allison davon erfährt! Ich muss fast lächeln. Alle sehen mich an, als wäre nur mein Leben im

Arsch. Doch sie kriegen ihr eigenes kaum auf die Reihe. Meine Frau war ein guter Mensch, doch haben ihre angeblichen Freunde das gern ausgenutzt. Sie hat sich Alli anvertraut, soweit ich weiß. Die hat sie vor allen wie einen Putzlappen behandelt. Und Colin? Ich bin kein Idiot. Gesonnt hat er sich in ihrer Aufmerksamkeit.

»Wir sind für dich da, Kumpel«, sagt er hinter mir, als könne er Gedanken lesen und berührt mich an der Schulter. Etwas brennt durch, ich kann regelrecht spüren, wie es in meinem Kopf kribbelt. Es gibt nur einen Weg, wie das aufhört. Ich springe auf und stürze mich auf Colin. Überrascht begegnet er mir ohne Deckung und segelt wie ein Sack Kartoffeln zu Boden. In der Ferne höre ich Skye kreischen, Lennox schreit mich an, doch das hindert meine Faust nicht, immer und immer wieder auf Colins Visage einzudreschen. Gott! Was für eine Erleichterung. Die ganze Wut, der Frust, mein Schmerz – ich kann all das bündeln und mit einem gezielten Donnerschlag zu Colin schicken.

Er hat es verdient. Er wehrt sich, windet sich unter mir, doch er sitzt fest. Ich knie auf seiner Brust und tu das einzig Richtige, das mein Verstand hervorbringen kann.

»Sie war dir egal, du Arsch! Sprich nicht mit mir, als würde ihr Tod dir etwas bedeuten!«

»Jamie!«

Aus seiner Oberlippe sprudelt Blut, die linke Augenbraue folgt. Beim nächsten Schlag rutscht meine Hand aus und trifft den Schrank, neben den Colin gestürzt ist.

»Fuck!« Etwas hat geknackt, das Holz oder ein Knochen. Ich bin zu betäubt, um das zu beantworten. Im Adrenalinrausch. Im selben Augenblick überwältigt mich Colin und wirft mich zu Boden. Ich erwarte einen Schlag, hoffe, dass er genügend Kraft reinlegt, um für diese Nacht alle Lichter auszuschalten, das würde zum Abend passen, doch nichts passiert.

Er steht auf, wischt sich das Blut aus dem Gesicht und geht. Lennox reicht mir seine Hand. Ich schüttele nur den Kopf. Das ist meine Hölle, er kann mir nicht helfen, trotz des Geschwafels von vorhin.

Sie gehen. Einer nach dem anderen. Endlich haben sie verstanden, dass ich allein mit ihr sein will.

Was für verfluchte Schmerzen! Jetzt dringt meine Hand in mein Bewusstsein. Ein brennendes Meer schwappt in Wellen bis zu meiner Schulter hoch. Endlich etwas, das mich ablenkt, das meine Aufmerksamkeit so gefangen nimmt, dass ich den Schmerz in meinem Herzen nicht spüre. Ich weiß, dass unsere Ehe nur noch auf dem Papier existierte. Dennoch hat Erin es verdient, dass ich ihr den letzten Respekt erweise.

Der Boden unter mir ist kalt. Steinfliesen, kein Teppich. Ich folge dem Dröhnen in meinem Schädel, finde die Ursache im Nacken. Erin hätte ihn mir jetzt massiert. Sie liegt reglos neben mir. Das kurze Haar klebt am Kopf, die Augen geschlossen. Das hatte ich schon im Wagen erledigt, als Colin zum Haus gelaufen war. Dieser Spinner! Ihr Anblick hat ihn angewidert. Er kann froh sein, dass sie nicht mehr erfahren hat, was er getan hat, mit unserem Geld, mit unserem Traum und unserer Zukunft. Ich hätte ihn erwürgen sollen mit meinen bloßen Händen, anstatt ihn zu schubsen, sodass er die Böschung runterfiel und sich nur den Knöchel verstauchte.

Ich werde ins Ausland gehen, wenn das alles vorbei ist. Neu anfangen, irgendwo, wo es warm ist. Die Kanaren vielleicht, Teneriffa. Arbeiten kann ich von überall, wo es Strom gibt. Der Gedanke ist schon belustigend. Neben mir steht ein Computer, aber wir sind nicht in der Lage, eine E-Mail abzusetzen.

Der Schreibtisch ist groß, doch das muss er sein, bei dem Chaos, das dort herrscht. Kaum zu glauben, dass jemand sein Haus vermietet und es dann in diesem Zustand zurücklässt. Diesen Raum hätten sie abschließen sollen. Augenscheinlich wird er nicht beheizt. Es zieht und die Temperatur liegt höchstens bei fünfzehn Grad. Das ist nicht nur der ausgefallenen Heizung zuzuschreiben. Wie ich sehe, liegt das an dem offenen Fenster hier hinten in der Ecke. Skye muss es für eine gute Idee gehalten haben – in Hinblick auf Erin. Es anzukippen, dürfte jedoch sicherer sein, auch wenn ich mir nicht vorstellen kann, dass unter diesen Bedingungen ein Wanderer vorbeikommt.

Ich versuche, das Fenster zu schließen, um es dann in angekipptem Zustand wieder zu öffnen, und muss feststellen, dass das nicht möglich ist. Die Verrieglung ist rausgebrochen. Hier muss in der Vergangenheit mit roher Gewalt gewütet worden sein. Interessant, dass man das nicht reparieren lässt. Muss eine einsame Gegend sein, doch wem will ich hier etwas Neues erzählen. Es bleibt also offen.

Ich sollte zu den anderen zurückkehren, mich bei Colin entschuldigen und den Ausraster auf den Horror schieben, der mein Leben momentan beherrscht. Sie werden verständnisvoll nicken, mir verzeihen und mir etwas Gutes tun wollen. Berechenbar wie eh und je.

Das ist der Moment, in dem ich sie allein lassen muss. Ich gehe ein letztes Mal in dieser Nacht zu ihr und sehe sie an. Es wird Zeit, Lebewohl zu sagen.

Eine Sache beschäftigt mich und lässt mir keinen Frieden. Ich schlage die Decke beiseite und sehe mir ihre bestrumpften Füße an. Mit der Taschenlampe meines Handys leuchte ich die gestrickten Ringelsocken an und bin erstaunt. An dem, was Lennox gesagt hat, ist was dran. Die Strümpfe sind sauber, natürlich die Fasern platt getreten, doch kein Hinweis darauf, dass sie damit durch den Schnee gestapft ist.

Ich berühre meine Hose. Sie ist noch ganz leicht feucht im unteren Bereich. Erins Hose fasst sich auf den Schienbeinen trocken an, an der Rückseite jedoch klamm. Dort hatte sie den Schnee berührt, als ich sie fand. Was bedeutet das? Mein Kopf schwirrt und ich merke, dass mich Erschöpfung überwältigt.

Unter Erin lugt ein Zettel hervor. Er muss bei einem Windstoß vom Schreibtisch gesegelt sein. Sicherlich hat das für die Unordnung hier gesorgt. Ich zupfe das Blatt heraus, leuchte es an, es ist die Quittung für den Kauf eines neuen Tintenstrahldruckers, und lege es zurück auf den Schreibtisch. Die Blätter dort schiebe ich gleich mit zusammen und richte sie ordentlich an der Tischkante aus.

Da fällt mir etwas ins Auge. Ich nehme das leuchtende Handy, das eben noch auf der Tischplatte gelegen hat, und erhelle das Dokument. Es ist die vierte Seite eines unterschriebenen Beratungsvertrages. Das weiß ich deshalb so genau, weil ich den Vertrag kenne, und ich kenne das Briefpapier.

18

SKYE

Er durchquert hinter mir den Raum und kommt immer dichter. Das Spiel ist aus. Entweder er schenkt mir endlich reinen Wein ein, oder … weiter reicht mein Plan nicht. Habe ich mir das gut überlegt? Was, wenn nicht nur er, sondern auch die anderen ein falsches Spiel spielen. Doch er drängt mich immer weiter in die Ecke und das Beste, was mir einfällt, ist: anzugreifen.

»Kanntest du sie?«, frage ich ihn und fordere damit die Ehrlichkeit ein, die er sich von mir wünscht. Ich beiße die Zähne aufeinander, während er sich an mich heranschleicht. Ich glaube, ihm ist nicht bewusst, welches Geräusch seine Sportsocken auf dem Läufer von Eilidh machen. Ab einem gewissen Punkt halte ich es nicht mehr aus und drehe mich um, sehe ihm direkt in die hellen Augen. Ein zarter Glanz liegt auf ihnen, aufgefangen vom Sternenlicht vor dem Fenster.

»Ja.«

Damit habe ich gerechnet, nur nicht, dass er ehrlich sein würde. Sein Gesicht ist neutral, abwartend. Er wartet auf meinen nächsten Schritt, bevor er sich zu weit aus dem Fenster lehnt. Ich lasse diese Information emotionslos sacken, blicke ihm unverwandt in die Augen und atme weiter. Kann er meine Enttäuschung sehen?

Die Küchentür schwingt auf, Jamie und Lennox stürzen herein. Sie haben Erin nicht finden können. Stattdessen vermuten sie sie hier im Haus. Meine Nackenhaare stellen sich auf bei diesem Gedanken und ich habe das Bedürfnis, zu überprüfen, ob alle Fenster geschlossen sind. Ich kann mir nicht helfen, doch von Erin ging etwas Bedrohliches aus. Sie war wie ein Feuerwerkskörper, bei dem man nicht weiß, wie lang die Lunte ist. Ich habe nicht gewollt, dass sie stirbt, noch mehr beunruhigt mich der Gedanke, dass sie allein zurückgekommen ist und nun durchs Haus streift, ohne uns zu informieren.

Jamie und Lennox begeben sich auf eine neue Suche. Ich bleibe mit Colin allein zurück. Ich sehe ihm an, wie fassungslos er ist. Wieso freut sich keiner der Beteiligten über diese Nachricht? Ich war nicht mit ihr befreundet, doch von den anderen hätte ich mehr Enthusiasmus erwartet. Wenigstens von Jamie.

Wir sind wieder allein. »Colin, wieso bist du hier?«

»Ich ... Skye, können wir uns erst einmal über Erin unterhalten?« In seinen Augen lese ich Fassungslosigkeit über meinen abrupten Themenwechsel.

»Natürlich. Schieß los.«

»Pfff!« Er setzt sich aufs Sofa und streckt alle viere von sich. »Ich bin geschockt. Geht es dir nicht genauso?«

»Natürlich. Zunächst mal verstehe ich nicht, wie sie an den beiden vorbeilaufen konnte.«

»Skye! Sie war tot. Ganz sicher. Ich hab sie gesehen. Da gab es kein Lebenszeichen mehr. Sie ist auch ausgekühlt. Vielleicht bilde ich mir das ein, doch ich habe ihre Hand genommen, habe nach einem Puls gesucht. Jedes Leben war aus ihr gewichen. Wieso ist sie nicht mehr in der verdammten Scheißkarre? Was ist hier überhaupt los? Wieso verschwinden die Leute einfach?«

Ich horche auf, das kommt mir bekannt vor. Mein lieber Colin, was führst du im Schilde?

»Ich schwöre hoch und heilig, dass sie tot war. Bei dem kleinsten Zweifel hätten wir sie nie zurückgelassen. Das wäre ja Totschlag!«

»Ist es das, was dich so aufregt? Dass ihr schuld an ihrem Tod sein könntet?«

»Sie war schon tot. Ich bin nicht schuld daran.« Er verschränkt die Arme vor dem Körper und sieht mich herausfordernd an.

»Schon gut. So wie ich die anderen beiden gerade erlebt habe, geht es ihnen ähnlich wie dir.«

»Wo ist sie, Skye?«

Ich zucke zusammen bei der Frage.

»Gibt es noch einen anderen Eingang in das Haus, den Erin genommen haben könnte?«

Erleichtert atme ich weiter. Colin beobachtet mich genau.

»Nicht dass ich wüsste. Wieso sollte sie sich überhaupt reinschleichen? Wäre ich an ihrer Stelle, würde ich sofort nach meinen Freunden suchen.«

Colin schweigt.

»Du glaubst doch nicht, sie weiß, wer ihr das angetan hat? Habt ihr deshalb so eine Scheißangst vor ihr?«

»Quatsch! Keiner von uns hat sie vergiftet. Es gibt keinen Grund, etwas zu befürchten.«

»Dann entspann dich. Sie ist nicht hier. Das hätten wir mitbekommen.«

»Skye? Ich möchte dich etwas fragen. Das hier oben …« Er deutet auf den Bereich unter meinem Auge. »Hat das dein Mann getan?«

»Eine ziemlich direkte Frage, meinst du nicht? Insbesondere wenn man bedenkt, dass du meinen Fragen immer ausweichst«, flüstere ich.

Colin zuckt mit der Schulter und wirft mir einen motivierenden Blick zu.

»Meinetwegen. Warum sollst du es nicht wissen, wir werden uns nach dieser Geschichte wahrscheinlich nie wieder sehen. Ja. Er war das. Er hat mir ins Gesicht geschlagen. Nicht, wie ich es tun würde, sondern mit geballter Faust. Als ich am Boden lag, hat er mich getreten. Mehr als ein Mal. Ich war ihm im Weg und bin nicht schnell genug wieder aufgestanden. Ich habe lernen müssen, dass es ihn noch mehr auf die Palme bringt, wenn ich ihm dann nicht aus dem Weg gehe, aber manchmal ist das nicht mehr möglich.«

Wenn ich mich diese Worte sagen höre – laut und ohne tränenerstickte Stimme wie letztens bei Iona –, klingen sie paradox.

»Warst du bei der Polizei?« Er spricht leise und vertraulich, obwohl wir die Einzigen im Raum sind.

»Nein.«

»Wieso nicht?«

»Weil ich Angst hatte, dass man mir nicht glaubt.«

»Keiner von uns hat etwas anderes vermutet von dem Moment, in dem wir dich gesehen haben.«

»Mag sein, aber niemand wird ein Leben lang eingesperrt, weil er seine Frau geschlagen hat. Ich habe Neala. Ich habe Verantwortung zu tragen.«

»Und was ist mit dir? Was ist mit der Verantwortung dir gegenüber?«

Ich stöhne auf. »Colin, das reicht mir jetzt. Du kennst mich nicht. Urteile nicht über mich! Ich hatte meine Gründe. Mehr musst du nicht wissen.«

Er hebt die Hände, senkt den Blick und zwischen uns entsteht sofort eine Lücke, die ich nicht überbrücken kann. Schade! Ich hatte mich für einen Wimpernschlag geborgen gefühlt.

»Weiß Neala es?«, fragt er, obwohl ich nicht damit gerechnet habe, dass er dem Thema treu bleibt, nach meiner Abfuhr.

»Nein. Aber sie hat kein ausgeprägtes Verhältnis zu ihrem Vater. Er verbringt kaum Zeit mit ihr.«

»Umso besser. Dann ist es für sie leichter, wenn du ihn eines Tages verlässt.«

Ich möchte laut loslachen, doch kann mich gerade so zurückhalten. Dieser Weg führt vermutlich über mein Grab. Colin mustert mich aus seiner Ecke. In den nächsten Minuten sagt er nichts weiter und auch mir ist die Lust am Reden vorerst vergangen. Wir müssen warten, bis Jamie und Lennox wiederkommen, und dann werden wir sehen, wie es weitergeht.

»Ich werde ein paar Decken ins Arbeitszimmer bringen«, sage ich nach einer Weile und stehe auf. »Wenn du möchtest, zeige ich es dir, du kennst es ja noch nicht.«

»Du gehst davon aus, dass wir die brauchen werden?«

»Ich bin lieber vorbereitet.«

Er nickt langsam. »Okay. Ich warte hier.«

Gelassen gehe ich an ihm vorbei und hole aus einer Truhe neben der Küchentür zwei Decken. Die bringe ich ins Arbeitszimmer. Mein Handy liegt noch im Wohnzimmer und so muss ich mich im Finstern in diesen Raum hineintasten, bis ich so weit drinnen stehe, dass das schwache Mondlicht, das durch die Fenster scheint, eine Orientierung gibt.

Brrrr, ist das kalt hier drinnen. Umso besser, sollten wir den Raum für Erin benötigen. Ich kehre zurück, die Vordertür öffnet sich und Jamie und Lennox treten ein. Sie haben Erin gefunden.

Wir helfen alle mit, doch schließlich ist es Jamie, der uns klarmacht, dass nichts wieder kitten kann, was Erin zugestoßen ist.

Nachdem wir ihn allein gelassen haben, verabschiedet sich Lennox und will ins Bett. Mir geht es wie ihm, dieser schreckliche Abend muss irgendwann enden. Allerdings schwinden meine Chancen, mehr zu erfahren, wenn sich jetzt alle nach oben verabschieden. Ich will mit Colin allein sprechen, und ich habe die Hoffnung, dass er mir antwortet, wenn die anderen nicht dabei sind.

»Hast du noch einen Moment?« Ich deute mit dem Kopf Richtung Wohnzimmer und warte auf Colins Reaktion.

Er zögert, aber dann fügt er sich und nickt.

Im Wohnzimmer schließe ich die Tür zur Küche.

»Du bist mir eine Erklärung schuldig, Colin. Das weißt du. Ich will wissen, warum du hier bist.«

Er öffnet den Mund und schaut zu seinem Knöchel hinunter.

»Erzähl mir nichts über eine Verletzung. Das glaube ich dir nicht. Hast du dir überhaupt wehgetan, als du die Böschung hinabgesegelt bist, oder war das gelogen?«

»Ich hab mir tatsächlich wehgetan.«

»Was für ein Zufall!«

»Das war es.«

»Du bist doch nicht zufällig hier, Colin. Erzähl mir nichts! Ich habe einen Schuhabdruck in Eilidhs Arbeitszimmer entdeckt und mir vorhin deine Schuhe in der Diele angesehen. Die sind identisch. Was hast du da gemacht?«

»Skye. Ehrlich. Es ist anders, als es gerade für dich aussieht.«

»Es sieht so aus, als hättest du in einem Haus geschnüffelt, das du angeblich zum ersten Mal betreten hast.«

»In Ordnung! Ja. Ich war schon einmal hier und ich kenne sie.«

»Du kennst sie? Eilidh?«

»Ja.«

»Woher?«

Er räuspert sich. »Wir …« Ein weiteres Räuspern. Er senkt den Kopf und blickt auf seine Schuhe. Hat er etwa vor, mich anzulügen?

»Colin!«

»Ja. Schon gut. Wir hatten …«

Würg. »Nein! Sag es nicht!«

Er sieht mich mit zusammengepressten Lippen an.

»Erklär mir einfach, warum du hier bist.«

19

ALLISON

Die Tür öffnet sich und Lennox tritt ein. Ich sitze seit einer Ewigkeit auf diesem Bett und starre in die Dunkelheit. Meine Augen haben sich so sehr an die Lichtverhältnisse gewöhnt, dass ich mein Handy getrost auslassen kann.

Er ist vor einigen Minuten zurückgekehrt. Jetzt ist er hier bei mir. Der Augenblick ist gekommen, ihn mit der Wahrheit zu konfrontieren. Ich habe Schmetterlinge im Bauch, nach fünf Jahren Ehe. Könnte daran liegen, dass wir selten Aussprachen auf unsere Agenda setzen. Bisher hat jeder mit den Geheimnissen des anderen gut leben können.

Er drückt die Klinke langsam herunter, schiebt die Tür vorsichtig auf. Ein Zeichen, dafür, dass er nicht mit mir rechnet. In seiner Vorstellung schleicht er sich rein, während ich schlummere.

»Guten Abend.«

Ich sehe ihn zusammenzucken. Da schwingt mehr mit, nicht nur der Schreck darüber, dass ich nicht schlafe.

»Du bist noch wach?«

»Ja. Wir müssen reden.«

»Wir haben Erin gefunden.«

Er weicht mir aus.

»Sie liegt jetzt im Arbeitszimmer, direkt unter uns. Jamie ist bei ihr.«

Er lenkt von sich ab, von mir aus. Es ist sein Spiel. Ich kann warten. »Es war ziemlich laut gerade«, sage ich.

»Das hat man bis hier oben gehört?«

Ich nicke. Lennox reagiert nicht sofort. Er hat es nicht gesehen.

»Jamie ist auf Colin losgegangen. Er hat ihm ein paar ordentliche Schwinger verpasst.«

»Schade, dass Erin das nicht mehr erleben konnte.«

Er schnauft. »Ich wünschte, ich hätte es nicht erleben müssen. Er hätte ihn zu Brei geschlagen, wenn wir nicht eingeschritten wären. Jamie steht neben sich.«

»Verständlich. Insbesondere, wenn er wusste, was Erin für Colin empfand.«

»Er hat es geahnt.«

»Das habe ich ihm nicht zugetraut.«

Schweigen. Das ist der Moment, in dem ich das Blatt wenden muss und meinen Mann zur Rede stellen. Er ist ein kluger Kopf, es wird nicht überraschend kommen. Ich räuspere mich und atme tief ein.

»Alli?«

»Ja?«

»Ich habe dich belogen.«

Er stiehlt mir die Show. Wie üblich. Das hätte ich wissen können. Mein Mann und ich waren schon immer auf Augenhöhe. Er würde nicht zulassen, dass ich ihn bloßstelle.

»Inwiefern?«

»Von Anfang an.«

»Das wirst du erklären müssen.« Mein Ton ist neutral, die Stimme ruhig.

Er setzt sich zu mir aufs Bett, zieht den warmen Strickpullover aus, legt ihn zusammen und schiebt ihn ein paar Zentimeter von sich. Das Ritual dauert nur so lange, bis er sich gesammelt hat, dann ist er plötzlich bereit. Vermutlich geht er seinen Text schon eine Zeit lang im Kopf durch, das würde zu ihm passen.

»Ich habe dir was vorgemacht und nicht nur dir, auch allen unseren Freunden und am Ende auch mir selbst. Ich habe gedacht, dass ich so ein Leben führen könnte, doch wie sich zeigt, war es eine dumme Idee. Ich stehe vor einem Scherbenhaufen.«

Er schweigt. Ich lasse es zu, ohne zu kommentieren oder nachzufragen. Das ist sein Moment. Der Klang seiner Stimme lässt erahnen, dass er eine Entscheidung trifft, die unser beider Leben beeinflussen wird.

»Ich hatte einen Schulfreund, damals in der Highschool, sein Name war Mitch. Er ist gestorben, als er zwanzig war. Er hat sich im Garten seiner Eltern an einem Ahorn erhängt.«

»Das hast du nie erzählt.«

Er schüttelt den Kopf, starrt auf die Tagesdecke.

»Ich habe ihn gefunden, zusammen mit seiner Mutter. Er hatte schon Stunden dort gehangen und baumelte im Wind. Dieses Bild trage ich seitdem mit mir.«

»Lennox.« Ich nehme seine Hand in meine. Mehr ist nicht möglich. Er sitzt mit mir zugewandten Knien auf dem Bett, der Abstand zwischen uns ist maximal. Er braucht die Distanz, keine Umarmung. Mit seiner schlaffen Hand in meiner fährt er fort: »Er war nicht nur ein Freund, Alli. Er war mein Freund.«

Ich nicke. Er schüttelt den Kopf, bis ich es lasse.

»Du verstehst nicht. Wir waren zusammen, verliebt, seit der achten Klasse.«

Ich lasse seine Hand sinken und runzle die Stirn. Das ist nur für mich, er kann es nicht sehen. Gedankenfetzen schießen durch meinen Kopf. Ein Hochzeitskleid, unsere Wohnung, gemeinsames Lachen, Essen, Baden, Abwaschen, Verreisen, romantischer Sex. Und dann kommt ein Schwamm und wischt all das weg, bis ich auf eine blanke schwarze Tafel starre. Dunkel wie dieses Zimmer. Alles auf Anfang, zum Beginn der Zeit. Noch einmal von vorn.

»Ja. So sieht es aus.«

»Wieso hast du mich geheiratet?« Die erste Frage, die mir in den Sinn kommt.

»Ich wollte dieses normale Leben.«

»Das verstehe ich nicht.« Wahrhaftig stört mich dieses Wort: normal. Unser Leben ist alles andere als das.

»Eine Frau, diesen Job, keinen Kampf mehr.«

Er sieht so erschöpft aus, wie ich mich fühle. So fühlt sich ein Abschluss an.

»Lass mich das verstehen. Du … du bist …«

»Ja.«

»Du stehst nicht auf Frauen?«

»Ich liebe dich.«

»Das ist ein Unterschied, nicht wahr?«

»Richtig.«

Mir bleibt kurz die Luft weg. »Ich verstehe nicht, wieso du das auf dich genommen hast. Wir leben doch in progressiven Zeiten.«

»Diese Entscheidung habe ich mit zwanzig getroffen.«

»Lennox, wir sind erst seit fünf Jahren verheiratet und kennen uns seit sieben!«

»Das spielt keine Rolle. Mitch hat der Hass damals kaputt gemacht. Er war zu schwach, um sich den tagtäglichen Anfeindungen entgegenzustellen. Irgendwann wollte er nur noch gehen. Er hat mir einen Brief geschrieben und ich habe ihn verstanden. Es hat mir das Herz gebrochen, doch ich wusste genau, wie er sich fühlt. Mir ging es nicht anders.«

»Und heute? Wir leben doch in London, mein Schatz. Das ist eine fortschrittliche, vibrierende Metropole.«

»Von da, wo du stehst, vielleicht, doch meine Antennen zeigen mir etwas anderes. Natürlich siehst du Menschen, die wie Paradiesvögel gekleidet durch die Stadt gehen, als wäre das Thema Diskriminierung Geschichte. Anscheinend versinkt alles in Regenbogenfarben. Und dann freust du dich, in was für einer progressiven Metropole du lebst. Begleite diese Leute eine Weile, und du wirst sehen, dass sie mindestens einmal am Tag angefeindet werden: in der U-Bahn, auf dem Weg vom Pub nach Hause … Männergruppen mit tief sitzender Homophobie benötigen nicht viel, um dich anzugreifen, wenn sie dich als anders erkennen. Dazu muss man sich nicht einmal geschlechterunspezifisch kleiden. Die Stadt ist genauso feindlich gegenüber Menschen, die queer sind, egal in welcher Hinsicht, wie jede andere.«

Das ist mein Mann, der da redet. Mein Lennox. Der Mann, der als Solicitor-Berater bei einer der konservativsten Kanzleien Londons arbeitet, der als Corporate Lawyer Unternehmen bei internationalen Fusionen vertritt. Bei Übernahmen, Veräußerungen, Finanzierungsrunden und Joint Ventures. Dieser Mann hat gerade das Wort queer verwendet. Bis heute war mir nicht klar, dass er es kennt.

»So habe ich dich noch nie reden hören.«

»Womöglich bin ich ein Angsthase und habe mich für den Weg des geringsten Widerstandes entschieden.«

»Das denke ich nicht«, flüstere ich. »Es muss viel Kraft erfordert haben, immer den Schein zu wahren.«

»So enden wie Mitch wollte ich nicht. Das hat mir damals eine Scheißangst gemacht.«

»Das ist viele Jahre her. Damals hatten wir andere Zeiten.«

»Es scheint so, nicht wahr? Ja, sicher, wurde viel für die Rechte queerer Menschen getan und London wird beworben als ein Regenbogenparadies. Die Realität in den Köpfen ist eine andere, oder? Du kennst sie doch, die kleinen Witze, die über den Schwulen in der Abteilung gemacht werden oder die lesbische Frau mit dem strengen Haarschnitt. Kurz bevor ich meinen Urlaub angetreten habe, ist etwas passiert.«

Er schluckt, spricht aber sofort weiter. Die Schleusen sind geöffnet. Ich kenne meinen Mann, er will es jetzt zu Ende bringen.

»Dean Murray und Chris Peterson sind immer noch sauer, weil Oliver mir den Fall Klackston & Shiffer übertragen hat. Ich habe dir davon erzählt. Es geht um viel Geld, und wenn der Deal klappt, könnten wir uns von der Provision ein kleines Ferienhaus am Mittelmeer kaufen, nur als Beispiel.«

»Ja.«

»Sie müssen eine Ahnung gehabt haben, ich weiß nicht woher, auf jeden Fall haben sie mich ertappt.« Seine Stimme zittert und er spricht so leise, dass ich mich konzentrieren muss, um jedes Wort zu verstehen.

»Es gibt einen neuen Praktikanten in der Kanzlei. Er ist Anfang zwanzig, ein attraktiver Mann, Ralph.«

Pause, um sacken zu lassen und meine Fantasie anzuregen. Doch das ist gar nicht nötig. Ich habe ein Bild im Kopf.

»Die Hurensöhne haben mir mit gezielten Bemerkungen das Gefühl gegeben, er hätte ein Auge auf mich geworfen.« Wütend ballt er die Faust.

»Wissen sie denn Bescheid?«

»Nicht von mir. Ich muss irgendwann unaufmerksam gewesen sein. Möglicherweise haben sie ein Gespräch belauscht oder einen Blick aufgefangen, den ich jemandem zuwarf. Keine Ahnung. Vielleicht war es auch nur ein Schuss ins Blaue von ihnen und sie hatten Glück. Sie haben die Hinweise so gestreut, dass ich die Falle nicht erkannt habe. Sich über Ralphs sexuelle Neigungen unterhalten, wenn ich sie hören konnte und so weiter. Ich habe das mitbekommen und mir tatsächlich Hoffnungen gemacht. Ich bin ihnen voll auf den Leim gegangen. Bitte entschuldige, ich weiß, du bist die Letzte, die gerade Verständnis für mein Gejammer haben kann.«

»Schon gut, red weiter.«

»An meinem letzten Arbeitstag habe ich ihn geküsst.«

»Du hast was?«

Er schlägt die Hände vors Gesicht.

»Lennox!«

»Es tut mir leid.«

»Es geht nicht um mich, aber wieso hast du dich entschieden, deine Deckung aufzugeben?«

Er zuckt die Schultern. »Nenn es einen Moment der Schwäche. Ich hab nicht aufgepasst und dachte, es wäre romantisch, wenn ich den ersten Schritt mache. Aber an deiner Reaktion merke ich, dass dir bewusst ist, welche Folgen das am Arbeitsplatz für mich haben kann.«

»Ja. Schon klar. Offiziell können sie dir nichts, aber wenn Oliver damit ein Problem hat oder glaubt, dein Mandant könnte eins haben, bist du den Fall los.«

»Na, siehst du, du weißt also doch, wie der Hase inoffiziell läuft. So viel zu den progressiven Zeiten. Es ist schlimmer. Sie haben dem schockierten Ralph geraten, wegen sexueller Nötigung durch einen Vorgesetzten Beschwerde einzureichen und ein Disziplinarverfahren anzustoßen. Wie sich herausgestellt hat, ist er nicht homosexuell.«

»Oh, Lennox! Das tut mir so leid.« Jetzt überbrücke ich die Kluft zwischen uns und nehme ihn in den Arm. Er fühlt sich genauso an wie gestern. Derselbe Lennox, den ich geheiratet habe.

»Weißt du, ob er es schon getan hat?«

»Er denkt wohl während der Feiertage darüber nach. Das habe ich von Inez, die mit ihm befreundet ist.«

Inez ist Lennox' Sekretärin.

»Dann wissen es jetzt also alle.«

»Ja.«

Ich atme tief ein und höre auf, an meine eigenen Gefühle zu denken. »Gut so. Dann ziehst du hier einen Cut und wir gehen in die Offensive. Du bittest um ein Treffen mit ihm, sobald wir zurück sind, und danach sprichst du mit Oliver. Ich stehe hinter dir, wenn du mich brauchst.«

Er sieht mich an. Überrumpelt. »Du willst zu mir halten, obwohl unsere Ehe eine Farce ist?«

»Ist sie das? Ich kann mich nur an schöne Momente erinnern. Du bist doch noch derselbe Mensch, richtig?«

»Schon … aber …«

»Ich weiß, du stehst nicht auf Frauen.«

Er verzieht das Gesicht.

»Du bist mein bester Freund. Immer gewesen. Sicher. Ideal ist es nicht, und ich fürchte, wir können nicht so weitermachen wie bisher, oder?«

Er schüttelt den Kopf.

»Ja. Verstehe.«

Mit dem Daumen streicht er über meine Augenbraue und legt danach seine Hand an meine Wange. Ein so vertrautes Gefühl, Wärme, Sicherheit, Zuhause. Das wollte ich. Auf das fehlende Kribbeln habe ich nie geachtet. Wozu? Er war doch perfekt. Ist er noch.

Was mache ich jetzt mit meinem kleinen Geheimnis? Bevor ich darüber nachdenken kann, müssen wir etwas anderes klären.

»Lennox, ich bin froh, dass du dich mir endlich anvertraut hast. Ich respektiere deine ursprüngliche Entscheidung, doch es ist bestimmt das Beste, dieses Leben hinter dir zu lassen und in eine Haut zu schlüpfen, die deine eigene ist. Auch wenn ich verstanden habe, dass es jetzt nicht unbedingt einfacher werden wird.«

»Nein. Aber ich bin jetzt älter und weiß, mir in Krisen besser zu helfen.«

»Eben. Umso mehr überrascht es mich, dass du versucht hast, dich umzubringen.«

»Hä?«

»Heute Abend.«

»Wie kommst du darauf?«

Ein Kribbeln steigt mir den Nacken nach oben. »Der Wein, Lennox. Du hast mir aus Versehen das vergiftete Glas mit Wein gegeben.«

»Ich habe was?«

Mein Herz schlägt schneller. »Das Glas, das ich Erin rüberschob und aus dem sie trank, bevor sie starb, war vergiftet.«

»Nein!« Er springt auf und entfernt sich von mir.

»Wie? Nein.«

»Ich habe sie nicht vergiftet.«

»Du hast nichts in das Glas getan und es dann verwechselt?«

»Alli, jetzt mach mal halblang! Wer bin ich denn? Glaubst du, ich trage ein Giftfläschchen mit mir herum oder eine Packung Schlaftabletten, die ich heimlich in der Küche im Mörser zerstoßen habe, um sie später vor den Augen meiner Freunde mit einem exquisiten Chardonnay herunterzukippen?«

Gut, wenn er es so sagt, klingt es lahm. Ich bin geneigt, ihm zu glauben.

»Aber …?«

»Warum sollte ich so etwas tun?«

»Du hast mir doch gerade die Geschichte deiner ersten Liebe erzählt. Mitch hat sich von dem Hass seiner Mitmenschen brechen lassen.«

»Ja. Okay. Ich wollte im Erdboden verschwinden, nach Schottland ziehen und mich nie wieder in London zeigen, aber umbringen? Um nichts auf der Welt gäbe ich den Wichsern diese Genugtuung!«

So kenne ich ihn. Jetzt sind wir uns einig. Ich lächle, kurz, dann werde ich ernst.

»Wieso war dann Gift in meinem Glas, Lennox?«

»Was bringt dich darauf? Ich habe nichts reingetan.«

»Erin hat daraus getrunken.«

»Und wenn schon. Das Gift muss sie anders zu sich genommen haben, wenn es überhaupt Gift war.«

»Ich bin überzeugt davon, dass es Gift war.«

Er kommt direkt auf mich zu. Sein breites Kreuz bedeckt den Schrank hinter ihm fast vollständig – aus meiner Perspektive.

»Das wirst du mir näher erklären müssen«, sagt er und setzt sich wieder.

20

COLIN

»Er hat mit der Eigentümerin, einer gewissen Eilidh Macdonald, Geschäfte gemacht, dieser Dreckskerl!«, blafft Jamie, der ins Wohnzimmer stürmt.

»Was?«

Skye und ich fahren gleichzeitig herum. Jamie klatscht mir einen Zettel gegen die Brust und pikt mit seinem Finger hinein.

»Das ist derselbe Vertrag, wie wir ihn beide haben, mein Freund. Ich habe den Schreibtisch umgekrempelt und die restlichen Blätter gefunden.«

Die Luft wird dünn, Alter, denke ich, und trete einen Schritt nach hinten. Jamie folgt mir.

»Was soll das, Colin? Ich dachte, ihr hattet ein Verhältnis«, sagt Skye.

Jamie drückt schmerzhaft mit dem Finger auf mein Zwerchfell. Ich greife mir das Blatt und schüttele ihn ab.

»Quatsch! Eilidh ist siebzig, oder? Ich habe sie finanziell beraten, genau wie Jamie und Lennox.«

»Und hast du ihr Geld auch durchgebracht?«, fragt Jamie. Er kommt bedrohlich nahe. Das Ganze eskaliert jeden Augenblick.

»Hör zu, Jamie. Es tut mir leid. Ich habe dir das heute Morgen schon gesagt. Es war eine riskante Anlage. Du wusstest das. Ich habe dich vorher aufgeklärt, doch du wolltest unbedingt schnell zu viel Geld kommen, also haben wir es gemacht. Ich bin untröstlich, dass jetzt das meiste weg ist und ihr … du dieses Haus nicht mehr kaufen kannst. Es tut mir unendlich leid, aber es ist alles legal abgelaufen. Du redest, als hätte ich dein Geld veruntreut!« Atemlos starre ich ihn an.

»Du hast mich glauben lassen, dass du alles im Griff hast!«

»Das habe ich auch, aber natürlich steuere ich nicht den Aktienmarkt! Jamie, ich habe dich sogar darauf hingewiesen, nicht alles auf ein Pferd zu setzen.«

»Diese Wasserstofftechnologie hast doch du mir erst schmackhaft gemacht! Du wusstest, dass ich nicht widerstehen konnte.«

»Jamie, Alter, jetzt wird es albern. Ich schreibe das der Tatsache zu, dass du heute einen schlimmen Schicksalsschlag erleiden musstest. Aber du kennst dich doch mit der Börse aus. Es gibt immer ein Risiko, gerade wenn ein Unternehmen erst noch auf die Zusage zu so einem großen Auftrag vom Staat wartet, wie es hier der Fall gewesen ist. Wir haben aufs falsche Pferd gesetzt. Das tut mir leid. Ehrlich. Ich selbst habe auch Geld verloren, weißt du?«

»Dir ist das Geld doch egal! Das sagst du doch immer wieder!« Er schreit jetzt. Er hat recht. Mich juckt so ein Verlust wenig.

Skye tritt dichter heran und blickt mir ins Gesicht. Ich kneife die Augen zusammen, während ich zurückgleite.

»Hat Eilidh auch in dieses Geschäft investiert?«

Was soll's. Ich komme ohnehin nicht ungesehen aus der Sache raus. Skye wird hartnäckig bleiben.

»Ja! Okay? Seid ihr zufrieden? Sie hat investiert und verloren wie wir alle.«

Skye schweigt.

»Ich halte das nicht mehr aus! Was zur Hölle ist hier los?«, fragt Jamie und sinkt stöhnend auf die Couch.

»Colin hat uns alle reingelegt, würde ich sagen, und er ist nicht ohne Grund hierhergekommen, habe ich recht, Colin?«

Ich schüttele gereizt den Kopf und fahre mir durch die Haare. Gott, was gäbe ich für eine heiße Dusche! »Ich habe euch nicht reingelegt. Niemanden, auch Eilidh nicht!«

»Warum bist du dann hier?«

Die Frage habe ich erwartet. Was kann ich sagen? Wenn der Tag vorgestern anders verlaufen wäre, dann steckte ich nicht in dieser Bredouille.

Ich hatte die Entwicklungen an der Börse täglich verfolgt. Die gute Laune an den Aktienmärkten hielt seit Wochen an. Die Erwartungen der Analysten zum Gewinnwachstum der Aktie meines Spitzenkandidaten lagen im zweistelligen Bereich für dieses Jahr.

Erst verloren sie den Auftrag, mit dem wir alle schon insgeheim gerechnet hatten, und dann gab es diese Gerüchte über Veruntreuungen in der Chefetage. Die Aktie ging in den Keller und mit ihr meine Reputation, hatte ich doch fast alle meine Kunden auf dieses Einhorn angesetzt.

Die Mail von Eilidh gestern war nur eine von vielen. Doch sie war die, die den stärksten Eindruck bei mir hinterlassen hat. Sie drohte mir. Da sprach plötzlich eine Frau, die ich ganz anders kennengelernt habe. Eine Frau, die mir Angst machen wollte und bei Gott – sie hatte es geschafft.

»Ich wollte mit ihr reden. Sie war ebenso verärgert wie Jamie hier und ich hatte die Hoffnung, sie beruhigen zu können.«

»Hat sie auch ihr ganzes Geld verloren?«, fragt Jamie von der Couch her.

»Das war dein ganzes Geld?«

Er funkelt mich zornig an und stützt sich auf beiden Armen auf, als wollte er mir gleich den Kopf abreißen.

»Tut mir leid! Sie hat viel verloren, ja. Allerdings denke ich, dass sie mit diesem Verlust nicht ihr Hauptvermögen maßgeblich beeinflusst hat. Ich hatte immer den Eindruck, dass da deutlich mehr Geld im Hintergrund liegt.«

»Sie hat dir also nicht alles anvertraut. Kluge Frau.«

Ich ignoriere Jamie und gehe auf Skye zu. Ihre grünen Augen erscheinen fast schwarz in dieser Dunkelheit, doch ich sehe ihre Farbe deutlich vor meinem geistigen Auge.

»Wir waren zufällig in der Gegend und ...«

»Denk dir etwas anderes aus, Colin. Du willst, dass ich dir abkaufe, dass du gemeinsam mit deinen Freunden zufällig hier auftauchst und ganz nebenbei mit einer Frau, die enttäuscht von dir ist, über Fehler in deiner Beratungstätigkeit reden willst? Bei Kaffee und Kuchen?«

Stimmt. Das ist schwer zu schlucken.

»Ich denke, du hattest keine guten Absichten, als du hierhergekommen bist.«

»Was willst du da andeuten?«

»Ehrlich gesagt, Colin, ich weiß es nicht! Ich zerbreche mir bereits den Kopf, doch nichts passt zusammen. Als du gesehen hast, dass sie nicht da ist, zum Beispiel, da hättet ihr doch wieder gehen können. Warum bist du geblieben und was zur Hölle hast du im Arbeitszimmer gemacht?«

»Wahrscheinlich hat er nur vorsorglich ein Fenster geöffnet, für Erin«, kichert Jamie auf seinem Platz. Er ist hundemüde und steht trotz enormer Anspannung kurz davor einzuschlafen. Er bekommt eindeutig nur die Hälfte mit von dem, was wir besprechen.

»Was soll das heißen, Jamie?«, frage ich, dankbar für die Ablenkung.

»Das Fenster im Arbeitszimmer ist offen. Ich dachte, das war Skye, aber jetzt höre ich, dass du drinnen warst.«

»Ja, aber noch vor dem Dinner.«

»Auch ich habe nichts aufgemacht. Bist du sicher? Warte, du hast recht. Es war sehr kalt dort drinnen, als ich die Decken reingebracht habe. Steht ein Fenster offen?« Skyes Stimme klingt eine Spur zu hoch.

»Seht es euch an, wenn ihr euch traut«, murmelt er, lehnt sich zurück und schläft ein.

Skye greift nach meiner Hand und zieht mich mit sich in die Diele. Dort öffnet sie die Tür unter der Treppe und wir gehen mit angehaltenem Atem rein. Ich weiß nicht, womit wir rechnen, immerhin ist Erin inzwischen aufgefunden worden und bei diesem Wetter wird sich kein Einbrecher in diese abgeschiedene Gegend verirren.

»Er hat recht«, sagt Skye, als wir vor dem Fenster stehen. Keiner von uns schaut auf die Leiche ein paar Meter weiter. Wir haben sie lässig umkreist.

»Colin, das ist aufgestemmt worden.«

»Glaubst du, das ist frisch? Vielleicht ist es schon vor Ewigkeiten kaputtgegangen?«

»Nein. Das war nicht so, als ich heute Nachmittag hier drinnen war. Ich hätte die Kälte gespürt. Man kann es ja überhaupt nicht mehr schließen.« Sie unternimmt einige sinnlose Versuche. »Siehst du?«

»Okay, also, was schlägst du vor? Sollen wir das Haus nach einem Eindringling absuchen?«

»Bitte.«

»Na, gut. Sollen wir zusammen gehen, ja?«

Sie nickt. Die Frau verblüfft mich. Trotz allem, was in den letzten Stunden geschehen ist, hat sie Vertrauen zu mir.

»Mein Akku ist leer, sehe ich gerade. Kannst du dein Handy einschalten?«

»Hat den Geist aufgegeben, vor einer Weile«, flüstert sie.

»Also schön. Dann probieren wir es ohne.« Ich gehe voraus in den Flur.

»Lass uns unten anfangen.«

Sie nickt. Als Erstes suchen wir die Küche ab – Fehlanzeige. Das Wohnzimmer ist beleuchtet, durch das Glimmen der verkohlten Überreste der Holzscheite, die ich vor etwa einer Stunde nachgelegt habe. Hier kann sich niemand verstecken. Wir kehren um und wandern die Treppe hinauf. Das erste Zimmer ist Skyes.

»Lass uns Neala nicht wecken, okay?«

Ich nicke. Sie öffnet leise die Tür. Wir können nichts sehen, weil die Vorhänge zugezogen sind.

»Wir sollten uns wirklich nach Kerzen umsehen, Skye«, wispere ich ihr ins Ohr. Sie hält den Finger vor den Mund und geht in den Raum hinein. Sanftes, sonores Schnarchen dringt an mein Ohr. Es klingt, als brütete Neala einen Schnupfen aus. Skye wendet sich wieder zu mir und zieht die Tür leise zu.

»Sie schläft. Alles gut.«

»Willst du bei Alli und Lennox klopfen?«

»Das machst du«, sagt sie mit einem Unterton, der klarstellt, dass sie sich von Alli lieber fernhalten möchte. Ich trete an die Tür und klopfe leise. Kurz darauf wird mir geöffnet. Die Silhouette von Lennox erscheint im Rahmen.

»Ja?«

»Ich wollte nur wissen, ob bei euch alles gut ist.«

»Klar. Keine Anzeichen von Übelkeit oder so.«

Ich bin kurz geneigt, ihn zu korrigieren und über die neueste Entwicklung aufzuklären. Dann denke ich, dass wir alle genügend Aufregung heute Abend hatten und es Zeit wird, die Leute zur Ruhe kommen zu lassen.

»Dann schlaft gut.«

»Ihr auch«, sagt Lennox mit einem völlig überflüssigen Blick auf Skye, die hinter mir steht. Ich kann spüren, wie sie sich verspannt. Ich danke es ihm mit einem Augenrollen, das er nicht sehen kann. Mir ist daran gelegen, dass sie mir vertraut. Das nächste Zimmer gehört Erin und Jamie. Skye bleibt auf dem Gang stehen, während ich sie absuche. Fehlanzeige – beide sind leer.

»Ich denke, hier ist niemand, Skye.«

»Wir sind noch nicht fertig. Lass uns überall nachsehen. Es muss doch einen Grund haben, dass das Fenster offen steht.«

»Ich denke, dass Lennox und Jamie jemanden getroffen hätten, so oft, wie sie jetzt draußen waren. Deine Sorge ist völlig unbegründet.«

»Lass uns einfach nachgucken«, sagt sie und öffnet die Tür zum Badezimmer. Dieser Raum ist fensterlos und finster wie eine Gruft.

»Ich kann absolut nichts sehen. Ehrlich, wenn jemand direkt vor mir stehen würde, könnte ich es nicht erkennen. Lass uns wenigstens das Feuerzeug vom Kamin holen, wenn schon die Handys nicht funktionieren.«

»Ja, gut. Dann gehen wir wieder runter.«

»Warte kurz«, flüstere ich. Mir war, als hätte ich eine negative Schwingung aufgenommen. Das ist dieses verdammte Gruselkabinett, in dem ich mich schon den ganzen Tag befinde.

»Was ist?«

»Ach, nichts, ich dachte, ich hätte etwas gehört.«

Wir schließen die Tür und tasten uns zur Treppe vor. Das Knarren des Holzes gibt mir Sicherheit. Jeder, der hier lang möchte, macht, ob er will oder nicht, auf sich aufmerksam.

Im Wohnzimmer schlummert Jamie friedlich auf dem Sofa. Er hat seine Beine nach oben genommen. Skye tritt näher und zieht ihm wie eine fürsorgliche Mutter die Stiefel von den Füßen. Sie nimmt eine braune Decke von einem Sessel und deckt ihn damit zu.

»Es wird kalt werden, wenn das Feuer nachher ausgeht. Ich würde ihn nicht wecken. Lassen wir ihn hier unten schlafen. Er soll sich endlich ausruhen können«, wispert sie.

»Okay. Hast du das Feuerzeug?«

»Ja.«

»Dann los! Lass uns hier unten weitermachen!«

»Was meinst du?«

»Irgendwo muss die Frau doch ihre Heizungsanlage stehen haben.«

»Hinter dem Vorhang in der Küche findest du einen Erker, in dem die ganze Technik steht.«

»Das schau ich mir an und dann, Skye, müssen wir uns den Raum ansehen, der abgeschlossen ist.«

»Der ist halt abgeschlossen. Niemand kommt rein.«

»Auch nicht von außen?«

»Nein.«

Ich gehe zu der Tür und rüttele daran. Neben mir höre ich Skye deutlich zischend einatmen, als meine Hand vor zur Klinke schnellt. Sie hält die Luft an.

»Was bist du so nervös?«

Ihre Antwort hält sie zurück, bis ich daran gerüttelt und festgestellt habe, dass sie zu ist.

»Das bildest du dir ein«, sagt sie.

»Hast du einen Schlüssel dafür?«

»Nein«, kontert sie schnell.

»Dann wird auch keiner reinkommen. Was soll's?«

Als wir wieder oben sind, streifen wir durch jeden einzelnen Raum, in dem sich momentan niemand aufhält. Unser Fazit: Niemand hat sich unerkannt Zutritt verschafft. Das letzte Zimmer ist Eilidhs Schlafzimmer. Skye wirkt wieder hibbelig, als ich in den großen Raum hineintrete. Neben dem Bett liegt der so oft erwähnte Koffer, zu dem kein abschließendes Urteil gefunden werden konnte.

»Colin?«

Ich drehe mich zu ihr um. Sie schließt gerade die Tür zum Flur. Mit lauterer Stimme fährt sie fort: »Du hast mir immer noch nicht erklärt, was du im Arbeitszimmer gesucht hast.«

»Skye, nicht. Ich möchte nicht darüber reden.«

»Das kann nicht dein Ernst sein! Ich könnte die Polizei rufen. Du hast dir hier unerlaubt Zutritt verschafft. Zumindest zu dem Zimmer, bist durch fremde Dokumente gegangen. Ich will wissen, was hier los ist!«

Wenn ich nah an sie herangehe, wird sie mir in die Augen sehen können. Autsch! Die Scheißflamme hat mir den Daumen verbrannt!

»Du wirst nicht die Polizei rufen. Das wissen wir beide. Wenn du das überhaupt könntest, hättest du es längst getan.«

»Das liegt am Blackout«, beharrt sie mit trotziger Stimme.

»Das glaube ich nicht. Du hast es nicht vor und wirst es auch nicht tun, nicht wahr, Skye?«

Sie schreckt zurück. In ihren Augen steht etwas, das mir fremd ist, das ich nicht deuten kann. Sieht aus wie Abscheu. Ich fahre unbeirrt fort. »Und außerdem wüsste ich auch gern, was hier gespielt wird.«

»Du weißt, dass sie tot ist, oder, Colin? Sag mir die Wahrheit.«

21

SKYE

Vor meinen Augen wird Colin von etwas am Kopf getroffen. Er gibt einen erstickten Laut von sich, verdreht im Schein seines Feuerzeuges die Augen und sinkt zu Boden.

Ein gebrochener Schrei quält sich meinen Hals nach oben.

»Colin!«

Die Flamme ist verloschen und lässt die Nacht in dieses Zimmer. Dank des Blackouts existiert keine Lichtquelle. Der Schimmer des Sternenhimmels vor dem Fenster hilft nur wenig. Ich halte die Luft an.

Er ist hier.

Ich spüre ihn nah bei mir.

Wie konnte ich nur glauben, dass es ein Entrinnen gäbe? Wie konnte ich auf ein Happy End hoffen?

Meine Augen haben es schwer, sich an die Dunkelheit zu gewöhnen. Ich ziehe mich zurück, gegen die geschlossene Tür und atme flach. Alles, was ich tun muss, ist durch sie zu verschwinden. Oder schreien. Ich könnte schreien. Wieso kommt kein Laut aus meiner Kehle?

Was ist das dort drüben für ein Schatten? Steht dort ein Möbelstück oder sind es die Umrisse meines Peinigers?

Du musst schreien! Hol tief Luft!

Ich kann es nicht. Zu sehr lähmt mich meine eigene Angst, nimmt mir die Stimme. Weiß ich doch, dass Widerstand nur mehr Grausamkeit nach sich zieht.

Vorsichtig taste ich nach dem Türknauf in meinem Rücken. Da raschelt es. Ein geräuschvolles Grinsen folgt.

Dieses Mal werde ich nicht davonkommen. Er wird nicht ruhen, bis ich leblos liegen bleibe.

Ich spüre Bewegung vor mir, jedoch so schnell, dass ich nicht weiß, in welche Richtung ich fliehen kann. Es ist völlig egal. Eine Hand greift nach meiner Kehle und schiebt mich nach oben.

»Hallo, Darling. Habe ich dir gefehlt?«

Der Geruch von torfigem Whisky schwappt gegen meine Nase und lässt mir die Galle in den Hals steigen. Sean begrüßt die Hotelgäste zu Beginn seiner Gin-Verkostung immer mit demselben Satz: »Hallo, meine Freunde, ich bin Sean Murray und entführe Sie heute in die Welt des Gins und seiner Herstellung. Ich selbst trinke lieber Whisky, doch habe ich ein paar exzellente Gin-Sorten hier, die Sie begeistern werden.«

Und dann lässt er die Leute einen Pink Gin aus der Gegend mit Holunder Ginger Ale probieren oder einen Gin, der nach Curry und Kardamom schmeckt. Sie lachen bei seiner Bemerkung und niemandem kommt in den Sinn, dass dieser Mann starker Alkoholiker ist und zu Hause seine Frau schlägt.

Sein Griff verstärkt sich und ich spüre eine Hitze wie kurz vor einer Explosion in meinem Kopf. Mit beiden Händen greife ich nach seinem Arm, zerre an ihm und kralle meine Nägel hinein. Er zieht die Hand schmerzhaft ein, schüttelt sie gequält, holt aus und schlägt mir kräftig ins Gesicht. Der Schwung wirft mich zu Boden und ich lande neben Colin, der nach wie vor regungslos auf den Fliesen liegt. Einen Atemzug habe ich Zeit, dann packt er mich, zerrt mich nach oben und zieht mich dicht vor sein Gesicht.

»Kein Ton, Schätzchen, sonst bist du Geschichte.« Er untermauert seine Worte mit einem Taschenmesser, das plötzlich vor meinen Augen kreist, deutlich erkennbar in der Dunkelheit.

»Wo ist Neala?«

»Was hast du vor?«

»Ich geh mit ihr nach Hause, was denkst du?«

»Jetzt? Durch den Schnee?«

»Natürlich, so bin ich doch auch hergekommen. Die A82 ist längst geräumt. Wir müssen nur den Weg bis dorthin bewältigen. Da steht mein Auto.«

»Ich lass dich nicht mit ihr allein los. Das solltest du wissen, Sean«, zische ich.

»Dann komm mit nach Hause, Schätzchen.«

Ich verkneife mir ein ›Nur über meine Leiche‹ und schüttele den Kopf. »Was machst du überhaupt hier? Wie hast du uns gefunden?«

»Ich habe deine Freundin beschattet. Was hätte ich sonst tun sollen? Iona hat sich beim Einkaufen mit einer Frau darüber unterhalten, dass sie über die Feiertage zu Hause bleiben müssen, weil jemand anders das Haus ihrer Tante Eilidh dringender benötigt. Sie haben mich nicht gesehen. Ich stand hinter den Kosmetikartikeln. Sie hat sogar beschrieben, wie idyllisch es gelegen ist an der A82, direkt hinter einer kleinen Brücke. Es hat keine fünf Minuten gedauert, bis mir mein Handy den genauen Standort dieses Hauses ausgespuckt hat.«

»Lass uns in Ruhe, Sean. Du liebst mich doch überhaupt nicht mehr. Was soll das Ganze?«

»Ja. Richtig, aber mein Kind bekommst du nicht, verstehst du? Das bleibt bei mir.«

»Nur über meine Leiche!«, zische ich jetzt und meine es zum ersten Mal ernst.

Sean schnauft.

»Wir werden nie vor dir Ruhe haben, richtig? Also gut, Skye, wenn du so willst.«

Er greift herzhaft an meine Kehle und drückt mit beiden Händen zu. Ich rudere mit den Armen, bekomme ihn aber nicht zu fassen. Colin stöhnt hinter uns, was Sean für eine Sekunde aus dem Konzept bringt. Ich kann mich losreißen, krieche rückwärts und dann, als er den Kopf nach unten nimmt, kniend auf dem Boden, trete ich ihm kräftig ins Gesicht. Er schleudert zur Seite, jault auf und greift sich an die Wange. Blut läuft ihm aus der Nase und tropft auf den Teppich.

Colin liegt nach wie vor am Boden und ist keine Hilfe für mich. Ich kann nur hoffen, dass er bloß ohnmächtig ist und nichts Schlimmeres. Sekunden später wirft Sean sich auf mich. Ich bin keine zwei Meter weit gekommen, da nimmt er mich wieder in die Mangel und schlägt zu. Mein Körper wird regelrecht geflutet mit Adrenalin. Die Stelle im Gesicht, an der er mich getroffen hat, ist taub, die rechte Schulter ebenfalls.

Die Welt dreht sich nach rechts, bis meine linke Schläfe auf dem Boden aufschlägt. Ich will schreien, Hilfe rufen, doch meine Kehle lässt das nicht zu. All meine Energie geht in diesen Überlebenskampf. Ich liege auf der Seite und schaue durch die offene Verbindungstür in das große Badezimmer, neben Eilidhs Schlafzimmer. Mir ist, als würde es dort immer heller werden, und plötzlich sehe ich durch eine Terrassentür nach draußen in den Garten. Die Sonne wirft ein so gleißendes Licht, dass der Himmel fast weiß ist. Neala schaukelt und lacht. Ihr langes, strohblondes Haar weht im Wind und schimmert golden. Sie lacht, ausgelassen, weit entfernt. Und sie gibt mir das Gefühl, Voyeur zu sein in einer Welt, mit der ich nichts mehr zu tun habe, die längst meinen Fingern entglitten ist und in der ich nicht fehle.

Sie schaukelt vor und bei jedem Zurück ein Stückchen weiter weg. Das Lachen wird leiser, Vogelgezwitscher kommt hinzu und übertönt sie immer mehr, bis es nur ein durchgängiger Pfeifton ist. Ich muss zwinkern und als ich die Augen wieder öffne, ist das Bild brüchig. Neala ist weg und ich sehe nur die Schaukel vor grellem Licht, das schmerzhaft heller und heller wird. Scherben stürzen auf mich herab, die Realität zerbricht in tausend Stücke.

Ich will schreien, will zu ihr rennen, sie in meine Arme ziehen und nie wieder loslassen. Ich hab sie verloren. Endgültig und die Welt, in der ich mich befinde, ist eine Zeit ohne sie.

Das Licht hinter der Tür wird weniger. Da ist sie wieder! Schemenhaft, nur ihre Umrisse. Doch ich erkenne sie. Ich blinzle ein letztes Mal und bin dankbar, Nealy erneut zu sehen. Die Schaukel ist weg, sie steht dort und sieht zu mir herüber. Dann kommt sie auf mich zu und ihre Beine werden größer und größer, bis in meinem Sichtfeld nur ihre Waden erkennbar sind.

Durch eine dicke Nebelwand dringt eine Stimme an mein Ohr, und ich spüre, wie ich weggezogen werde. Nein, ich liege an Ort und Stelle, doch Seans Gewicht hat sich verlagert. Alles, was ich will, ist schlafen, doch möchte ich die Augen nicht schließen, solange ich einen Teil von Neala sehe. Sie ist bei mir.

Eine Hustensalve schüttelt urplötzlich meinen Körper und die Lider klappen mir zu. Als ich aufblicke, sehe ich ihr verschwommenes Gesicht vor mir. Augen, Nase, Mund. Es passt nicht so richtig zusammen. »Skye!«, höre ich von weiter Ferne. Das Blut rauscht in meinem Kopf und unbändige Hitze schmilzt meine Haut.

»Skye!«

»Neala«, flüstere ich, doch heraus kommt nur ein Röcheln.

Die Welt wackelt und plötzlich sehe ich Allison vor mir stehen.

»Skye!«, ruft sie wieder. Ungläubig starre ich sie an.

»Kriegst du Luft?«

Die Tür fliegt auf und Lennox kommt herein. Er schaltet das Licht an.

22

SKYE

Erst bin ich blind. Dann blendet sich das Schlafzimmer von Eilidh langsam ein. Mein ganzes Gesicht pulsiert. Die Tatsache, dass der Strom zurück ist und sich mit mir in diesem Raum vier Leute befinden, sickert gemächlich in mein Bewusstsein.

»Wo ist Neala?« Das Erste, an das ich denken kann. Urplötzlich spüre ich einen gewaltigen Verlust, der mir die Luft zum Atmen nimmt.

»Neala?«, fragt Lennox. »Ich denke, sie schläft in ihrem Zimmer.«

»Ich geh nachsehen«, sagt Allison.

»Wie fühlst du dich?«, fragt Lennox.

Die Frage kann ich nicht sofort beantworten. »Mein Hals ist wund. Und … ich weiß nicht … irgendwas ist anders. Aber ich bin okay.«

Er lächelt. »Du siehst scheußlich aus. Guck nicht in den Spiegel, Süße.«

Ein ekelerregendes Geräusch neben mir zwingt mich, den brennenden Kopf zu drehen. Dort liegt mein Ehemann, flach auf dem Teppich, umgeben von Glasscherben, die wie Diamanten funkeln. In seinem Rücken steckt eine Schere. Ein surreales Bild, wie bei einem Laientheater. Kein Tropfen Blut kommt aus der Wunde. Ich strecke meine Hand aus und berühre die Schere. Sie steckt fest in seinem Körper, kein Klappmechanismus. Ich schüttele den Kopf. »Autsch!« Mir ist, als würde ich den Verstand verlieren.

»Die Kleine schläft tief und fest.« Allison kommt zurück und wirft sich sofort neben mich auf die Knie.

»Alli, geh mal in die Küche und sieh nach, ob du irgendwo Panzertape finden kannst oder ein Seil oder irgendwas, womit wir diesen Typen fesseln können.«

»Fesseln?«, frage ich und merke, wie lahm mein Gehirn arbeitet.

Lennox reicht mir seine Hand, um mir hochzuhelfen. »Er lebt noch.«

Sofort springe ich zur Seite, gerate ins Taumeln und muss mich festhalten. Allison greift nach meiner Hand und erst da merke ich, wie präsent sie ist. »Alles klar«, sagt sie und stürmt davon. Lennox behält Sean fest im Blick, während er neben Colin hockt und ihn schüttelt. Der rührt sich ein wenig und stöhnt.

»Sei so lieb, Skye, wenn es dir besser geht, geh bitte ein Glas Wasser aus dem Bad holen, ja?«

Ich torkele durch die Verbindungstür, suche den Schalter an der Wand und knipse das Licht im Badezimmer an. Der Strom ist echt wieder da! Was für ein Segen! Mit zittrigen Händen greife ich mir einen Zahnputzbecher und fülle ihn. Das Wasser erscheint mir kristallklar, als hätte ich nie etwas Schöneres gesehen. Ein kurzer Blick in den Spiegel erschreckt mich. Ich sehe aus, als hätte ich Seans Attacke nicht überlebt. Das Gesicht schwillt an, meine Lippe ist aufgeplatzt, die eine Augenbraue ebenfalls und meinen Hals zieren blaue Druckstellen. Doch das ist nicht wichtig. Ich lebe, Neala schläft, der Strom ist wieder da – ich muss weinen. Mir laufen die Tränen über die Wangen, während ich stumm zurückgehe und Colin das Wasser an die Lippen setze.

»Er hat einen ganz schönen Schlag auf den Kopf bekommen. Ist bestimmt eine Gehirnerschütterung. Was würdest du sagen, wie lange er weg war?«

»Wenige Minuten denke ich.«

Sie drohten, zur Ewigkeit zu werden, stichelt eine fiese Stimme in meinem Kopf.

»Er braucht jetzt Ruhe«, sagt Lennox. Wie aufs Stichwort schlägt Colin die Augen auf.

»Fuck! Was war das?« Mit zittriger Hand greift er an seinen Kopf und berührt ihn vorsichtig.

»Sean hat dich niedergeschlagen.« Ich sehe mich um. »Mit einer Bronzefigur, soweit ich das sehen kann.« Die handliche Statue liegt ein Stück weiter von uns entfernt. Ein Windhund! Wenn das kein Schicksal ist! Colin macht große Augen, als wolle er den Sitz seiner Haut im Gesicht prüfen.

»Was? Du kennst diesen Kerl?«, fragt Lennox.

»Das ist mein Ehemann.«

Sofort berührt mich Colins Blick. Ich bin dankbar dafür, dass er das Geheimnis kennt, dass ich nicht allein bin mit meiner Last. »Vor ihm sind wir in diese Hütte geflohen«, ergänze ich. Es ist mir unangenehm. Ich habe sie alle einer Gefahr ausgesetzt und Colin ist praktisch in die Falle getappt. Hoffentlich wird er wieder gesund.

»Er hat euch gesucht?«, höre ich von der Tür her. »Hier, Schatz, ich hab Panzertape gefunden«, ergänzt Allison.

»Ja. Ich dachte, hier wären wir sicher.« Ich kann sie kaum ansehen. Das Geräusch reißenden Klebebands schließt die entstehende Pause.

»Das tut mir sehr leid, für dich und Neala«, sagt die Frau, die ich bisher für ein kaltes Miststück gehalten habe. »Wir bringen ihn für lange Zeit hinter Gitter, das verspreche ich dir.«

Ich feixe. Das muss dümmlich aussehen, doch zum ersten Mal am heutigen Abend kann ich mich fallen lassen und sicher fühlen.

Lennox bindet ihm die Hände hinter dem Rücken zusammen, dann die Beine. Sean windet sich ein wenig, scheint aber zu schlafen.

»Was genau ist denn passiert?«, frage ich. Colin sitzt wie ich auf dem Teppich, gegen eine Wand gelehnt und bemüht sich, nur zu atmen.

»Ich habe ein Rumpeln gehört und Stimmen. Das war, als ich zur Toilette gehen wollte. Die Tür zum Schlafzimmer stand offen und zwei Menschen wälzten sich über den Boden. Ich hatte mein Handy dabei und konnte erkennen, dass Colin am Boden lag und dieser Kerl versuchte, dich zu erwürgen. Also hab ich nach Lennox gerufen, mir die Haarschneideschere aus der Porzellanschale geschnappt und ihm in den Rücken gerammt. Leider hat ihn das nur wütend gemacht und in keiner Weise aufgehalten.« Wie, um es zu demonstrieren, zieht sie die Schere aus Seans Schulterblatt. Er jault auf und wird kurz wach.

Lennox wirft seiner Frau einen anerkennenden Blick zu.

»Als das nicht half, habe ich nach dem erstbesten Gegenstand gegriffen, der mir in die Hände kam und das war offensichtlich eine Glasamphore von dem Sideboard hier drüben.«

Ich erinnere mich an die Scherben, die über mir zu Boden regneten.

»Was machen wir jetzt?« Colin hat sich inzwischen wieder so weit gefangen, dass er wach wirkt und aufnahmefähig. Dicke Augenringe zeigen, wie erschöpft er hinter dem gefassten Tonfall ist.

»Wir binden ihn hier an, würde ich vorschlagen und halten abwechselnd Wache.« Lennox sieht in die Runde. »Ich kann anfangen, wenn ihr wollt. Lassen wir Jamie schlafen. Der hat nichts mitbekommen und die Nacht ist ohnehin bald vorbei.«

Alle nicken. Lennox zerrt den bewusstlosen Sean zum Bett von Eilidh und tapt seine Handgelenke an die Pfosten. Er hat das Band fast abgewickelt, um ganz sicher zu gehen. Mir fällt auf, dass plötzlich eine Art unausgesprochener Übereinkunft zwischen Allison und Lennox herrscht. Die Fahrigkeit und Gereiztheit, mit der ich die beiden kennengelernt habe, ist weg. Stattdessen wirken sie tiefenentspannt, während sie einen Angreifer unschädlich machen. Mein Herz ist voller Dankbarkeit.

»Wie ist er nur hier reingekommen?«, fragt Lennox.

»Er hat ein Fenster im Arbeitszimmer zerdrückt. Colin und ich haben es vorhin entdeckt. Das war, als er bei euch angeklopft hat, um nach dem Rechten zu sehen.«

»Verstehe.«

»Das Beängstigende ist, dass er schon eine ganze Zeit im Haus gewesen sein muss. Das Fenster war offen, als wir Erin in das Zimmer gebracht haben. Er muss eingebrochen sein, als du und Jamie unterwegs wart.«

Lennox schließt abgeklärt die Augen. »Dann sind wir seinen Spuren zum Haus gefolgt und nicht Erins. Er ist dort draußen gewesen, als wir uns auf den Weg gemacht haben.«

»Ich fürchte ja.«

»Wie hat er dich gefunden«, fragt Colin. Er hat diesen traurigen Blick, der mich rührt.

»Er hat meine Freundin zufällig belauscht. Er muss ihr eine Weile nachgestellt haben, um erfolgreich zu sein. Das hätte ich mir denken können. Sie ist die Person, mit der ich über all meine Probleme rede. Es war abzusehen, dass ich sie auch in diesem Fall um Hilfe bitten würde.«

Und dann erzähle ich den dreien die ganze Geschichte. Angefangen mit dem jähzornigen Mann, meinem Unvermögen mich zu trennen, dem Streit, der in seinem ersten Mordversuch an mir gipfelte, und der besten Freundin auf der Welt. Wie ich hierhergekommen bin und sie schließlich auftauchten. Die Zeit dazwischen lasse ich aus.

»Kein Wunder, dass du skeptisch warst.« Der Satz kommt von Allison.

»Richtig.« Die Lüge fällt mir schwer.

»Ich schlage vor, dass ihr jetzt schlafen geht. Ruht euch aus und tut mir den Gefallen, eure Zimmer abzuschließen«, sagt Lennox.

»Und du bleibst währenddessen hier, ja? Kommt nicht infrage, Lennox. Ich lege mich hier in das Bett und du kannst mich wecken, wenn ich dran bin. Allein lasse ich dich auf keinen Fall.«

»Hältst du das für eine gute Idee, Alli? Was ist, wenn er wach wird?«

»Dann suche ich mir noch eine Vase. Du bleibst hier nicht allein.«

»Alles klar, Rocky. Du kannst hierbleiben. Colin, Skye, seht zu, dass ihr ein bisschen Schlaf bekommt.«

Also stehe ich langsam auf, erhebe mich von dem bequemen, flauschigen Teppich und folge Colin durch die Tür in den Flur.

»Wir haben noch gar nicht ausreichend gewürdigt, dass der Strom wieder da ist.« Ich verziehe das Gesicht.

»Ich hab dir doch gesagt, dass es schneller geht, als du denkst.« Keiner von uns hat den Lichtschalter betätigt und so stehen wir uns im Dunkeln gegenüber. Unsere Köpfe schmerzen, Colins sicher mehr als meiner. Dafür spüre ich, dass sich in meinem Schultergelenk etwas zusammenbraut, das ich morgen mit Sicherheit fühlen werde. Noch hält mich das Adrenalin auf den Beinen, doch in wenigen Minuten wird die Erschöpfung ihren Preis fordern.

»Ich bin froh, dass wir den Kerl zur Strecke bringen konnten und du nicht einfach irgendwann wieder zu ihm zurückgehst«, flüstert Colin.

»Das war nie mein Plan.«

»Was wolltest du tun, untertauchen?« Er lacht, doch sieht er mein finsteres Gesicht nicht, bemerkt nur, dass ich nicht mit Abschwächungen reagiere.

»Echt jetzt? Du wolltest Neala ihre gesamte Kindheit zur Flüchtigen machen?«

So habe ich das nie gesehen. »Ich wollte sie schützen. Er hätte mich umgebracht, wäre ich geblieben.«

»Gott sei Dank warst du nicht allein.«

»Hast recht. So hätte ich von Anfang an auf eure Ankunft reagieren müssen.«

»Ach was.«

Sofort überfällt mich ein schlechtes Gewissen, dass Lennox und Allison die nächsten Stunden auf meinen Mann achten, während ich mich hinlegen kann.

»Was machen wir jetzt mit ihm? Sollen wir morgen versuchen, die Hauptstraße zu erreichen? Er hat es allein auch geschafft.«

»Das müssen wir. Warte mal. Der Strom ist wieder da!« Colin reißt die Augenbrauen nach oben.

»Das heißt, wir können einen Notruf absetzen!«

»Korrekt!«

»Los! Wir setzen uns an den Rechner.«

Zügig gehen wir zum Treppenabsatz.

»Warte bitte noch einen Moment, Colin.« Ich öffne vorsichtig die Tür zu Nealas Zimmer, schlüpfe hinein und krieche zu meiner Tochter ins Bett. Sie duftet verschlafen und gibt leise Laute von sich. Glücklich drücke ich ihr einen Schmatzer auf die Wange, genieße das kuschlige Gefühl von ihr an meinem Gesicht und schleiche mich wieder davon. Das habe ich jetzt gebraucht.

»Lass uns gehen«, sage ich zu Colin, der gewartet hat.

Im Arbeitszimmer suche ich nach dem Lichtschalter. Für einen winzigen Moment überrascht mich der Anblick von Erin. Ich hatte sie hier bisher nur im Dunkeln liegen sehen. Eine Tote zu sehen, geht mir immer noch näher, als ich vermutet habe. Sie sieht der Erin vom Abendessen nicht mehr ähnlich. Das spannungslose Gesicht gehört einer anderen Frau, einer Hülle, aus der die nette Erin während dieser Nacht entwichen ist.

»Weißt du, was du tun musst?«

Colin setzt sich an den Schreibtisch und schaltet den Computer an. »Ich denke schon. Es gibt eine Möglichkeit, mit der Polizei per Skype zu chatten. Ich habe das neulich im Radio gehört. Das läuft über das 101-Reporting-System.« Er öffnet eine Internetseite, lässt Skype im Hintergrund laufen, was Eilidh glücklicherweise installiert hat, und stockt.

»Verdammt. Die Möglichkeit besteht nur zwischen acht Uhr morgens und zehn Uhr abends.«

»Es muss doch noch einen anderen Weg geben.«

»Ja. Hier steht, als Gehörloser kannst du eine SMS wegschicken.«

»Wir haben keinen Empfang, sonst könnten wir auch anrufen.«

»Das geht auch online, aber dafür muss man sich zuvor registriert haben.«

»Nicht dein Ernst! Das waren jetzt alle Möglichkeiten?«

»Es gibt bestimmt noch andere Wege, doch die kenne ich nicht.« Er hackt verzweifelt in die Tasten, öffnet eine Seite nach der anderen, wird jedoch nicht schlauer. Ich verspüre langsam das Gefühl, aus dem Raum fliehen zu müssen. Immer wieder drehe ich mich zu Erin um, die hinter mir liegt.

»Schreib jemandem eine Mail, den du kennst, der zu jeder Tageszeit in seinen Account schaut und nimm die nächste Polizeidienststelle in Kopie. Sag ihm, er soll Alarm schlagen. Wer es zuerst liest, wird reagieren.«

»Exzellente Idee! So machen wir es.«

Nachdem Colin unsere Notlage geschildert hat, werde ich unruhig. Wir verlassen den Raum und schließen ihn von außen ab. Das Fenster steht offen.

»Ich muss was mit dir besprechen. Und es kann nicht mehr warten«, sage ich, als wir vor der Treppe stehen.

»Das muss ich auch. Es ist zwar alles ein bisschen verschwommen, doch ich habe eine ganz merkwürdige Erinnerung an die Minute, bevor ich niedergeschlagen wurde. Du sagtest, Eilidh ist tot, oder habe ich das geträumt?«

Ich beobachte ihn genau. Sein Gesicht ist neutral, hochgezogene Augenbrauen, auf halbmast hängende Lider. Das macht mich vorsichtig.

»Du hast nicht geträumt. Eilidh ist tot und ich wollte von dir wissen, ob du darüber Bescheid weißt.«

Er greift nach dem Treppengeländer und lässt sich auf die erste Stufe sinken, als würde ihn Schwindel überfallen.

»Was ist passiert?« Seine Augen starren ausdruckslos ins Leere.

»Keine Ahnung. Ich hab … Colin. Hast du davon gewusst?«

»Ich? Wieso ich?«

»Weil du dich sehr auffällig und verdächtig benommen hast. Ich meine, euer ganzer Besuch hier hängt mit Eilidh zusammen. Du hast deine Freunde in die Gegend geführt.«

»Bei dir klingt das wie ein ausgefeilter Plan. Dabei habe ich nicht viel nachgedacht. Ich dachte, ich komme her, sie ist im Urlaub und …«

»Wolltest du einbrechen? Vor deinen Freunden?«

»Ich weiß auch nicht, was ich gedacht habe. Ich kenne das Versteck ihres Zweitschlüssels, vielleicht hätte ich gesagt, das ist das Haus einer Bekannten und wir wären für einen Moment reingeschlüpft.«

»Und was wolltest du hier, wenn sie nicht da ist?«

»Stopp! Skye, du schuldest mir zuerst eine Erklärung. Wie kommst du darauf, dass sie tot ist?«

Ich schlucke kräftig, doch es ergibt keinen Sinn, es aufzuschieben. Die Polizei wird irgendwann auftauchen und dann kommt ohnehin alles ans Licht.

»Ich habe sie hier gefunden«, sage ich mit fester Stimme und blicke ihn unverwandt an. »Sie saß auf der Couch und war schon tot.«

»Wann hast du sie gefunden?«

»Gestern Morgen. Kurz bevor ihr aufgetaucht seid.«

Colin ist still, seine Mimik ein Labyrinth falscher Fährten. So zumindest deute ich die Reglosigkeit jedes einzelnen seiner Gesichtsmuskeln.

»Skye? Wo ist sie jetzt?«

Ich atme tief ein.

»Bitte sag es nicht!«

Ich presse die Lippen aufeinander.

»Liegt sie im Vorratsraum?«

»Ja.«

»Wieso zur Hölle wohnst du hier mit Neala und einer Leiche zusammen?«

Ein Knall zerreißt die Stille und hinter meinem Rücken fliegt die Eingangstür aus den Angeln.

23

ALLISON

Es werden mehr und mehr Polizisten, mit jeder Minute, die wir hier auf der Couch sitzen. Vor einer Stunde sind sie eingedrungen, gekleidet wie eine Spezialeinheit. Der Vorteil ist, sie haben uns von Skyes Ehemann befreit, was nicht bedeutet, dass jetzt Ruhe einkehrt.

Ich kenne mich mit den Dienstgraden nicht aus, doch ich vermute, dass die Frau, die hier als Einzige in Zivil gekleidet ist, das Sagen hat. Sie ist vor zwanzig Minuten eingetroffen. Surreal, wie schnell es plötzlich geht. Wir haben gehört, dass man den Weg von der Hauptstraße bis hierher hat räumen lassen.

»Meine Damen und Herren, bitte hören Sie mir zu. Ich bin Detective Chief Inspector Clara Joyce Bell. Wir werden Sie alle noch einzeln befragen. Bis dahin möchte ich Sie bitten hierzubleiben. Wenn wir mit Ihnen fertig sind, können Sie gehen.« Sie trägt Jeans und einen braunen Blazer über einem schwarzen engen T-Shirt, passend zu ihrem Teint. Kein Markenteil, sicher von der Stange. Die kurzen ebenholzfarbenen Haare hat sie nach hinten gegelt.

»Wieso sind Sie so schnell gekommen? Colin sagte, er hätte die Mail erst ein paar Minuten vorher abgesetzt?«, will ich wissen.

»Wir sind aufgrund eines Hinweises von einer gewissen Iona Macdonald hier. Sie hat sich Sorgen um ihre Freundin gemacht und hatte den Verdacht, dass deren gewalttätiger Ehemann auf dem Weg zu ihr wäre.«

Ich nicke Skye zu, die neben mir auf der Couch sitzt. Zu meiner Linken kauern mein Mann, Colin sitzt im Sessel gegenüber und Jamie wird befragt. DCI Bell verabschiedet sich zügig und geht in die Küche, wo die Befragung stattfindet. Die Türen sind geschlossen, sodass wir nichts von den Ereignissen dahinter mitbekommen. Da es früh am Morgen ist, haben sie gestattet, dass Neala nicht gestört wird. Sie schläft selig und bekommt weder den Abtransport ihres Vaters mit noch den von Erins Leiche. Was für eine Erleichterung für die kleine Süße! Ich sehe zu Lennox rüber. Ich muss dringend mit ihm reden. Es gibt etwas, das wir gemeinsam entscheiden müssen, auch wenn ich gestern glaubte, ich könnte es allein tun.

Skye steht auf und geht zum Fenster. Draußen scheint wieder die Sonne. Die Luft ist klar und der Himmel über den Highlands strahlt in einem unschuldigen, kräftigen Blau. Ich kann von hier sehen, dass etliche Beamte vor der Tür stehen und sich beraten. Der Leichenwagen ist fort und die Streife mit Sean ebenfalls.

»Mrs. Murray?« DCI Bell steht in der Tür und blickt sie mit ihren großen, fast schwarzen Augen durchdringend an. Ihre Waffe unter dem Blazer verbeult das Kleidungsstück.

Skye strafft sich und geht in die Küche. Jamie lassen sie nicht zu uns. Wenn ich Colin so betrachte, frage ich mich, ob es besser wäre, ihn in das nächste Krankenhaus zu bringen. Er hat einen schweren Schlag auf den Kopf bekommen, immerhin war er einige Minuten bewusstlos. In diesem Moment starrt er resigniert auf den Couchtisch, kurz davor einzuschlafen. Vielleicht sollte ich mich einfach hinlegen und abwarten, bis mich jemand weckt. Ich könnte mich zu Neala schleichen.

Mein Mann sieht tiefenentspannt aus. Wer hätte gedacht, dass er mit unserer Lösung seinen Frieden findet. Er ist mein bester Freund und das wird er bleiben, komme, was wolle.

Nach schier unendlicher Zeit des Wartens bin ich dran. Die Frau mit dem schwarzen Bob ruft mich mit ernstem Gesichtsausdruck zu sich. Ich setze mich zu ihr und einem Kollegen an den Tisch und bekomme ein Glas Wasser aus der Leitung. Einer schaltet das Tonbandgerät an.

»Mrs. Allison McKendrick ...« Sie nimmt meine persönlichen Daten auf. »Kannten Sie die verstorbene Eilidh Macdonald?«

»Wen? Meinen Sie Erin?«

»Nein. Die Besitzerin dieses Cottages, in deren Bett Sie geschlafen haben. Kannten Sie sie?«

»Genau genommen bin ich nicht zum Schlafen gekommen, weil Sie uns kurz davor überrascht haben.«

»Mrs. McKendrick, warum sind Sie hierhergekommen?«

»Wir haben eine Schneewanderung gemacht. Das war die Idee unseres Freundes Colin. Wir sind gerade zu Besuch bei Erin und Jamie. Sie wissen schon. Colin hat sich auf dem Weg den Knöchel verstaucht. Er konnte nicht mehr laufen und da sind wir hier eingekehrt. Wir wollten eigentlich nur telefonieren. Unser Auto stand zwei Stunden entfernt und er wollte das Stück nicht laufen.«

»Einer von Ihnen hätte den Wagen holen können.«

»Ich denke, wir waren alle zu faul dazu. Keiner hat wirklich kommen sehen, wie es dann weitergeht. Dann kam der Sturm und der Blackout und plötzlich saßen wir fest.«

»Zurück zu meiner ersten Frage. Kannten Sie die Besitzerin persönlich oder einer Ihrer Freunde.«

»Nein. Nicht dass ich wüsste. Sie sagten, sie ist tot?«

»Ja. Wussten Sie, wo sie sich aufgehalten hat?«

»Die Besitzerin?«

»Ja.«

»Sie sagten doch, sie wäre tot.«

»Ganz genau.«

Ich sehe sie ungläubig an. Ist die Frau nicht ganz dicht?

»Ich formuliere die Frage anders: Wussten Sie, dass Sie die Nacht mit einer Leiche verbracht haben?«

»Ja. Wir haben, beziehungsweise Lennox und Jamie haben Erins Leiche ins Arbeitszimmer gelegt. Wir konnten sie schlecht draußen im Wagen lassen.«

»Ich meine die Leiche von Eilidh Macdonald. Kommen Sie, Mrs. McKendrick. Verkaufen Sie mich nicht für dumm. Sie wussten, dass die Frau in der Vorratskammer liegt.«

Ich muss die Beamtin mehrere Sekunden lang angestarrt haben. Habe ich mich letztendlich so getäuscht? Haben wir mit einer Mörderin unter einem Dach gelebt? Erst diese Macdonald und dann Erin? Ist es eine Familie mordlüsterner Gesellen, auf die wir da zu Weihnachten getroffen sind? Heute ist Heiligabend. Das war mir zunächst entfallen. »Sie sehen sicher an meiner Bestürzung, dass ich nichts dergleichen wusste.« Ich werfe einen Blick auf die Tür hinter ihr. »Ist sie noch da drin?«

DCI Bell steht auf. »Wollen wir mal nachsehen?« Sie wirft mir einen strengen Blick zu und öffnet die Tür. Unglaublich, dass sie versucht, mich mit so einem plumpen

Trick aus der Reserve zu locken. Ich neige mich vor und spähe durch die Tür. Es ist finster wie in einem Loch.

»Ich kann nichts sehen«, erwidere ich mit einem entspannten Blick in ihre dunkelbraunen Augen.

»Mrs. McKendrick, kannten Sie Skye Murray, bevor Sie hierherkamen?«

»Nein.«

»Wie sieht es mit ihrem Mann aus?«

»Ebenfalls ein Nein.«

»Wie gut waren Sie mit Erin Walker befreundet?«

»Wir kennen uns seit Jahren. Sie und ihr Mann sind Freunde. Unsere Männer waren zusammen auf der Uni. Beides Anwälte, müssen Sie wissen.« Ich zwinkere ihr zu und schnalze mit der Zunge. »Erin hat sich mir hin und wieder anvertraut.«

»Hat Sie Ihnen etwas anvertraut, das auf Spannungen zwischen ihr und einem Ihrer Freunde hindeutet?«

»Nein.« Wozu soll ich lange darüber nachdenken. Erin hat mir alles im Vertrauen erzählt. Keiner meiner Freunde hätte sie ermordet. Warum soll diese Frau mehr erfahren?

»Hat Skye Erin vergiftet?«

»Wieso gehen Sie davon aus, dass sie vergiftet wurde?«

»Ihr war urplötzlich schlecht. Sie hat sich übergeben, ihr wurde kalt, ihr ganzer Kreislauf brach zusammen und sie hatte Schaum vorm Mund. Ich bin keine Expertin, aber das sieht für mich nach Gift aus.«

»Bitte schildern Sie mir das gestrige Dinner.«

Ich erzähle ihr alles, an das ich mich erinnere.

»Was ist danach passiert? Bitte schildern Sie mir jedes Ereignis bis hin zu dem Punkt, an dem Sie Sean Murray überwältigt haben.«

Die Schilderung dauert ein wenig länger. Schließlich kann ich ihr überzeugend darlegen, wieso ich zu der Schere und der Amphore greifen musste. Glücklicherweise ist die Beule an Colins Kopf deutlich erkennbar, sodass niemand infrage stellen kann, dass er angegriffen wurde.

»Danke, Mrs. McKendrick. Wir melden uns bei Ihnen, wenn wir noch etwas benötigen.«

»Sie haben meine Frage noch nicht beantwortet. Hat Skye diese Frau umgebracht und dann Erin?«

»Das wird sich noch herausstellen. Die Ermittlungen haben gerade erst begonnen, Mrs. McKendrick.«

»Was passiert jetzt mit ihrer Tochter?«

»Mrs. Murray ist auf freiem Fuß, bis wir sie verhaften. So lange kann das Kind bei ihr bleiben.«

»Und ihr Mann?«

»Mr. Sean Murray ist verhaftet worden. Der Staatsanwalt wird Anklage erheben.«

»Können wir dann gehen?«

»Sobald wir mit Ihrem Mann gesprochen haben, Mrs. McKendrick. Warten Sie bitte so lange oben in Ihrem Zimmer.«

»Na, gut.« Ich erhebe mich und verlasse die Küche durch die Diele. Ich erklimme die knarrende Treppe und steuere auf mein Zimmer zu. Hinter der ersten Tür höre ich Skye, wie sie mit ihrer Tochter redet. Sie lachen, und ich vermute, dass Neala nichts von der Verhaftung ihres Vaters weiß, von den Taten, die er augenscheinlich an ihrer Mutter begangen hat und seinem Angriff letzte Nacht in diesem Haus.

Ich klopfe an die Tür, um sie kurz darauf zu öffnen. Skye sitzt lächelnd auf dem Bett.

»Kann ich dich einen Augenblick unter vier Augen sprechen?«

»Klar. Warte. Ich komme zu dir raus.« Sie steht auf, gibt ihrer Tochter einen Schmatzer auf die Stirn und kommt zur Tür. »Ich bin gleich wieder da, Mäuschen.«

Als sie draußen auf dem Flur neben mir steht, wirkt sie größer als vorher. Sie überragt mich tatsächlich einige Zentimeter. Das war mir bisher nicht aufgefallen.

»Was hast du Neala erzählt, um die Polizei zu erklären?«

»Ich habe ihr gesagt, dass ihr Vater heute Nacht versucht hat, mir wehzutun, und dass sie ihn deshalb mitgenommen haben.«

»Das hast du ihr erzählt?«

»Allison, es hat keinen Sinn, ihr weitere Lügen aufzutischen. Es wird ein Verfahren geben. Wir wollen nie wieder auf der Flucht sein. Früher oder später wird sie leider damit konfrontiert werden. Ich würde sie liebend gerne ohne diese Last aufwachsen lassen, doch ich habe das nicht entschieden. Es ist Sean, der uns das aufbürdet, und leider müssen wir unser Leben entsprechend gestalten. Außerdem ist mir keine alternative Erklärung eingefallen.« Sie lächelt entschuldigend.

»Du hättest sagen können, dass ihre Mutter seit zwei Nächten eine Leiche in der Vorratskammer aufbewahrt«, erwidere ich. Ihre Selbstlosigkeit überzeugt mich nicht. Skye zieht den Kopf etwas zurück und blickt mich abschätzend an.

»Und bitte sag jetzt nicht, dass mich das nichts angehen würde, so wie in deiner Rede … gestern … über meine Übergriffigkeit zum Thema Vorratskammer und Schlafzimmer.«

»Du hast recht. Jetzt geht es dich etwas an. Damals war das nicht so.«

»Skye! Was zur Hölle? Hast du die Frau umgebracht? Es muss ja so sein. Du bist die Einzige, die hier ist!«

»Nein! Ich war es nicht. Sie war schon tot, als wir ankamen.«

»Sie war schon tot. Aha. Wer hat euch reingelassen?«

»Ich hatte einen Schlüssel!«

»Ach ja.«

»Skye! Ich bin schockiert über deine Coolness bei diesem Thema. Bitte, sage irgendwas, das mich glauben lässt, du hättest nichts damit zu tun!«

Sie schnauft. »Ja, das verstehe ich. Womöglich habe ich mich schon daran gewöhnt. Es ist so. Ich habe gehört, dass Sean mich angezeigt hat, deshalb wollte ich keine Polizei im Haus, als ich sie gefunden habe. Ich habe ihn niedergeschlagen, dann Neala geholt und bin gegangen. Wir waren auf der Flucht. Was hätte ich tun sollen? Zumindest habe ich in dieser Situation keinen Ausweg gesehen. Eilidh habe ich entdeckt, nachdem wir eine Nacht hier geschlafen haben, und dann kamt ihr. Ich war überfordert.«

»Verstehe. Wie ist sie gestorben?«

»Ich weiß es nicht. Vielleicht hatte sie einen Herzinfarkt. Sie sah vollkommen friedlich aus, als ich sie fand.«

»Dann hast du nichts damit zu tun. Das wird die Polizei auch gesehen haben.«

»Sie machen eine Autopsie, soviel ich gehört habe. Dann wissen wir mehr.«

Ich bin etwas beruhigter, nachdem wir gesprochen haben. Nicht für mich oder Skye, sondern wegen Neala. Es ist mir wichtig, sie in Sicherheit zu wissen.

»Wirst du vor Sean sicher sein?«

»Ich denke nicht, dass sie ihn noch einmal auf freien Fuß lassen, bevor er verurteilt wird. Ich habe mich immer davor gescheut, die Polizei zu verständigen, weil ich Angst hatte, ob das ausreichen würde. Nun weiß ich, dass es trotzdem schlimmer kommen kann. So ist es besser. Wir haben Transparenz und jeder soll erfahren, was Sean für ein Mensch ist. Womöglich wird ihn das davon abhalten, weiter gegen mich vorzugehen.«

»Ich wünsche es euch.«

»Allison? Haben sie dir etwas wegen Erin gesagt?«

»Nein. Sie wollten nur wissen, was passiert ist?«

»Nur damit du Bescheid weißt, sie wollten von mir exakt wissen, was es zu essen gab, wer dabei geholfen und wer abgewaschen hat. Sorry, aber ich musste auch Lennox erwähnen.«

»Kein Ding. Du und Colin … ihr wart ja auch an der Zubereitung beteiligt.«

»Sie haben alle Reste aus dem Mülleimer eingesammelt. Das habe ich noch mitbekommen. Von den Zutaten ist ja nichts mehr da.«

»Ehrlich, Skye. Ich kann mir nicht vorstellen, dass einer von uns Erin getötet hat, und du hattest überhaupt kein Motiv. Ich weiß nicht, was sie finden wollen. Der Einzige, der mir einfallen würde, ist dein Mann.«

»So gern ich ihm das anhängen möchte, aber ich wüsste nicht, wie er das hätte bewerkstelligen sollen. Soweit ich weiß, ist er erst später ins Haus eingedrungen.«

»Das sind alles nur Vermutungen. Wir wissen es nicht. Es ergibt sogar Sinn, dass er vielleicht versucht hat, dich zu töten und stattdessen Erin erwischt hat.«

»Mit einem Essen, das genauso gut seine Tochter hätte vergiften können?«

Ich sehe Skyes angespannten Gesichtsausdruck, bei dieser Frage und spüre Unbehagen. »Vielleicht hat er nicht so weit gedacht. Schließlich ist sein Plan auch nicht aufgegangen.«

»Ich hoffe, du irrst dich.«

Ich nicke. »Geh zurück zu Neala und verbringt ein bisschen Zeit miteinander. Man weiß nie, was passiert. Ich werde etwas Schlaf nachholen.«

»In Ordnung. Danke, für dein Verständnis.«

Skye dreht sich um und verschwindet in ihrem Zimmer, während ich zur nächsten Tür weitergehe. Ich könnte Jamie im Raum nebenan aufsuchen und zu seiner Vernehmung befragen, doch momentan habe ich die Nase voll davon. Stattdessen hoffe ich, dass sie Lennox schnellstmöglich zu mir lassen, weil ich dringend etwas mit ihm besprechen muss. Das duldet keinen Aufschub mehr.

Als die Tür hinter mir zufällt, atme ich auf. Das Zimmer ist in helles Sonnenlicht getaucht, vor dem Fenster glitzert die Märchenlandschaft der Highlands. Schneebedeckte, baumlose Hügel und ich kann bis vor zur weit entfernten Hauptstraße sehen. Die Autos erscheinen als kleine Punkte. Dennoch kommt es mir kurios vor, dass wir es in der Nacht zuvor nicht geschafft haben, diese Strecke zu überwinden. Wir wussten natürlich nicht, was uns dort erwarten würde.

Vor dem Haus tummeln sich die Beamten wie schwarze Ameisen. Ein Krankenwagen schleicht langsam den Hügel zu uns hinauf. Endlich hat jemand daran gedacht, Colin untersuchen zu lassen. Der Wagen hat sein Blaulicht ausgeschaltet, dennoch springen die Pfleger zügig heraus, nachdem er zum Stehen gekommen ist. Die Tür unter mir öffnet sich und Colin tritt ins Freie. Ich bin geneigt, das Fenster zu öffnen, um ihn zu verabschieden, doch klemmt die Verriegelung. Also klopfe ich energisch dagegen. Es dauert einen Moment, doch dann bemerkt er mich und dreht seinen Kopf, um nach oben zu schauen. Sein Gesichtsausdruck ist ernst und angespannt. In den Augen liegt Wehmut. Und dann sehe ich sie … Handschellen um seine Gelenke.

Er dreht sich um und lässt mich mit meinem erschrockenen Gesicht allein. Jetzt erst bemerke ich den Beamten, der mit ihm gemeinsam das Haus verlassen hat und in den Krankenwagen steigt. Hinter mir öffnet sich leise die Tür. Ich kann hören, wie sie, altersschwach und verzogen, über den Boden schleift.

»Ich dachte, du schläfst«, fragt mein Noch-Ehemann.

»Das hatte ich auch vor, doch es gibt etwas, das wichtiger ist als das. Wir müssen uns unterhalten.«

24

SKYE

Endlich sind wir wieder zu Hause. Für Neala und mich habe ich schließlich ein Taxi gerufen, als wir entlassen waren und für mein Auto einen Abschleppwagen in die nächste Werkstatt. Mal sehen, was da noch auf uns zukommt. Neala darf ausnahmsweise bei ihrer Freundin Anne spielen, obwohl heute Heiligabend ist. Ihre Mutter Susan war verständnisvoll, als ich ihr die Umstände erklärte, unter denen wir gerade leben. Natürlich habe ich keine Leichen erwähnt, sondern die Tatsache, dass Sean verhaftet worden ist. Sie schien überhaupt nicht überrascht. Sie deutete sogar an, sie wünschte, dass jetzt bessere Zeiten für uns anbrächen. Ich habe mein Umfeld unterschätzt. Wie es aussieht, habe ich in einer Blase gelebt und meine Augen vor dem Leben um mich herum verschlossen.

Ich sortiere Nealas ungetragene Kleidungsstücke in ihren pinkfarbenen Ikea-Schrank und bin einmal mehr glücklich, wieder zu Hause zu sein. Das Wetter hat sich seit dem Sturm um einhundertachtzig Grad gedreht, was bedeutet: Die Sonne scheint und kein Lüftchen weht. Dennoch ist es so frostig, dass sich an stark beschienenen Stellen lange Eiszapfen bilden, in denen sich das Licht tausendfach bricht. Vor Nealas Zimmer ist es so hell, dass ich hier drinnen den Staub in der Luft tanzen sehen kann. Ich schaue über ihr Bett mit den vielen Teddybären, alle platziert, als würden sie im Kino in der ersten Reihe sitzen. Niemand darf bei ihr zu kurz kommen. Daneben steht das

Puppenhaus, in dem fünf kleine Hasen wohnen, für die sie Kleidung besitzt, und andere befreundete Tiere, wie eine Familie aus Mäusen. Die Einhörner-Figuren in ihrem Regal sind umgefallen, als ich vor ein paar Tagen in Eile ihre Sachen gepackt habe. Ich richte sie wieder auf und bin einmal mehr froh, dass meine Tochter ihre unbeschwerte Kindheit zurückerhalten hat. Sie hat nach Erin gefragt, als wir hier ankamen. Sie bedauerte, dass sie keine Gelegenheit gehabt hat, sich von ihr zu verabschieden. Ich versicherte ihr wahrheitsgemäß, dass es mir ebenso ging.

In der Küche setze ich mir einen Tee auf und schaue aus dem Fenster, raus in den Vorgarten. Auf dem Vogelbecken liegen zwanzig Zentimeter Schnee. Selbst hier, im Zentrum von Crieff, vor den Toren der Highlands, haben wir das, was man einen Jahrhundertwinter nennt. Der Schneeräumdienst hat die Haufen, die fast zwei Meter hoch sind, auf unseren Gehweg und in meinen Vorgarten geschoben. Später werde ich mit dem Schneeschieber rausmüssen. Doch wohin mit dem ganzen Zeug? Ich werfe einen Blick ins Wohnzimmer, in dem seit einer Woche der geschmückte Weihnachtsbaum steht. Morgen wird Neala ihre Geschenke auspacken können, zu Hause. So, wie es sein muss. Danach lasse ich Seans Sachen einlagern und reiche die Scheidung ein.

Nachdem ich meinen Tee getrunken habe, das Geschirr gespült, Staub gewischt und Kochwäsche gewaschen stelle ich mich der Aufgabe, die ich seit Stunden vor mir herschiebe. Ich möchte Iona besuchen. Sie beantwortet keinen meiner Telefonanrufe. Man muss kein Hellseher sein, um sich denken zu können, wieso. Natürlich hat die Polizei sie sofort informiert, als sie Eilidh gefunden haben. Sie haben sie nicht einfach entdeckt. Ich habe es ihnen erzählt, sobald sich die Möglichkeit dafür bot.

Ich ziehe meinen Schaffellmantel an, schlüpfe in die warmen Stiefel und verlasse das Haus. Die Luft ist fantastisch, rein und klar. Mein Atem steigt in Wölkchen vor mir auf. Ich gehe den Hügel hinauf. Iona wohnt drei Querstraßen weiter, dichter am Hotel. Ich passiere das Mädchen- und Jungeninternat und muss mich einmal an einer Mauer festhalten, um nicht auszurutschen. Es sind nur wenige Autos unterwegs. Nur die Todesmutigen wagen eine Fahrt. Die Straßen sind zwar größtenteils geräumt, doch nicht überall ist gestreut worden, und so sehe ich den ein oder anderen Fahrer wild hinter seinem Lenkrad kurbeln, während er in einen Schneehaufen rutscht.

Ionas Haus besitzt wunderschöne weiße Säulen rechts und links von der Eingangstür und in ihrem Vorgarten stehen gestutzte Buchsbaumfiguren in geometrischen Formen. Soviel ich weiß, verfügt sie über eine Heizschleife unter der Auffahrt, weshalb ich über schwarzen Granitkies laufe, der unter meinen Stiefeln knirscht.

Ich klingle und bete, dass sie zu Hause ist und mir öffnet. Es dauert einen Moment, doch dann kann ich sie durch die Scheiben rechts und links von der Tür, durch den Flur laufen sehen. Sie wirkt gefasst, als sie mich entdeckt, zögert einen Moment, bleibt aber nicht stehen. Ich fühle mich hundeelend.

»Hi. Danke, dass du die Tür öffnest«, sage ich sofort, als ich ihr Angesicht zu Angesicht gegenüberstehe.

»Komm rein«, entgegnet sie und dreht sich um. Nachdem ich die Tür sanft hinter mir geschlossen habe, bedacht darauf, nicht einmal durch ein Geräusch negativ aufzufallen, folge ich ihr ins Wohnzimmer. Durch die Scheiben kann ich ihren Freund im Garten sehen, der mit einer Lichterkette kämpft. Sie folgt meinem Blick und fügt erklärend hinzu: »Wir mussten eine neue kaufen. Der Sturm hat sie zerfetzt, als die alte Zeder umgefallen ist.«

»Was? Der schöne alte Baum ist draufgegangen?«, frage ich anteilsvoll. Ich drücke mich wie sie davor, den Small Talk zu verlassen.

»Ja. Die Feuerwehr ist gerade weg. Es ist ein ziemlicher Schaden entstanden. Die Krone ist in die Garage der Nachbarn gekracht. War eine aufregende Nacht für uns.«

Ich beuge mich vor, damit ich um die Ecke sehen kann, und erkenne das zerstörte Satteldach der Garage nebenan. Es war nicht schwer rauszuhören, dass Iona nicht nur auf die ereignisreiche Nacht anspielt.

»Es tut mir sehr leid, Iona. Ich weiß, wie sehr du deine Tante geliebt hast. Ich hätte dich sofort anrufen sollen, als ich sie fand.«

Sie schluckt. »Warum hast du es nicht getan?«

Ich weiß … je öfter ich diese Rechtfertigung hervorbringe, desto unglaubwürdiger wird sie für mich. Bei Tageslicht betrachtet, sehen die Dinge anders aus als in einer stürmischen Nacht in der Wildnis oder zumindest während einer Flucht vor dem eigenen Ehemann.

»Ich war überfordert, mit allem. Du kennst mich ja. Das soll keine Entschuldigung sein. Ich hätte es dir sagen sollen, doch da kein Verbrechen begangen wurde, galten meine einzigen Gedanken der Tatsache, dass ich dir das unmöglich übers Telefon mitteilen kann. Und ja, ich gebe es zu. Ich hatte Angst, dass Sean uns unter diesen Umständen aufspüren könnte.«

»Skye! Was heißt hier, es ist kein Verbrechen begangen worden? Sie wurde umgebracht. Man hat sie erstochen. Deinetwegen konnte niemand irgendwelche Spuren sichern. Der ganze Tatort war kontaminiert nach eurer Nacht. Mehr als eine Handvoll Personen ist durchgelatscht in der Zeit. DCI Bell meint, es kann eine Weile dauern, bis sie alles gesichert und analysiert haben und selbst dann ist es noch fragwürdig, ob man eine echte Spur findet!«

Ich stehe wie vom Blitz getroffen in meinem warmen Mantel in ihrem Wohnzimmer. Sie sieht mich enttäuscht an und hat diesen Blick, den ich nur zu gut von ihr aus Kindertagen kenne. Den ›Hast du wieder mal nicht nachgedacht‹-Blick. Doch sie irrt sich.

»Was sagst du da? Sie ist nicht erstochen worden. Ich habe sie doch gesehen. Sie saß ganz friedlich auf der Couch. Nirgends ein Tropfen Blut.«

»Mag sein, dass nichts durch die Kleidung gedrungen ist, aber die Polizei sagte, dass man ihr mit einem dünnen spitzen Gegenstand direkt ins Herz gestochen hat. Sie muss auf der Stelle tot gewesen sein. Das war kein Unfall, Skye! Es ist nicht immer wie im Film. Die Leute verenden nicht unbedingt in einer Blutlache. Nicht der Blutverlust hat sie getötet, sondern der Stich ins Herz. Sie hat innere Blutungen erlitten.«

»Oh, Gott!« Ich würde mich gern setzen, doch die Couch ist zu weit entfernt und Iona sieht nicht aus, als wolle sie mich länger hierbehalten. Für sie als Krankenschwester ist ihre Erklärung einleuchtend, doch ich habe nicht nach Einstichstellen gesucht. Für mich sah Eilidh aus, als wäre sie eines natürlichen Todes gestorben. Möglicherweise hätte ich beim näheren Hinsehen erkannt, dass es ein Loch in ihrem Twinset gegeben haben muss.

»Das habe ich nicht gewusst«, stammele ich.

Sie zieht nur die Augenbrauen hoch.

»Warum sollte jemand Eilidh umbringen? Sie war doch ein reizender Mensch.«

»Ich weiß es nicht«, sagt sie und ihre Stimme klingt brüchig. »Die Polizei hat einige Theorien, denen sie nachgeht. Allerdings darf ich nicht darüber sprechen. Ich hätte dir schon nicht sagen dürfen, dass sie erstochen wurde. Obwohl ich gedacht hätte, dass du es wusstest.«

»Glaubst du, dann hätte ich auch nur eine Sekunde gewartet?« Als ich diesen Satz ausspreche, überfällt mich sofort Scham. Ich weiß nicht, was ich in dieser Situation getan hätte. Ich war außer mir vor Sorge um mich und Neala. Klar denken konnte ich an dem Tag nicht. Die Zurückgezogenheit in den Highlands, die Einsamkeit, das Abgeschnittensein – all das ließ mich erhaben über die Regeln der Welt außerhalb werden. Als würden wir nicht mehr dazugehören. Unglaublich, was in so einer Landschaft mit Menschen geschieht.

»Womöglich nicht.«

Ich schweige.

»Wie geht es euch?«, fragt sie leise.

»Besser. Er hat uns nichts anhaben können.«

»Das ist gut.« Etwas lauter fügt sie hinzu: »Hör zu, Skye. Ich weiß, dass du und Neala Schlimmes durchgemacht habt. Ich habe euch ja gesehen, an dem Tag. Aber ich brauche gerade ein bisschen Abstand. Sei mir nicht böse. Es ist Heiligabend und ich telefoniere mit Beerdigungsinstituten. Die Polizei hat natürlich Eilidhs Leichnam noch nicht freigegeben. Dennoch muss ich einiges organisieren. Du wirst verstehen, dass mich das einige Zeit beschäftigen wird. Ich melde mich bei dir, wenn mir wieder danach ist. Bis dahin wünsche ich mir ein wenig Distanz. Du hast sicher Verständnis.«

Sie dreht sich Richtung Flur, knetet ihre Hände und signalisiert, dass ich gehen soll. Was habe ich für eine Wahl? Ich habe Mist gebaut. Das ist offensichtlich. Ich nicke und mache den ersten Schritt und dann viele weitere, still hinter ihr hinterher. Dabei werde ich das Gefühl nicht los, dass dies unsere letzten gemeinsamen Schritte sind. Ich kann mir nicht vorstellen, dass sie mir verzeiht.

Erschüttert gehe ich an ihr vorbei, während sie mir die Tür aufhält. Ich möchte gern etwas sagen, um Verzeihung bitten, sie überzeugen, von meiner Lage und der Ausweglosigkeit, die sie mit sich brachte. Vergebens. Mir ist bewusst, dass es nichts gibt, was ich momentan vorbringen kann. Sie schließt die Tür hinter mir, ohne dass einer von uns ein Wort des Lebewohls gesagt hat.

Und doch bin ich erleichtert. Ich habe erklärt und mich entschuldigt, mehr ist nicht möglich. Gemächlich gehe ich die Straße hinunter. Die schicken Villen links und rechts wetteifern um die richtige Weihnachtsstimmung. In einem Vorgarten bauen zwei Kinder einen Schneemann. Ich muss lächeln, während ich beobachte, wie sie mit ihren festklebenden Handschuhen kämpfen, als sie eine kleine Kugel auf den Bauch des Schneemanns wuchten. Ihre Wangen glühen rosig, durch die frostige Luft und die Hitze, die ihre voluminösen Schneeanzüge zweifelsohne produzieren müssen. Es wird für mich Zeit, Neala von ihrer Freundin abzuholen. Susan hat mir zwar versichert, dass sie bis kurz vorm Abendbrot bleiben könnte, doch ich will ihre Großzügigkeit nicht überstrapazieren.

Es ist später Nachmittag, die Dämmerung setzt ein. Ich werde mit Neala gemütlich zu Hause ein Stück Kuchen essen, das ich heute Mittag zusammen mit ein paar schnellen Einkäufen erstehen konnte. Dieses Jahr wird es kein ganzer Truthahn, dafür habe ich Truthahnkeulen für den Ofen, Kartoffeln, Möhren und natürlich einen Mince Pie zum Nachtisch; Neala liebt den. Ich kann mich nicht für Trockenfrüchte erwärmen und habe mir dafür etwas Shortbread gekauft. Normalerweise hätten wir selbst gebacken, doch dieses Jahr bin ich der Bäckerei um die Ecke dankbar, dass sie ein paar Törtchen erübrigen konnten, bevor sie den Laden über die Feiertage schlossen.

In Gedanken über den Ablauf dieses Heiligabends biege ich am St. Andrew's Building der presbyterianischen Kirche um die Ecke. Das Gefühl, nicht allein zu sein, überfällt mich aus heiterem Himmel. Ich drehe mich um, doch es war ein Irrtum. Die Straße, aus der ich komme, liegt verlassen da – bis auf die spielenden Kinder. Das rote Sandsteingebäude zu meiner Linken erhebt sich majestätisch aus den Schneemassen, die zu beiden Seiten aufgeschoben wurden, damit die Kirchgänger über die Feiertage trockenen Fußes zum Gottesdienst kommen. Hier in der Ferntower Road ist der Gehweg gestreut worden. Der Sand knirscht unter meinen Sohlen, während das Salz der Straße hässliche weiße Ränder auf meinen Wildlederstiefeln hinterlässt.

Da ist es wieder. Ein Knirschen hinter mir. Langsam drehe ich mich um. Ich will nicht wie eine Irre wirken, wenn mich ein harmloser Radfahrer überholt und ich ihn damit zu Tode erschrecke. Weit und breit ist niemand zu sehen. Stattdessen kann ich hier und dort in die Wohnzimmer dicht an der Straße blicken. Ich sehe Familien in warmem Licht in gediegener Kleidung beisammensitzen.

Es wird Zeit, einen Zahn zuzulegen. Nicht dass mich meine übersteigerte Fantasie beunruhigt. Das ist normal, nach den letzten Tagen. Ich muss mich beeilen, um Neala im Hellen abzuholen. Ihre Freundin wohnt südlich vom Zentrum in einem Mehrfamilienhaus, wie es sie in diesem Teil von Crieff viele gibt. Leicht zu Fuß erreichbar von uns, doch bei dieser Witterung werde ich eine Weile unterwegs sein. Am besten kündige ich mich bei Susan an, damit sie mit mir rechnet und die Kids darauf vorbereiten kann. Ich nehme mein Handy und tippe eine Nachricht. Völlig unmöglich mit den Wollhandschuhen, also ziehe ich einen aus. Ein Schatten fällt auf das Display und ich schrecke hoch. Bill steht neben mir, Ionas Freund. Ich könnte schwören, er hat aufs Display gesehen, was für eine Frechheit.

»Hi.«

»Hallo, Skye.«

Bill ist ein gut aussehender Mann. Blondes gelocktes Haar, das er trotz seiner Dreißiger wie ein Halbstarker vorn üppig und im Nacken anrasiert trägt. Ich kenne ihn noch von der Schule, wo er drei Klassen über uns war und Welten uns trennten. Damals hat er Haschisch geraucht und ist am Wochenende mit seinen Jungs in den Nachbarort in die Disko gefahren, während meine Eltern es mir untersagten, weil dort angeblich nur kriminelle Subjekte verkehrten. Er war überall beliebt, aber auch gefürchtet, weil er keiner Schlägerei den Rücken kehrte und dank seines wöchentlichen Kickboxtrainings meist als Gewinner daraus hervorging. Meine Mutter bezeichnete Jungs wie ihn als die späteren Verlierer.

»Der wird nie einen vernünftigen Job ausüben«, sagte sie einmal, nachdem unser Nachbarsjunge in einer Prügelei mit Bill einen Schneidezahn verloren hatte. Heute leitet Bill sein eigenes Martial-Arts-Studio und ist, soweit ich gehört habe, erfolgreich. Iona erzählte mir, er eröffnet gerade eine zweite Filiale in Glasgow. Ich weiß, was mir meine Mutter damals klarmachen wollte. Doch bei Bill hat sie sich geirrt. Zumindest, was den Job angeht. Generell finde ich, Iona hätte jemand Besseren verdient. Gesagt habe ich ihr das nie.

»Skye, ich möchte mit dir reden«, sagt er. »Du bist Ionas beste Freundin, und sie hält sehr viel von dir, doch ich fände es gut, wenn du ihr ein bisschen Raum lässt.«

»Das hat sie mir schon gesagt. Wieso bist du hier? Bist du mir gerade gefolgt?«

»Sie würde es dir nie direkt sagen, doch dein Verhalten hat sie ziemlich getroffen. Insbesondere wenn man bedenkt, was du ihr schuldest.«

Ich presse die Lippen aufeinander. »Mir ist sehr wohl bewusst, dass ich Scheiße gebaut habe, und Iona war ebenfalls deutlich. Vielen Dank.«

»Ich bin nicht hier um zu wiederholen, was sie zu dir gesagt hat. Ich möchte dich nur etwas fragen.«

»Was denn?«

»Hast du sie umgebracht?«

»Tickst du nicht richtig? Wieso sollte ich das tun?«

»Ich denke, du bist dort angekommen und hast damit gerechnet, allein zu sein. Dann wirst du von ihr überrascht und greifst nach dem erstbesten Gegenstand. Was das war, weiß man noch nicht.«

Ich hebe fragend die Augenbrauen.

»Und dann erstichst du sie. Und als die Leute eintrudeln, vertuschst du das Ganze. Sei mir nicht böse, aber das ist die einzige Erklärung, die zu deinem merkwürdigen Verhalten passt. Wer bitte ruft nicht die Polizei, wenn er eine Leiche findet. Doch nur der Mörder.«

»Bist du fertig?« Zornig funkele ich ihn an.

»Ja, Skye. Das bin ich. Halt dich bitte von Iona fern, bis die Ermittlungen abgeschlossen sind. Die Polizei forscht schon in der richtigen Richtung, wie ich gehört habe.«

Zufriedenes Lächeln. »Ich will nicht jeden Tag neben Iona sitzen müssen aus Angst, sie könnte mit dir allein sein.«

»Ach. Du denkst, ich bringe sie auch um die Ecke, weil ...? Ja, warum Bill. Weil sie mir die Freundschaft gekündigt hat?«

Er greift nach meinem Arm, ich spüre Schmerz. »Das ist kein Scherz, Skye! Dein Mann ist ein Krimineller. Das weiß die ganze Stadt. Mit Leuten wie euch sollte Iona sich generell nicht umgeben. Es ist mir ein Rätsel, warum ihr noch so dicke seid. Ihr kommt aus völlig verschiedenen Welten.«

Da hat er recht. Ionas Familie verfügte immer über Geld, während sich meine mit dem Mindestlohn über Wasser gehalten hat. Das ging schon meinen Eltern so und das läuft bei mir nicht anders. Es sollte mich nicht wundern, dass mein Mann in ein Milieu abgerutscht ist, das unsere finanzielle Situation nur verschlechtert. Ein Teufelskreis.

»Lass mich los«, knurre ich ihn an. Er tut nichts dergleichen, deshalb reiße ich meinen Arm selbstständig aus seinem Griff und spüre genau, wo ich heute Abend blaue Striemen entdecken werde.

Ein Schalter wird in meinem Kopf umgelegt und zündet eine Lunte an, von der ich genau weiß, dass sie kurz ist. Eine Ewigkeit musste ich im Badezimmer auf blaue Male an meinem Körper blicken, von denen jedes seine eigene Geschichte erzählte.

Unter dem Auge – Sean hat den Job wieder nicht bekommen.

In Höhe der Nieren – ich stand ihm im Weg, als er die Treppe hinuntergehen wollte.

An meinen Brüsten – er hatte Lust auf Sex, ich nicht.

Am Oberarm – ich weiß ihn nicht zu schätzen und was er für unsere Familie tut.

Ich ziehe mein Knie an und ramme es Bill in die Weichteile. Was für ein Scheiß-Heiligabend, ich weiß, dass ich dafür gleich bitter büßen muss. Warum kann ich es nicht auf sich beruhen lassen? Ich kenne die Antwort, doch bereue ich meine Tat trotzdem, während ich im weiteren Verlauf die Ferntower nach unten renne. Die eisige Luft brennt wie Feuer in meiner Kehle. Hinter mir höre ich Bills gequältes Stöhnen. Vor meinem geistigen Auge sehe ich, wie er sich bemüht, mir zu folgen, doch wegen der Schmerzen abwarten muss, bis die Sterne vor seinen Augen verschwinden. Vorteil Skye. Keine Menschenseele ist unterwegs. Das habe ich nicht durchdacht. Da passt er hin, dieser Blick von Iona, den ich vorhin geerntet habe.

Ich verwerfe den Plan, zu Fuß zu Susan zu laufen. Sicherheit ist das, was jetzt oberste Priorität hat. Folglich reiße ich die Pforte zu meinem Vorgarten auf. Ich fingere nach dem Schlüsselbund in meinem Mantel und schließe das Schloss auf. Aus dem Augenwinkel sehe ich eine schwarze Gestalt hinter mir. Die Zeit ist knapp und schon knallt meine Eingangstür hinter mir zu. Ich höre den Schließmechanismus laut knacken und schicke ein Stoßgebet zum Himmel.

25

DETECTIVE CHIEF INSPECTOR CLARA JOYCE BELL

Der Mensch wird nicht mit krimineller Veranlagung geboren. Jeder Tat, sei sie noch so abscheulich, geht eine Geschichte voraus, ein Ereignis, das es dem Täter in seinen Augen unmöglich macht, anders zu handeln. Diese Leitlinie führe ich mir täglich vor Augen, wenn ich in eine Vernehmung gehe oder an einen Tatort gerufen werde. Wenn der Täter mir dann im Vernehmungsraum gegenübersitzt, bringe ich Verständnis für ihn auf. Es gibt kein Guter-Bulle-böser-Bulle-Spielchen zwischen mir und meinen Kollegen. Wir wenden keine Tricks an. Sie lassen mir freie Hand für das, was ich ein Auffanggespräch nenne. Das bedeutet, dass der Tatverdächtige nach mehreren Stunden Haft mit mir in einem fensterlosen Raum sitzt. Er starrt dann meistens auf den Spiegel an der Wand, weil er vermutet, dass dahinter ein Team von Spezialisten wartet.

Die Tat ist im Idealfall erst ein paar Stunden her, wenn wir Glück hatten, ihn oder sie – seien wir mal ehrlich, in neun von zehn Fällen ist es ein Mann – rechtzeitig zu schnappen. Er ist vollgepumpt mit Adrenalin und nicht selten mit Scham oder Schrecken über seine eigene Tat. Nur an wenigen geht so etwas spurlos vorbei, die Bedeutung ihrer eigenen Gewalttat. Das bedeutet nicht, dass sie Reue zeigen. Größtenteils haben sie eine plausible Rechtfertigung für ihr Verbrechen, die uns anderen absurd erscheint. Und da komme ich ins Spiel. Oft bin ich die erste

Person bei der Polizei, von der sie Verständnis erfahren. Ich lasse ihnen Zeit und übe keinen Druck aus, wenn sie mir etwas berichten. Sobald ich merke, dass sie lügen, dass sie versuchen, sich aus der Affäre zu ziehen, ein Kartenhaus aufstellen, werde ich ihr Freund. Der einzige Freund, den sie in diesem Moment haben. Ich nutze meine weibliche Seite - bedingt durch meine Korpulenz -, die mütterliche, wie meine Kollegen sagen würden. Bei mir dürfen sie sich sicher fühlen. Sie wissen genau, dass in diesem Moment niemand anders auf ihrer Seite steht. Mein Erfolgsrezept ist: dass ich jedes meiner Wörter ehrlich meine. Natürlich sind die Taten im Einzelnen auch für mich schlimm. Doch ich kann verstehen, dass ein Mensch in eine Situation gelangt, die er nach seinem Verständnis nicht anders lösen kann. Das gilt nicht nur für die eigentliche Tat, sondern ebenfalls für die tatvertuschenden Aktionen, die im Anschluss folgen. Die wenigsten gehen mit einem ausgeklügelten Plan an ein Verbrechen heran. Meine Stärke liegt im Zuhören und in der notwendigen Ausdauer, einen Tatbeschuldigten über Stunden hinweg zu vernehmen. Der ein oder andere Kollege wackelt, wird müde und stellt mit der Zeit schwächer werdende Fragen.

Ich weiß, dass ein Zeuge oder ein Verdächtiger das instinktiv spürt, sich größer macht und sicherer wird. Ich bleibe bei ihm, wenn diese Kollegen dann das Zimmer verlassen, um einen Kaffee zu trinken und Kraft zu tanken. Ich reiche dem Beschuldigten verbal die Hand und gebe ihm zu verstehen, dass wir alles Menschen sind. Ja, er hat etwas Schlimmes getan, doch ich urteile nicht. In meinem Vernehmungsraum wird nicht verurteilt. Er wird seine

Gründe für seine Tat gehabt haben, und ich bin da, damit er sich von dem Druck befreien kann.

In den letzten zwanzig Jahren musste ich kein einziges Mal meine Stimme erheben.

Heute ist der 24. Dezember. Meine Kollegen scharren mit den Hufen, weil sie nach Hause zu ihren Familien wollen. Das verstehe ich, doch der Job geht vor, das wissen sie. Wir sind in unserem Fall nicht an dem Punkt angelangt, an dem wir einen konkreten Tatbeschuldigten festmachen. Bisher vernehmen wir als Zeugen die illustre Runde, die in dem Cottage in der Heather Lane eingeschneit wurde. Die Zeit ist gegen uns und wir können es uns nicht leisten, den Feiertagen zuliebe eine Spur erkalten zu lassen.

Aus einem Impuls heraus haben wir die junge Mutter mit ihrer Tochter vorerst gehen lassen. Sie haben einiges mitgemacht und ich vertraue an dieser Stelle meinem Instinkt, den jahrelange Erfahrung geprägt hat. Natürlich ist der typische Täter in einem Mordfall immer Opfer gewesen. Er oder sie haben selbst viel Leid in Kindheit oder Jugend erlebt, wurden geformt und gebogen durch Familie und Gesellschaft. Nicht selten spielt dabei Missbrauch oder Gewalt im Allgemeinen eine Rolle. Doch hier liegt der Fall ein wenig komplizierter. Wir durften Skye Murray als eine liebevolle Mutter und nach wie vor starke Frau kennenlernen. Die Misshandlungen durch ihren Mann haben Spuren hinterlassen. Doch hat sie sich bereits mit Flucht daraus zu befreien versucht, rechtzeitig. Sie handelt, wenn sie sich bedroht fühlt. Sie würde töten, wenn sie ihr Kind oder sich so schützen könnte. Ich wäre nicht einmal überrascht, wenn sie ihren Mann eines Morgens mit seinem eigenen Kaffee vergiftet hätte.

Eilidh Macdonald und Erin Walker zu töten, passt nicht in ihr Muster. Natürlich lasse ich sie nicht aus. Sie wird morgen zur Vernehmung bestellt werden, ebenso wie die McKendricks, die durch die Kollegen in London befragt werden, wo sie sich derzeit aufhalten. Heute konzentrieren wir uns auf Mrs. Walkers Mann und diesen Freund, der überall und nirgends drin zu hängen scheint, Colin Campbell. Die Vernehmungen laufen parallel.

»Mr. Campbell, Sie waren nicht zum ersten Mal in dem Cottage.«

Er zögert nicht. Wie ich inzwischen erfahren habe, ist dieses Thema in der Gruppe mehrfach besprochen worden. Auch die Außenseiterin Skye Murray hat etwas Derartiges ausgesagt, als ich sie im Cottage befragte.

»Nein. Ich kannte Eilidh Macdonald, nur habe ich mit meinen Freunden nicht darüber gesprochen.«

»Würden Sie diese vier Menschen, einschließlich der toten Erin Walker, als ihre Freunde bezeichnen? Soweit ich weiß, stehen Sie in geschäftlicher Beziehung zueinander.«

»Sowohl als auch. Wir mochten uns, sind auf einer Wellenlänge, deshalb haben wir uns angefreundet.« Sein Blick ist freundlich, beherrscht. Die Körpersprache offen, mir zugewandt. Stresssymptome sind nicht erkennbar, obwohl er die Nacht kein Auge zugetan hat. Bis auf die Fahrt im Krankenwagen zum Krankenhaus hatte er keine Chance, sich auszuruhen. Nachdem der CT-Scan dort eine Gehirnblutung ausgeschlossen hat, haben wir ihn mit aufs Revier genommen, um das Eisen zu schmieden, solange es heiß ist.

»Mit den Frauen vielleicht ein bisschen mehr?« Das ist waghalsig. Ich muss aufpassen, die Fälle nicht zu vermischen. Doch mein Instinkt sagt mir, dass das bei diesem Mann angebracht sein könnte, sofern es sich um nur einen Täter handelt.

»Kann ich nicht sagen. Vermutlich stehe ich Lennox und Jamie näher.«

Über einen Kopfhörer bekomme ich eine Nachricht von Jessi, der mich live mit Informationen aus der Vernehmung von James Walker versorgt. »Dieses Geschäftsverhältnis mit Mr. Walker stand auf der Kippe, nicht wahr? Ebenso die Freundschaft.«

»Sie sprechen die Verluste an, die er unlängst in seinem Portfolio hinnehmen musste.«

»Richtig.«

»Wäre das nicht ein Grund für ihn gewesen, mich umzubringen?«

»Haben Sie ihn denn derart verärgert, Mr. Campbell?« Er mustert mich. Ich erkenne, dass er auf der Hut ist.

»Er war wütend über seinen Verlust.«

Erneut eine Info von Jessi.

»So wütend, dass er sie fast von einer Brücke gestoßen hat, richtig?«

Er blickt zur Seite, fast, als wollte er durch Wände schauen und ergründen, was sein ehemaliger Freund zeitgleich aussagt. Wird er ihn belasten? Wird er ihn vorführen? Er weiß es nicht. Ganz sicher wägt er ab, wie weit er gehen kann.

»Er hat mich geschubst, ja, im Affekt. Ich nehme es ihm nicht übel. Dass ich ausgerutscht und die Böschung heruntergefallen bin, war bestimmt nicht seine Absicht. Das ist nichts, wofür ich seine Frau umbringen würde.«

»Sie haben recht, Mr. Campbell.« Ich schlage eine andere Richtung ein. »Erin Walker ist tatsächlich vergiftet worden. Zumindest gehen wir stark davon aus, nach ihrer aller Schilderung und den Merkmalen, die man schon beim Eintreffen an ihrem Körper entdecken konnte. Die Autopsie ist natürlich noch nicht abgeschlossen.«

Er nickt langsam, als müsste er diese Information erst einmal verarbeiten. Sein ganzes Wesen ist ruhig, gefasst. Er hat sich vollkommen im Griff und gibt sich entspannt.

Woran ich sehe, dass das alles Show ist? Spontane Selbstberührung. Er fasst sich alle paar Minuten ins Gesicht, mutmaßlich, ohne es zu merken. An die Nase, das Kinn, streift sein Ohrläppchen. Diese Berührungen beruhigen ihn. Ich kann verstehen, dass er nicht mehr konzentriert und entspannt ist nach dieser Nacht. Interessant ist die Frage, warum er das nicht zeigen will. Wovor ist er auf der Hut? Wenn wir uns gehen lassen, prüfen wir unsere Reaktionen, unsere Antworten nicht mehr auf ihren preisgebenden Inhalt. Bei einer unschuldigen Person kein Problem.

»Wie standen Sie zu Mrs. Walker?«

»Wir waren befreundet, mehr nicht. Ich weiß, dass Jamie sich etwas anderes einredet.« Er stockt. War das ein bewusster Versuch, meinen Informationen aus der anderen Vernehmung zuvorzukommen? Oder hat er seinen Freund vors Rohr geschoben? Ich sehe Tanner neben mir fleißig tippen. Diese Info wandert sofort in die nächste

Vernehmung. Wir haben entgegen allem Anschein keinen Raum hinter dem Spiegel, wo Jessi mithören könnte. Wir müssen in diesen Räumlichkeiten auf digitale Technik zurückgreifen.

»Hat Ihnen Mr. Walker diesbezüglich Vorhaltungen gemacht?«

»Er hat es mal angesprochen, allerdings erst, als sie schon tot war. Er war mit den Nerven fertig. Das waren wir alle. Jeder hat nach einem Schuldigen gesucht. Keinem gefiel das Gefühl, etwas verkehrt gemacht zu haben.«

»Das muss anstrengend gewesen sein.«

»Das war es.«

Ich lächle verständnisvoll. »Sie waren ohnehin angespannt, weil sie nicht ohne Grund in dieses Haus gekommen sind und plötzlich stirbt Erin.«

Er schweigt. Ich sollte es als Frage formulieren. »Wusste Erin darüber Bescheid, dass sie auch Eilidh Macdonald finanziell betreuten? Hatten Sie sich ihr anvertraut?«

»Ich habe mich Erin gegenüber nie anvertraut. Sie hat mich falsch verstanden.«

»Sie hatte ein Auge auf Sie geworfen, richtig?«

»Das habe ich inzwischen auch herausgefunden.«

»Wie?«

»Durch Andeutungen von Jamie und Allison. Sie hat offensichtlich hin und wieder mit Erin darüber geredet.«

»Gut. Mr. Campbell. Wir haben hier eine Frau, die Ihnen schöne Augen macht. Die Frau eines Freundes, der gerade durch Sie Verluste erlitten hat.« Verdammt, ich drehe mich im Kreis. »Dann stirbt diese Frau plötzlich.«

»Ja. Aber daraus ergeben sich doch keinerlei Vorteile für mich. Das müssen Sie doch sehen.« Er neigt sich nach vorn, beugt sich so weit über den Tisch, dass ich seinen durchzechten Atem riechen kann.

»Wissen Sie, ich kann mir sehr gut vorstellen, wie das ist. Ganz ehrlich. Ich hatte mal einen Kollegen. Den Namen lassen wir mal weg, weil wir nicht allein sind.« Ich blicke vielsagend auf Tanner neben mir, der fleißig tippt. »Er hat mit mir geflirtet und klebte bei jeder Gelegenheit wie eine Schmeißfliege an mir. Ich bin ein netter Mensch, weshalb ich ihm mein Desinteresse nicht sofort direkt bekundet habe. Doch es wurde anstrengend. Ich habe ihn höflich zurückgewiesen, doch er gab nicht auf und holte sich eine blaue Nase wie eine Fliege, die immer wieder gegen die Scheibe fliegt.«

Er nickt. Ich sehe, wie ihn meine Geschichte anstrengt. Er ist müde und will hier raus. Will ins Bett und ein Jahr schlafen, alles hinter sich haben und das Buch zuschlagen. Ein neues Kapitel beginnen, an einem neuen Tag.

Ich gähne demonstrativ und genieße, wie es ihn fast zerreißt. Gut, ich sagte vorhin keine Spielchen, aber ich finde, das zählt nicht. »Wissen Sie, was geschehen ist?«

Mit Verzögerung schüttelt er den Kopf.

»Als er schließlich erkannte, dass er nicht bei mir landen kann, fing er an, mich beim Chef schlechtzumachen. Meine Zurückweisung hat sein Ego nicht verkraftet. Glauben Sie mir, ich war sehr wütend über das, was dieser Mann in den letzten zwei Jahren versucht hat, um mir das Leben zu vergällen. Ein angeknackster Stolz vergiftet die beste Freundschaft. Ich kann mir gut vorstellen, dass Erin ebenso enttäuscht war, als sie herausfand, dass Sie kein Interesse hatten. Mr. Campbell, was hat sie getan, um einen so beherrschten Mann wie Sie aus der Fassung zu bringen?

Ich kann mir vorstellen, dass sie auf die geschäftliche Beziehung anspielte. Hat sie Ihnen möglicherweise gedroht?«

»Nein. Das hat sie nicht. Erin war nicht so. Das können Sie mir glauben. Sie war naiv, ja. Das habe ich gesehen. Natürlich habe ich ihre Avancen mitbekommen, wie Sie schon sagten. Man ist zu freundlich, um dem sofort einen Riegel vorzuschieben. Ich bin da nicht anders als jeder andere Mann. Ich hätte ihr nie etwas angetan und sie hat nie etwas getan, um mir zu schaden.«

»Sie wollen mir sagen, Ihnen fehlte jedes Motiv?«

»Ja.«

»Was ist mit ihrem Mann? Halten Sie es für möglich, dass er ein Motiv besitzt?«

»Sie wollen mich reinlegen, Detective. Sie wissen, dass ich diese Frage nur mit Ja beantworten kann. Glaube ich, dass er es getan hat. Nein.«

»Auch wenn damit Sie wieder in den Vordergrund unserer Ermittlungen rücken könnten?«

»Ich habe nichts zu befürchten.«

»Ist das so? Wollen wir doch einmal sehen. Wir haben hier zwei tote Frauen, beide standen in finanzieller Verbindung zu Ihnen. Denn wir wollen nicht vergessen, das Geld, das Sie für James Walker investiert haben, gehörte zu gleichen Teilen auch seiner Frau.«

»Im Ernst jetzt. Ich habe das Geld nicht veruntreut. Es war eine Investition, zu der ich geraten habe nach vollständiger Beratung über die aufkommenden Risiken. Das ist ein Standardprocedere. Mal gewinnt man, mal verliert man. Diese Personen hatten alle schnelles Geld im Sinn. Sie wollten eine hohe Marge und haben dafür erhöhte Risiken in Kauf genommen. Wieso muss ich mich immer wieder für diesen vollkommen banalen und normalen Teil meines Jobs rechtfertigen?«

Er schwitzt. Ein ums andere Mal fährt er sich über die Stirn und wischt die Tropfen ab. Die Unterlippe zittert am Ende jedes Satzes. Es sieht beinahe so aus, als würde er jeden Moment zusammenbrechen.

»Tanner, bitte seien Sie so freundlich und holen uns eine Coke oder hätten Sie lieber einen Kaffee?«

»Kaffee wäre toll.« Er lächelt dünn, wendet sich mit seiner Körpersprache mir zu. Die Tür ist offen. Tanner verlässt den Raum. Jetzt sind wir nur noch zu dritt. In der Ecke sitzt ein weiterer Kollege, der nur beobachtet und sich bisher nicht eingeschaltet hat. Er ist während der letzten Stunde unsichtbar geworden in seinem anthrazitfarbenen Hemd, das in der grauen Betonwand untergeht.

»Mr. Campbell, ich verstehe, dass Sie aufgebracht sind, doch zwei tote Frauen in demselben Haus? Es fällt mir schwer zu glauben, dass wir nach zwei verschiedenen Tätern suchen müssen. Für mich liegt auf der Hand, dass Sie als Einziger eine Verbindung zu beiden hatten. Etwas ist geschehen, nicht wahr? Die Börse hat ihr eigenes Spiel gespielt und Sie sind als einer der Verlierer herausgegangen. Sie selbst haben auch ein hübsches Sümmchen verloren, nicht wahr? Alles Dinge, die einen fertigmachen können. Das ist nicht fair, oder? Und ich stimme Ihnen zu. Es ist nicht Ihre Schuld. Es ist nur Ihr Job und den haben Sie nach bestem Wissen und Gewissen ausgeübt. Dann sind da die Freunde, die einem plötzlich alles vorwerfen, bis hin zur Selbstbereicherung, könnte ich mir vorstellen, und dann ist da diese Frau, Eilidh Macdonald, die Ihnen eine Nachricht schreibt, dass sie alles auffliegen lassen wird.

Wie Sie sie verführt haben und dazu brachten, ihr lang angespartes Vermögen in riskante Aktien zu investieren. Sie hatten eine Liaison mit Mrs. Macdonald, habe ich recht? Die Tickets, die sie für die Kreuzfahrt gebucht hat, liefen auf ihren eigenen und Ihren Namen. Sie hat sie angeklagt, gedemütigt und versprochen, Sie zur Strecke zu bringen, indem sie Sie bloßstellt. Also mussten Sie etwas unternehmen, nur hatten Sie nicht genügend Zeit, die Beweise zu vernichten, und so sind Sie am nächsten Tag noch einmal zurückgekommen. Sie haben mit ihr gesprochen, ich vermute persönlich, wir überprüfen gerade die Daten der Telefongesellschaft. Sie merkten, dass die Sache für Sie gefährlich werden könnte, und haben sie aufgesucht. Die verhängnisvolle Mail, die Mrs. Macdonald geschrieben hat, haben Sie erst später gesehen, ist das nicht so? Deshalb sind Sie zurückgekommen, richtig? Sie wollten die Beweise von ihrem Rechner löschen. Es ist vorbei, Mr. Campbell. Wir haben auf dem Handy von Mrs. Macdonald die synchronisierte E-Mail entdeckt. Daran hatten Sie nicht gedacht oder womöglich fehlte Ihnen die Zeit, danach zu suchen. Lassen Sie uns an dieser Stelle darüber reden, was wirklich am Todestag von Mrs. Macdonald passiert ist, dann können Sie Ihrer Seele endlich Luft machen. Das wird Sie befreien. Ich verspreche es Ihnen.«

26

SKYE

Gelächter kommt von der Bar zu mir herübergeschwappt. Eine Gruppe junger Männer stößt übermütig mit der Hausmarke an. Auf dem großen Flachbildschirm zu meiner Linken laufen die Nachrichten ohne Ton. Obwohl es keine Untertitel gibt, starren die meisten Leute an den Tischen zu dem Gerät. Ich selbst kann mich der Faszination ebenfalls kaum entziehen. Das Pub ist voll zu dieser Stunde, es mag so gegen neun Uhr sein. Einige Gesichter kenne ich aus dem Hotel, andere, weil ich sie zuvor schon oft in diesem Pub gesehen habe. Früher kam ich mit Iona her. Immer wieder spüre ich ›Ach die ist das‹-Blicke auf mir ruhen. Entweder geht es diesen Menschen ebenso, dass sie mich als Stammgast identifizieren oder der Tratsch in dieser Stadt ist schneller, als ich vermutet habe. Mir ist gleich, was der genaue Grund ist, solange ich nicht allein bin. Über die Lautsprecher werden Songs aus den Neunzigern gespielt. Momentan brennen die Betten bei ›Midnight Oil‹.

Ich halte mich an meinem Indian Pale Ale fest, schaue immer mal wieder auf, nur um dann festzustellen, dass er nicht da ist. Dann gibt es wieder einen Moment, in dem ich glaube, von jemandem beobachtet zu werden, nicht allein zu sein, in meiner Sphäre, doch das erweist sich bei jedem Blick als Irrtum.

Heute ist der 27. Dezember. Die letzten zwei Tage habe ich mich mit Neala in unserem Reihenhäuschen verkrochen. Nicht nur, weil ein unangenehm feiner Regen die

Umgebung mit einem Eispanzer überzogen hat. Mir sitzt vor allem die Flucht vor Bill in den Knochen. Ich ärgere mich, dass ein Teil von mir bereut, sich gewehrt zu haben. Hätte ich nicht auf ihn reagiert, wäre er wieder abgezogen, ohne eine solche Wut auf mich zu entwickeln. Das sagt die Stimme, die Sean all die Jahre hörig war. Die andere denkt darüber nach, ihn anzuzeigen. Schließlich bin ich mit Neala zu Hause geblieben und wir haben Cartoons im Fernsehen geschaut und Plätzchen gebacken. Wir genießen unsere gemeinsame Zeit, solange sie Ferien hat und ich Urlaub. Am 2. Januar geht es für mich wieder los und Neala geht zurück in die Kita.

Ich bin überhaupt nicht informiert, wo Sean derzeit steckt. Haben sie ihn eingesperrt, ist er bis zur Verhandlung auf freiem Fuß? Keine Ahnung. Ich versuche zu ignorieren, dass mir der Gedanke Angst macht, er könnte jederzeit nachts bei uns auftauchen. Grundsätzlich hat man ihm den Schlüssel zu diesem Haus abgenommen, doch wer weiß, was Sean sich einfallen lässt, um zu Neala zu kommen. Sie hat gestern nach ihm gefragt, und ich war ehrlich in meinen Erklärungen, aber nicht schonungslos. Sie weiß, dass wir beide nie wieder zusammenkommen werden und dass ihr Vater versucht hat, ihrer Mutter wehzutun. Ich sage ihr, dass er sie liebt und an sie denkt, aber dass es sicherer ist, wenn wir vorerst keinen Kontakt zu ihm haben. Ich spreche seine Krankheit an, und dass er nicht er selbst ist, wenn er was getrunken hat. Was bleibt mir anderes übrig? Die Dinge sind so kompliziert geworden – sie muss wissen, dass er sie nicht einfach auf der Straße ansprechen und bitten kann, sie möge zu ihm ins Auto steigen. Mit diesem Gedanken liege ich seither jede

Nacht wach. Was ist, wenn irgendwann der Tag kommt? Ich komme nach Hause und Neala ist nicht mehr da. Ich bin hier aufgewachsen, in Crieff, und kann mir kaum vorstellen, irgendwo anders zu leben, doch ziehe ich es zumindest in Betracht. Der Tag wird kommen, da wir unsere Koffer packen und für immer von hier verschwinden. Erlebnisse wie das mit Bill treiben mich weiter in diese Richtung.

Von Iona habe ich bisher nichts gehört. Das schmerzt, doch ich verstehe, dass sie länger als ein paar Tage benötigen wird, um die ganze Sache zu verarbeiten. Angefangen damit, dass das Haus ihrer Tante ein Tatort geworden ist.

Vor zwei Tagen waren DCI Bell und zwei Kollegen bei uns, um mich zu befragen. Wir mussten nicht aufs Polizeirevier. Diesem Umstand entnehme ich, dass sie mich nur als Zeugin und nicht als potenziell Verdächtige befragt haben. Zum Stand der Ermittlungen ließen sie mich im Dunkeln, sowohl was Erin anging als auch Eilidh.

Vor einer Stunde klingelte das Telefon. Jamie. Er ist der Letzte, mit dem ich gerechnet habe, doch er bat mich um ein kurzes Treffen. Deshalb sitze ich gerade im Pub in der Nähe des Marktplatzes, während Neala bei meiner Nachbarin ist.

Zwanzig Minuten nach unserer vereinbarten Zeit steht er plötzlich vor mir mit einem Bier in der Hand; das hat er sich von der Bar mitgebracht.

»Es tut mir leid. Du bist schon eine Weile hier, oder?«

»Nicht der Rede wert. Setz dich.« Ich rücke ihm den Stuhl von meinem Hochtisch ab, den ich die ganze Zeit mit dem Fuß umklammert hielt. Es ist so voll, dass ich beinahe darum kämpfen musste, während ich gewartet habe.

»Sieht ja fast so aus, als konnten es die Leute kaum erwarten, ihren Familienfeiern zu entfliehen«, scherzt Jamie mit einem Blick auf die Menschenmenge. Mittlerweile fühlt man sich an einem Tisch wie im Stehbereich bei einem Rockkonzert. Direkt an meinem Rücken spüre ich einen anderen Gast.

»Das Pub ist beliebt, was soll ich sagen?«

»Danke, dass du dir die Zeit genommen hast.«

»Gern. Wie geht es dir?«

»Den Umständen entsprechend, ist der Satz, mit dem ich mich mittlerweile am wohlsten fühle und der die Leute auf Abstand hält.«

Ich presse die Lippen zusammen und nicke.

»Und bei dir? Ich habe es in der Hütte nicht so richtig für voll genommen, doch du hast auch keine leichte Zeit hinter dir.«

»Ich würde sagen, mir geht es besser.« Was für eine billige Lüge! Skye. Du hängst zwischen den Stühlen.

»Du fragst dich bestimmt, warum ich hier bin.«

»Ja. Das stimmt.«

»Ich habe etwas gefunden, das dir gehört. Man hat mir gestern Erins Sachen gegeben. Sie hatte es in der Hosentasche ihrer Jeans. Ich bin mir sicher, es ist ihr irgendwo aufgefallen, sie hatte es eingesteckt und dann keine Gelegenheit, es dir zurückzugeben.« Er öffnet das Münzfach seiner Brieftasche und holt einen Gegenstand heraus.

Unwillkürlich greife ich mir an den Hals.

27

COLIN

Lichterketten mit kleinen LED-Lampen spannen sich durch den gesamten Raum. Streichinstrumente hängen an der olivgrünen Wand, direkt unter der Decke, alte Fässer stehen als umfunktionierte Tische im Schankraum und unter dem Leitspruch ›Bring mich heim!‹ werden auf Tafeln mit Kreide die Biere heimischer Brauereien angepriesen. Die meisten Besucher des Ale House ›The Grog and Gruel‹ sind heute Einheimische. Sie drängen sich um die Bar und die wenigen Tische. Das Restaurant im ersten Stock ist bis auf den letzten Stuhl vollgestopft. Wer keinen Platz mehr bekommen konnte, weicht auf die Bar im Erdgeschoss aus. Ich sitze wie üblich in meiner Ecke, direkt am Tresen und beobachte das Treiben, fange Fetzen des Geschnatters auf, während ich den letzten Bissen meines Grog Bean Burger verzehre. Jedes Mal, wenn sich die Tür zum Schankraum öffnet, fegt ein eisiger Wind Leute herein, andere gehen zögerlich raus. Die, die kommen, hinterlassen große Pfützen unter ihren Barhockern. Sie wirken erleichtert, dass sie es bis hierher geschafft haben, rotgesichtig, wie sie dann auftauchen. Die Straßen sind gestreut, doch auf den Fußwegen hat es der ein oder andere schwer. Nach wie vor türmt sich der Schnee in unserer Stadt, obwohl es seit Heiligabend keine Flocke mehr geschneit hat. Dauerhafte Kälte liegt über dem Ort, wie eine Glocke.

In der von Frittierfett geschwängerten Luft lässt sich das Frostwetter schnell vergessen. Die Stimmung ist ausgelassen. Die Leute genießen das tolle Essen und die gute Laune, die das Personal versprüht, obwohl die Feiertage und Tage zwischen den Jahren die arbeitsreichste Zeit für sie sind.

Für mich ist hier heute Abend Schluss. Ich muss heim. Ich kippe den letzten Schluck hinunter, nicke Ben hinter der Bar zu, nehme meinen Mantel vom Schoß und gehe. Er wünscht mir noch einen schönen Abend und wendet sich dann an eine Gruppe Mädels, die ihn mit seinen Dreadlocks und seinen jadegrünen Augen schon den gesamten Abend anhimmeln. Er hat diese Wirkung auf Frauen, selbst wenn er in Lumpen hinter der Theke stünde oder drei Tage nicht geduscht hätte. Ich muss schmunzeln.

Vor der Tür ziehe ich den Kragen enger zusammen, den Schal habe ich zu Hause vergessen. Es ist dunkel, doch die Weihnachtsbeleuchtung der Shops und Restaurants in dieser Straße lässt den Schnee strahlen und leuchtet mir den Weg wie eine Taschenlampe. Streusand knirscht unter meinen Stiefeln. Meine Atmung geht flach wegen des Windes, der mir jede Luft raubt, was mich nach einer halben Meile so weit ermüdet, dass ich mein Tempo drossele. Ich bin immer noch nicht richtig auf dem Damm. Der Arzt hatte so etwas prophezeit.

Weit ist es nicht mehr. Den Hügel hinauf in die Alma Road und ich stehe vor einem schlichten, cremefarbenen Haus mit schwarzem Zeltdach, wie es in dieser Straße viele gibt. Für mich allein reicht es. Mit Laternen ist meine Straße spärlich ausgerüstet. Ich lege einen Zahn zu und sperre die Eingangstür auf. Die Fenster meiner Nachbarn sind dunkel. Vermutlich sind sie über die Feiertage verreist oder gehören nicht zum alten Eisen wie ich, der gegen neun Uhr abends nach Hause kommt.

Ich schließe die Tür hinter mir. Ein komisches Gefühl beschleicht mich. Sie knackt laut, als sie ins Schloss fällt. Etwas stört mich daran. Ich komme nur nicht darauf, was es ist. Der Lichtschalter reagiert nicht auf meinen Druck. Das ist merkwürdig. Ist eine Sicherung durchgebrannt oder gab es einen Stromausfall? Ist das der Grund, weshalb nebenan kein Licht leuchtet? Hat das ganze Viertel einen Blackout? Ich öffne die Haustür und spähe die Straße entlang. In der Ferne brennt eine Straßenlaterne, keiner meiner Nachbarn besitzt Außenweihnachtsbeleuchtung. Sie machen sich offenbar nichts daraus, oder sie sehen es wie ich: Ohne Familie lohnt sich dieser Firlefanz nicht. Zwei Häuser weiter flackert das Licht eines Fernsehers durch ein großes Wohnzimmerfenster. Also, der Strom ist da. Dann liegt es an meiner Sicherung. Ich streife die warmen Sachen ab und hänge sie über den geschnitzten Knauf meines Treppengeländers. Auf Strümpfen gehe ich in die Küche und öffne den Vorratsschrank mit dem Verteilerkasten. Licht kommt aus der Taschenlampe meines Handys. Ein unangenehmes Flashback an die Nacht in den Bergen überfällt mich. Hinter mir knackt eine Diele. Ich wirbele herum und halte den Strahl der Taschenlampe wie ein Schwert vor mich. Nichts ist zu sehen.

»Reiß dich zusammen, Alter«, murmele ich vor mich hin. Ich werde nicht anfangen, ›Hallo‹ zu rufen. Das ist albern. Wie ich feststelle, ist der FI-Schalter für das gesamte Haus rausgeflogen. Ich drücke ihn wieder rein und das Teil schnickt mir mit lautem Knall entgegen. So kriege ich das Problem nicht gelöst. Ich lege das Handy beiseite und suche eine Kerze, die ich vor längerer Zeit in einen der Schränke gestellt habe. So was wie eine richtige Taschenlampe müsste ich ebenfalls haben. Treffer! In dem Schrank unter der Spüle liegt sie. Ich bücke mich und greife tief in das Fach hinein. Schlagartig wird mir bewusst, wie schutzlos ich in dieser Dunkelheit ein hervorragendes Ziel darstelle. Erneut stellen sich mir die Nackenhaare auf, und ich beeile mich, den Kopf aus dem Schrank zu ziehen und hochzukommen. Ein kurzer Schwindel macht sich bemerkbar. Richtig, der Arzt hatte etwas gesagt zu dem Thema Alkohol: dass ich mit der Gehirnerschütterung keinen trinken sollte. Wenigstens für eine Woche. Das hatte ich vergessen. Na, gut. Ich habe es ignoriert, weil es albern klang. Das Ale mit seinen fünf Prozent wird mich schon nicht zum Invaliden machen.

Ich schließe beide Schränke und schaue mich, mit der großen Taschenlampe bewaffnet, in der Küche um. Irgendwo muss ein Fehlerstrom fließen, sonst würde nicht permanent der Schutzschalter rausfliegen. Tatsächlich ist mein Elektrofachwissen begrenzt, aber so stelle ich es mir vor. Ich ziehe die Stecker von Toaster und Kaffeemaschine, die dauerhaft eingesteckt sind. Probiere mein Glück erneut und werde mit einem lauten Knall belohnt. Fehlanzeige. Die Küche ist in Ordnung. Ich hoffe, dass weder Mikrowelle noch Kühlschrank etwas damit zu tun haben. Die sind fest eingebaut. Da komme ich nicht ran.

Im Wohnzimmer steht mein falscher geschmückter Weihnachtsbaum. Mein einziges Zugeständnis an das Fest. Dem würde ich es zutrauen, dass er in typisch chinesischer Manier nach dem Ablauf seiner Garantie den Geist aufgibt. Doch der kann es nicht sein, weil ich nie etwas brennen lasse, wenn ich das Haus verlasse, reine Paranoia. Ist so eine Macke, seit ich als Kind einmal fast unser Wohnzimmer mit einem Kerzen-Gesteck über Nacht in Brand gesetzt hatte. Das Donnerwetter meines Vaters klingt noch heute in meinen Ohren und die Enttäuschung im Gesicht meiner Mutter war reinste Heuchelei. Man kann nicht von jemandem enttäuscht werden, dem man nichts zutraut. Einem Menschen, von dem man ausgeht, dass er alles vergeigt, was er in seinem Leben in die Hand nimmt. Sie hätte sich das schlechte Gewissen, das sie mir machen wollte, sparen können. Im Grunde bin ich nicht einmal mehr sicher, ob ich die Kerze angelassen habe. Mir war so, als hätte ich sie ausgepustet, bevor ich zu Bett ging.

Ich schiele zurück in den Flur. In einer kleinen Ecke meines durchgeschüttelten Gehirns befürchte ich, Erin dort zu sehen, die mit dem rausgezogenen Stecker von irgendetwas herumwedelt, ein teuflisches Grinsen im Gesicht. Sie verfolgt mich seit Nächten und ich werde das Gefühl nicht los, dass sie mir etwas sagen will, etwas, das ich übersehen habe.

DCI Bell ist eine fähige Polizistin, da bin ich sicher. Doch sie hat sich verzettelt, wenn sie ernsthaft glaubt, ich würde zwei Morde gestehen, nur weil ich eine E-Mail gelöscht habe und dabei erwischt wurde. Ich besitze einen fähigen Anwalt, der leider am Tag der Vernehmung verhindert war. Doch das hat mich nicht gehindert, aus der Sache allein herauszukommen. Es hatte ihm nicht geschmeckt, dass ich ihre Fragen ohne ihn beantworten wollte. Doch warum sollte ich wie ein Schuldiger aussehen und schweigen? Ich war durchaus in der Lage, mit der Polizei fertig zu werden. Und als er kam, ließ man mich gehen.

Natürlich hatte meine enorme Müdigkeit eine große Rolle bei der Entscheidung gespielt. Ich hätte keine Stunde mehr auf ihn warten mögen. Alles, was ich wollte war ins Bett zu kommen. Riskant, rückblickend betrachtet.

Da mein erhofftes Geständnis ausblieb, mussten sie mich vorerst gehen lassen. Es gibt keine Beweise, die mich mit den Morden in Verbindung bringen. Alles nur Indizien und Wunschdenken einer erfolgsgeilen Kriminalbeamtin.

Erin steht nicht in meinem Flur, sie liegt in einem Edelstahlfach in der Pathologie. Unwillkürlich muss ich an Jamie denken und wie er sein Weihnachten verbracht hat. Für mich war es eine schier unendliche Befragung, ein verschlafener Tag und lange Stunden vor dem Fernseher mit zwei Tüten Chips, Nachos und einer Pizza vom Lieferservice. Heute war der erste Tag, an dem ich das Haus verlassen habe. Typisch, dass dann etwas passieren muss. Ein bisschen Murphys Gesetz, würde ich sagen.

Ich beschließe, den Mantel morgen wegzuhängen und die triefenden Stiefel genau dort stehen zu lassen, wo sie sind, schlüpfe in meine Pantoffeln neben der ersten Stufe und steige die Treppe nach oben. Da fällt mir ein, was sich vorhin merkwürdig angefühlt hat. Es gab keinen Widerstand beim Aufschließen. War die Tür nur angelehnt gewesen? Hatte ich sie zuvor nicht zugezogen, oder doch? Langsam verliere ich den Verstand! Das waren zu viele Blackouts in dieser Woche, nicht zu vergessen zu viele Leichen. Mein angeschlagener Kopf spielt auch eine Rolle. Es fühlt sich an, als kämen mir die Gedanken zeitverzögert zu den Ereignissen.

Skye erscheint als einziger Lichtblick vor meinem Auge. Sie kennenzulernen hat sich gelohnt, auch wenn ich nicht an die Umstände erinnert werden möchte. Ob sie mit mir ausgehen würde, wenn ich nach einer angemessenen Zeit nachfrage? Es wird ein bisschen schwierig werden, sie ausfindig zu machen, jedoch nicht unmöglich.

Die Frage ist, ob sie gewillt ist, sich auf einen Mann in ihrem Leben einzulassen, der kein Hauptgewinn ist. Dem man als Kind schon signalisiert hat, dass sein Bruder die große Leuchte und er das schwarze Schaf der Familie darstellt.

Normalerweise sollten Zwillinge, in unserem Fall eineiige, nicht ohne den anderen leben können. Doch mit mir und John läuft es anders. Wir bilden den Ausgleich im Universum zu einer Unzahl von Zwillingspärchen, die eine Einheit darstellen. Wenn diese sich anziehen, stoßen John und ich uns in entgegengesetzte Richtungen. Während mein Bruder ein auf Wettbewerb ausgerichteter, karrieregeiler Arsch ist, suchte ich nach den spaßigen Seiten des Lebens. John büffelte, um auf eine Uni seiner Wahl zu kommen, ich saß bekifft in der kleinen Bude meines Kumpels Greg mit ihm und Alan und plante die Eröffnung unserer eigenen Bar. Ein Tagtraum, der in Marihuana-geschwängerter Luft zum Greifen nah ist, dem ich jedoch genauso nah kam wie einer Einladung zum Tee im Königshaus.

Heute weiß ich, dass meine damalige Rebellion nicht aus Unvermögen und mangelnder Intelligenz resultierte, sondern ein Produkt des Terrors von John war. Eine Reaktion auf die Spielchen, die er gegenüber unseren Eltern spielte, um sich besser darzustellen, wenn er mich niedermachte. Ich hatte da nie mitspielen wollen und doch hatte ich es getan. Ich tue es noch, wenn ich an die lieblos ausgesuchten Ikea-Möbel in meinem Wohnzimmer denke, oder die Glühbirnen, die überall als Lampenersatz hängen – als wäre es mir egal, wie ich lebe. John hat gewonnen. Er ist Arzt in Glasgow, besitzt ein eigenes Haus, eine Ehefrau mit perfekten Gesichtszügen und die obligatorischen zweieinhalb Kinder – ein neues ist unterwegs. Oder es ist schon da. Ich weiß es nicht. Wir pflegen keinen Kontakt. Status hat nie Eindruck auf mich gemacht, Geld ebenso wenig. Deshalb sind diese Mordvorwürfe wegen des verpatzten Deals und der drohenden Demütigungen ja so albern.

Dennoch muss ich zugeben, dass tief in meinem Inneren eine kleine Stimme fragt, ob mir materielle Dinge und Erfolg egal sind oder ob ich John diesen Gefallen einfach nicht tun will. Und meinen Eltern. Die dieses Weihnachten ein weiteres Mal eine enttäuschte Nachricht auf meinem Anrufbeantworter hinterlassen haben, warum ich nicht zum gemeinsamen Essen erschienen bin. Was für ein Fest für John, wenn er erfahren hätte, dass ich erst von meiner Vernehmung bei der Polizei zurückgekehrt bin, nachdem man mich des Mordes an zwei Frauen bezichtigte. Natürlich brauche ich keinen Mord, um meiner Familie aus dem Weg zu gehen. Ich hatte nie geplant zu kommen. Da könnte ich mich auch selbst teeren und federn und nackt bei Minusgraden zur Westcoast Railway Station laufen.

Kalte Luft streicht meine Wangen, als ich den ersten Stock erreiche. Hinter einer geschlossenen Tür kann ich Wind rauschen hören. Ich gehe darauf zu. Das Haus hat seine Schwachstellen, sodass es schon bei einem geöffneten Fenster schnell zu Durchzug kommen kann. Augenscheinlich steht das Fenster im Arbeitszimmer sperrangelweit offen und lässt den Winter in mein Haus. In Verbindung mit dem Stromausfall läuft es mir nicht nur körperlich kalt den Rücken runter. Ich brauche mein Licht zurück. Mein Computer ist aus. Natürlich. Kann mich nicht erinnern, ihn angelassen zu haben. Ich rieche nicht, dass irgendetwas durchgeschmort ist. Eine kühne Behauptung, im Angesicht des offenen Fensters. Der Schein meines Handys streift die verstreuten Blätter auf meinem Schreibtisch. Ein kleines Chaos, verursacht durch die frische Brise.

Erst schließe ich das Fenster, dann widme ich mich dem Aufsammeln der losen Zettel. Zwischendrin spitze ich die Ohren, weil meine Sinne in der Dunkelheit aus reiner Vorsicht geschärft sind. Dieses Haus ist mein Heim seit drei Jahren, doch am heutigen Abend spüre ich Feindlichkeit, die mir aus den Ecken entgegenstrahlt, als stünden sie unter Strom. Ich schreibe das der Anspannung der letzten Tage zu und den traumatischen Erlebnissen. Gegenwärtig bin ich es, der unter Strom steht, der in Alarmbereitschaft ist, seit Eilidh diese völlig durchgeknallte E-Mail geschrieben hat. Damit hätte ich weiß Gott nicht gerechnet. Und nachzusehen, welche Beweise sie meinte, war das erste Dämliche, was mir in den Sinn gekommen ist. Sie sollte zu diesem Zeitpunkt doch auf Kreuzfahrt sein.

Plötzlich dringt es an meine Ohren: das Rauschen von Wasser. Ganz leicht wie ein Rinnsal, doch ich bin sicher, dass da etwas plätschert. Den Schwung Blätter klopfe ich auf dem Tisch zu einem handlichen Stapel zusammen und lege sie vor die Tastatur. Es handelt sich um Rechnungen, die ich noch nicht abgeheftet habe. Dabei fällt mir das zuoberst liegende Blatt ins Auge. Das kenne ich nicht. Es sieht so aus, als würde es nicht hierhergehören. Sieht aus wie eine Manuskriptseite, ein kurzer Absatz in der Schriftart Arial.

Mit dem Handy werfe ich genügend Licht auf das Blatt, um es überfliegen zu können. Ich muss es zwei Mal lesen, um sicher zu sein, dass ich nicht Opfer eines kleinen Schlaganfalls bin.

Es tut mir sehr leid. Eilidh ließ mir keine andere Wahl. Dass Erin das gleiche Schicksal ereilen sollte, hatte ich nicht geplant. Sie wusste etwas oder hat zumindest was gemerkt, weshalb ich sie mit dem Schädlingsbekämpfungsmittel, das ich im Unterstand gefunden habe, vergiften musste. Mir war nicht klar, dass ich mit dieser Last nicht werde leben können. Bitte verzeiht mir. Ich wusste nicht, was ich tat.

Colin

Meine zitternde Hand lässt das Blatt fallen. Ich scanne den Raum in Windeseile. Mein Puls hat sich unbemerkt auf Tempo hundert beschleunigt. Stoßweise verlassen kleine Atemwolken meinen Mund. Es ist hier drinnen so kalt, dass man sie sehen kann. Tief in meinem Inneren entsteht der Wunsch, sofort zu fliehen. Etwas Böses ist in Gang gesetzt worden und ich befinde mich mitten in seinen Fängen. Das ganze Haus ist eine Falle, die zugeschnappt ist, als ich die Tür hinter mir schloss. Ich hebe das Blatt wieder auf und zerknülle es in meiner Hand, so geräuschlos wie möglich. Man beobachtet mich, da bin ich sicher. Nebenan plätschert ein kleiner Wasserfall bedrohlich vor sich hin. Was hat das zu bedeuten? Magisch angezogen von dem Geräusch tappe ich durch den Flur und halte meine Augen offen. Wie es aussieht, bin ich allein. Doch was wird mich auf der anderen Seite der Badezimmertür erwarten? Etwas Grauenvolles oder nur die Erkenntnis, dass ich den Wasserhahn angelassen, nachdem ich mir am frühen Abend dort die Hände gewaschen habe? Da ist dieser Zettel ungeklärter Herkunft mit einem Geständnis von mir. Dennoch will ich mit meinen eigenen Augen sehen, dass ich mich umsonst ängstige, dass dieses Haus – mein Heim - sicher ist und von niemandem übernommen wurde.

Vor dem Badezimmer, das direkt gegenüber der Treppe liegt, atme ich tief ein. Schon beim Betätigen der Klinke wird mir der Schwachsinn meines Vorhabens bewusst. Ich schließe niemals die Zimmertür, wenn ich allein bin. Dann stehen bei mir alle Türen offen. Ein ungewohntes Quietschen geht von der Tür aus. Ist sie verzogen, hängt sie nicht richtig in den Angeln und muss eingestellt werden?

Shhhh. Sie schleift am Boden, was heute Nachmittag noch nicht der Fall war. Das Plätschern wird lauter. Ich lasse sie aufgehen, ohne den Raum zu betreten. Mondlicht fällt durch ein Oberlicht über meiner Badewanne, die mitten im Raum steht. Ein Luxus, den sich die ersten Besitzer dieses Hauses geleistet haben. Wie flüssiges Silber schwappt ein Schleier aus Wasser ihren Rand hinunter, während der Wasserhahn unablässig läuft. Der Boden zu meinen Füßen ist glitschig. Erst jetzt erkenne ich, dass der Teppich im Flur durchtränkt ist, weil im Bad knöchelhoch das Wasser steht. Ich hebe meinen rechten Fuß, Tropfen rinnen von der Ledersohle nach unten.

Hier drinnen ist es friedlich, wie auf einer Waldlichtung, auf der sich ein kristallklarer Fluss über Steine drängt. Nur, dass sich dieses surreale Schauspiel in meinem Badezimmer abspielt. Ich muss mich bemühen, diese verrückten

Bilder aus meinem malträtierten Kopf zu bekommen. Es ist, als würden die falschen Kontakte in Verbindung stehen. Hatte ich den Hahn aufgedreht? Ist es das? Merke ich nicht mehr, was ich tue, seit mich Sean Murray niedergeschlagen hat?

Das erinnert mich daran, dass ich den Gedanken vorhin nicht zu Ende gesponnen habe. Will ich Skye einen Mann zumuten, der eine ähnlich schlechte Zukunftsaussicht wie ihr Ex hat? Was ist mit dem Brief? Er könnte aus meinem Drucker stammen. Was, wenn ich den Computer anschalte und dort eine Datei finde, die ich selbst verfasst habe?

Stopp! Meine Gedanken überschlagen sich und ich spüre, dass ich am Rande meiner ersten Panikattacke stehe. Ich habe Erin nicht ermordet. Warum sollte ich so etwas gestehen?

Ein Glitzern im Wasser vor der Wanne erregt meine Aufmerksamkeit. Es sieht so ... das ist doch ... mein Blick folgt der Schnur bis zur Steckdose neben dem Waschbecken. Es ist mein Föhn, der da eingesteckt ist und im Wasser auf dem Boden liegt.

Adrenalin schießt durch meine Adern. Mit einem Satz springe ich nach hinten zum Geländer meiner Treppe – nur raus aus dem Wasser! Im selben Moment knallt es aus der Küche. Ich kenne das Geräusch. Es ist der FI-Schalter, der umgelegt wurde. Scheiße! Da ist jemand im Haus und versucht Strom fließen zu lassen. Ich habe es die ganze Zeit geahnt und war dennoch dumm genug, hier wie eine Maus durch die Gänge zu laufen und nach einer Erklärung wie nach einem Stück Käse zu suchen. Jetzt steckt mein Kopf fast unter dem Klemmbügel. Ein weiteres Mal knallt es. Der Killer ist bemüht, kein Risiko einzugehen, immerhin kann er nicht sehen, ob er erfolgreich war. Ich klammere mich an das Holzgeländer und bete, dass es meine neunzig Kilo tragen möge. Ich muss raus aus diesem Sumpf. Der Teppich, der bis zur Treppe läuft, ist nur durchnässt. Doch ich werde den Teufel tun, dort drüber zu laufen, ohne zu wissen, ob das reicht, um einen tödlichen Schlag zu kriegen, sollte der Irre den FI-Schutzschalter erneut reinlegen. Der einzige Weg hier raus führt nach unten.

Ein weiterer Knall.

Ich hangele mich das Geländer bis zu den Holzstufen, die mir sicher erscheinen und tappe leise herunter. Am liebsten würde ich Lärm machen, ihm signalisieren, dass er mich nicht erledigt hat und ihn so vertreiben. Doch wird er dann gehen? Oder wird er mich mit bloßen Händen erledigen? Die Treppe wieder raufschleifen und hinunterstoßen, damit ich mir das Genick breche? Das sollte nicht zu seinem Plan gehören, wenn ich an meinen unechten Abschiedsbrief denke.

Die Haare stehen mir zu Berge, als ich näher und näher an die Haustür komme. Das Knallen hat aufgehört. Das wird mir in diesem Moment bewusst. Das bedeutet, dass er mir entgegenkommt und prüfen wird, ob ich wie ein Brathähnchen gebrutzelt worden bin. Warum sollte er dazu langsam gehen? Und wieso sollte ich weiter hier in der Falle sitzen? Ich nehme die Beine in die Hand, stürze die letzten Stufen hinunter, reiße die Haustür auf, ohne mich umzusehen, schlüpfe hindurch und spüre dabei, wie ich mit dem Rücken gegen einen Widerstand stoße.

Das ist er! Sein Atem schlägt mir in den Nacken. Ich renne. Rase mit meinem Herz um die Wette über meine vereiste Auffahrt. Rutsche mit den Pantoffeln wie ein Hund auf einem spiegelglatten See. Die Dinger halten mich nur auf. Ich kicke sie von den Füßen und mache in Socken weiter. Der Schnee dringt eisig durch die groben Maschen und betäubt meine Füße, doch dafür habe ich im Moment keinen Sinn. Hier und jetzt heißt es zu überleben. Ich muss an Erin denken, die angeblich in Socken durch den Schnee gestapft ist. Was für eine Scheiße ist da über mich und meine Freunde hereingebrochen? Hatten meine Eltern recht? Ziehe ich das Unheil an, während meinem Bruder all das Glück zufällt?

Heute Nacht bin ich das erste Mal gewillt, daran zu glauben.

28

SKYE

»Ich hatte sie an dir im Cottage gesehen und wusste deshalb sofort, dass es deine ist.« Jamie hält mir triumphierend eine zierliche Kette vor die Nase, an der eine silberne Distel mit einem Amethyst baumelt. »Die Schließe ist kaputt. Ich schätze, deshalb hast du sie verloren.«

»Danke, Jamie.« Ich nehme sie wie einen Schatz entgegen und stecke sie in meine Manteltasche. »Hast du etwas von Colin gehört?«, frage ich.

Er schüttelt den Kopf. »Ich weiß nur, dass sie ihn am selben Tag wie mich in die Mangel genommen haben. Soweit ich aus meiner eigenen Vernehmung heraushören konnte, kannte er die Eigentümerin des Cottages. Sie haben versucht, von mir Infos dazu zu erhalten, aber Fehlanzeige. Weder ich wusste davon, noch hat Erin je etwas erwähnt. Ich habe kein gutes Gefühl, was Colin angeht.«

»Traust du ihm einen Mord zu?«

Er zuckt mit den Schultern. »Man kann den Menschen nicht hinter die Stirn schauen, oder? Im Zweifel wirst du doch immer enttäuscht.«

Ich betrachte ihn genau und erkenne einen Mann, der einige Nächte nicht geschlafen hat. Sein Haar könnte eine Wäsche vertragen, die Falten auf seiner Stirn sehen tiefer aus, als ich sie in Erinnerung hatte. Er leert den Rest seines Bieres in einem Zug und gibt dem Kellner ein Zeichen für ein neues.

»Was machst du, du wirst doch heute die zwei Stunden nicht mehr zurückfahren?«

»Nein. Ich bin auf der Durchreise nach Stirling. Dort leben Erins Eltern. Sie haben mich gebeten, ein paar Tage vorbeizukommen. Na ja. Es ist nicht das, was ich mir gerade selbst ausgesucht hätte. Doch ich kann verstehen, warum ihnen das am Herzen liegt.«

»Ich hatte es Heiligabend ja schon gesagt: Vielleicht gibst du mir eine Info, wenn du weißt, wann die Beerdigung ist. Ich würde gern kommen.«

»Das mache ich«, sagt er. »Und du? Wirst du klarkommen?«

»Das muss ich, oder? Schon allein wegen Neala.«

»Verstehe. Was ist mit ... Sean, richtig?«

»Ja.« Ich kann nicht glauben, dass er den Namen von diesem Kerl vergessen hat. Nicht, nachdem er mich und Colin in der Nacht, in der seine Frau starb, fast umgebracht hätte.

»Ich hoffe, er ist noch in Gewahrsam. Genau weiß ich es nicht. Die Polizei hält sich bedeckt. Ehrlich gesagt, habe ich auch nicht gefragt. Ich bin aber vorsichtig und ich denke darüber nach, aus der Gegend wegzugehen.«

»Du willst umziehen?«

Ich fahre mir nervös durch die Haare. »Ja. Neu anfangen. Das muss sein. Hier ist alles verkorkst. Ich liebe die Stadt, doch momentan fühlt es sich so an, als würde sie mich nicht mehr lieben.«

»Es wäre besser, wenn du jemanden hättest, der ein Auge auf euch hat, jemand, der auf euch aufpasst.«

Jetzt blitzt der Jamie durch, den ich am Nachmittag im Cottage kennengelernt habe, der sich mir ungewöhnlich schnell anvertraute, obwohl ich eine Fremde bin. Macht er einen Vorstoß oder bilde ich mir das ein?

»Ich habe keine lebenden Verwandten mehr, also wird es nichts mit dieser Idee. Neala und ich kommen aber klar. Das mussten wir schon immer, auch, als ich mit Sean zusammengelebt habe.«

Er sieht mich an, als hätte ich was selten Dummes gesagt und mir wird klar, dass ich mir selbst eine Riesen-Lüge aufgetischt habe. Ich bin alles andere als gut klargekommen. Ich habe mich und meine Tochter einer gefährlichen Situation ausgesetzt und nichts getan, um das zu beenden. Zumindest für eine sehr lange Zeit.

»In Ordnung, ich habe es selbst gehört. Du musst nichts dazu sagen.«

»Sei nicht böse. Ich habe mir nur Sorgen gemacht. Es wäre schön, euch in Sicherheit zu wissen, auch wenn wir uns kaum kennen. Diese ... dieses ...« Er ringt nach Worten und ich merke, dass ihm nichts einfällt, das seine Bürde umschreibt.

»Wolltest du Trauma sagen?«

»Richtig. Dieses Trauma schweißt zusammen, finde ich.«

Ich nicke. Derek taucht hinter mir auf und fragt, ob wir etwas trinken wollen. Ich schüttele den Kopf.

»Ich werde dann mal los. Meine Schwiegereltern sind nicht mehr die Jüngsten, und sie hassen es, lange aufbleiben zu müssen.« Er sieht mich gequält an.

Jamie ist ein netter Kerl, doch ich kann ihm den Gefallen nicht tun, ihn attraktiv zu finden. Es ist schrecklich, so etwas zu denken, nachdem er seine Frau auf tragische Weise verloren hat, doch er gibt mir mit seinen verbalen und nonverbalen Zeichen das Gefühl, Interesse zu haben. So, wie es mich schon einmal beschlichen hat, als wir im Cottage miteinander sprachen. Er wirkte auf mich wie ein Mann, der seiner langweiligen Ehe überdrüssig ist. Erin hat sich, nach allem, was ich gehört habe, auch in Nachbars Garten umgesehen. Warum sollte es ihm nicht ähnlich ergangen sein? Wie ich hörte, waren sie schon seit Ewigkeiten zusammen und hatten nicht gemerkt, wie sie sich mit den Jahren immer mehr voneinander entfernten. Keine gemeinsamen Kinder und dann der Wunsch nach einem Projekt, das sie beide einte und ihnen wieder Halt gab. Wollten sie nicht dafür ihr altes Leben hinter sich lassen? Wieso? Was war dort geschehen? Sie sahen nicht aus wie ein frisch verliebtes Pärchen, das es nicht abwarten kann, so viel Zeit wie möglich miteinander zu verbringen.

Ich halte Jamie nicht zurück, sage nicht, dass er sich mal melden soll. Ich wünsche ihm viel Glück für die Zukunft und signalisiere ihm, dass ich an nichts interessiert bin. Er muss das selbst erkennen. Ich bin nicht gegen einen losen Kontakt, aber mir stellt sich die Frage: wozu?

Er beugt sich nach vorn und gibt mir unerwartet einen zarten Abschiedskuss auf die Wange. Ich drücke ihn steif und rede mir ein, dass er ein gebrochener Mann ist, der sich nach Zuwendung und Trost sehnt. Er ist allein. Womöglich bin ich ein Eisklotz, ihn in so einer Situation so auf Distanz zu halten, doch ich traue meinem Gespür für Schwingungen.

Er braucht beunruhigend lange, um seine Siebensachen einzusammeln und dann das Pub zu verlassen. Er hat definitiv auf ein Zeichen meinerseits gewartet. So viel ist sicher.

Ich bin froh, dass er gegangen ist. Neala muss ins Bett gebracht werden und ich möchte die Geduld meiner Nachbarin nicht überstrapazieren, indem ich sie zu lange dort spielen lasse. Wie Jamie es eben selbst sagte: Alte Leute möchten nicht mehr so lange aufbleiben.

»Grüß Iona von mir!«, ruft Derek hinter mir her, während ich ebenfalls in die Kälte hinaustrete. Der Satz trifft mich wie ein Speer in den Rücken. Ich wünschte, es wäre so einfach. Ich gehe an dem Café vorbei, das die leckersten Kuchen der Stadt verkauft, und im Obergeschoss, gelegen an der höher laufenden Hauptstraße, ein Delikatessengeschäft beherbergt. Vorsichtig erklimme ich die Stufen vom Parkplatz nach oben zur Geschäftsstraße. Die ist menschenleer. Dennoch fühle ich mich nicht allein. Ist Jamie umgedreht, um mit mir zu sprechen? Ich sehe mich um, doch da ist niemand. Nur gedämpfte Stimmen und sanftes Licht aus dem Pub, das durch die Leere der Nacht zu mir rüberschwappt.

Ich gehe zügig auf die andere Seite, obwohl die Ampel auf Rot steht. Es ist völlig unnötig, sie zu betätigen. Ich habe es in meinem ganzen Leben nicht geschafft, diese Straße in einer grünen Ampelphase zu überqueren. Sie schaltet immer auf Rot, noch bevor man auf der anderen Seite angekommen ist. Hinter mir knirscht es. Erneut wirbele ich herum und scanne die Hauseingänge links und rechts. Da ist nichts bis auf losen Schnee, der von einem der Dächer rutscht und auf dem Bürgersteig landet.

»Jetzt verliere bloß nicht die Nerven, Skye«, flüstere ich mir zu. Es holt mich zurück in die Realität, in der ich nicht ständig einer Bedrohung ausgesetzt bin. Wird das so bleiben? Werde ich mein restliches Leben in Angst um meine

Tochter und mich vegetieren? Der Gedanke regt mich zusätzlich auf. Ich muss zu altem Selbstbewusstsein zurückfinden. Zu der Zeit, bevor Sean durchgedreht ist, auch wenn ich mich nicht mehr erinnern kann, wann das war. Langsam setze ich meinen Weg fort. Es ist nicht weit. Nur ein paar Häuser. Da sind sie wieder. Die Schritte, von denen ich vorhin schon geglaubt habe, sie zu hören. Oder war das Einbildung? Jetzt sind definitiv Schritte in dieser Geisterstadt zu hören. Hilflos sehe ich mich in den Fenstern der Häuser zu beiden Seiten um. Alles dunkel. Würde mir irgendjemand helfen, wenn ich an seine Tür klopfte, oder sind die Leute ausgegangen? Jemand kommt näher. Ist fast bei mir. Ich wirbele herum, darauf gefasst, mich verteidigen zu müssen, und stoße mit einem älteren Herrn zusammen, der versucht hat, mir auszuweichen. Wir beide landen in einer Schneewehe.

»Himmel!«, ruft er laut aus und beginnt dann leise etwas vor sich hinzumurmeln, während ich mich überschwänglich entschuldige. Ich reiche ihm meine Hand, und versuche, uns beide aus dem Haufen zu ziehen. Im Augenwinkel sehe ich, wie eine dunkel gekleidete Person auf dem gegenüberliegenden Bürgersteig zügig den Hügel erklimmt. Ich bin hier nicht so allein, wie ich gedacht habe. Der Alte klopft sich den Schnee vom Parka und schüttelt meine dargereichte, helfende Hand ab. Ich verstehe seinen Unmut. Der Schnee vom Boden glitzert in seinem grauen Haar wie Feenstaub. Er zieht ab und ich schleiche erleichtert hinterher. Ich weiß jetzt, dass ich mich unnötig aufgeregt habe. Zehn Meter weiter wartet meine Tochter auf mich. Die Pferde sind wieder einmal mit mir durchgegangen.

Als Neala im Bett liegt, sitze ich in meinem Ohrensessel am Fenster und blättere durch alte Familienalben. Meine Mum, wie sie mich auf dem Schlitten die Ferntower Road hochzieht – nicht weit von hier haben wir damals gewohnt. Dad beim Auspacken eines Weihnachtsgeschenkes. Ich vermisse die Zeiten und ein Kloß formt sich in meinem Hals, wenn ich daran denke, dass sie Neala nie kennengelernt haben. Was hätte Dad gesagt, wenn er Sean noch begegnet wäre? Hätte sein Instinkt mich vor ihm gewarnt? Hätte ich auf ihn gehört? Ich lege das Album beiseite und beschließe, morgen früh DCI Bell anzurufen und nach Sean zu fragen. Ich muss wissen, ob er in Gewahrsam ist. Nach allem, was er getan hat, müssen sie ihn bis zur Verhandlung wegsperren, auch weil er verschiedener Verbrechen angeklagt ist.

Ich knipse die kleine Tischlampe auf meinem Fensterbrett aus und erhebe mich aus dem blauen Samt. Der Weihnachtsbaum brennt in der Zimmerecke und taucht den Raum in ein Licht aus Kindheitserinnerungen an Zuckerstangen, Gelächter, Vorfreude und Liebe. Ich schicke ein Stoßgebet zum Himmel, dass Neala dieses Weihnachten relativ unbeeinflusst von den schaurigen Geschehnissen um sie herum verleben darf. Aus dem Augenwinkel sehe ich Bewegung auf der Straße. Angespannt trete ich dichter und entdecke eine Gestalt, wie sie in dem Hauseingang gegenübersteht. Ich gehe zum Baum und schalte ihn aus. Dann trete ich erneut ans Fenster, nähere mich von der Seite, um keinen Schatten zu werfen, sollte das überhaupt möglich sein. Ich bin im Vorteil. Ein hauchzarter Store verhindert, dass man von außen bei Dunkelheit reinschauen kann.

Es ist ein Mann. Er steht verborgen im Schatten und raucht. Sein Glimmstängel tanzt auf und ab, ohne auch nur einen Teil seines Gesichts zu erhellen. Höchstwahrscheinlich wartet er auf jemanden oder er ist zu Besuch und will in der Wohnung nicht rauchen. Ich betrachte ihn genauer. Die Art, wie er verborgen dasteht, sich kaum bewegt. Er beobachtet. Doch wen beobachtet er? Die Zigarette fällt zu Boden, wird ausgetreten. Der Mann rührt sich nicht. Sein Kopf taucht von unten wieder auf, nachdem er sie gelöscht hat, und dreht sich so weit, bis er zu meinem Fenster schauen kann.

Er beobachtet mich.

Ruckartig ziehe ich mich zurück. Er dürfte mich nicht sehen können und doch habe ich das Gefühl, dass er meine Anwesenheit spürt. Was mache ich jetzt? Als Erstes renne ich zur Haustür und prüfe, ob sie zwei Mal verschlossen ist. Es gibt noch eine Tür, die zur Küche raus in den Hof führt. Die checke ich auch. Mit Entsetzen muss ich erkennen, dass diese Tür kein echtes Hindernis darstellt. Die große Glasscheibe mit Sprossen in Kopfhöhe kann man leicht einschlagen. Vorsorglich schließe ich die Küchentür zum Flur ab und laufe zurück ins Wohnzimmer, um aus dem Fenster zu sehen. Er ist weg. Mein Herz beschleunigt. Ist er um das Haus herumgegangen? Ich hätte bleiben sollen, um ihn zu beobachten. Zitternd ziehe ich mein Handy aus der Hosentasche und wähle vorsorglich die 999. Aus der Küche kommt kein Geräusch. Im ganzen Haus ist es still. Da taucht er hinter der Kastanie auf meiner Straßenseite auf. Tritt auf den Bürgersteig und kramt in seiner Manteltasche. Erleichtert atme ich aus. Er zündet sich eine neue Zigarette an, hält das Feuerzeug vor sein Gesicht und da erkenne ich ihn.

Es ist Jamie.

Was macht der vor meiner Tür? Er hat nicht geklingelt, steht nur neben dem Baum und schaut die Straße herunter. Gegenüber leuchtet Licht in den Fenstern. Das muss ihn aus dem Hauseingang vertrieben haben. Bestimmt sind meine Nachbarn nach Hause gekommen. Diese Zitterpartie muss ein Ende haben. Ich kenne Jamie, ein bisschen zumindest. Ich bin entschlossen, nehme mein Telefon und rufe ihn an. Er zuckt zusammen, das kann ich sehen, dann holt er sein Handy aus der Tasche, sieht aufs Display und sofort in meine Augen. Hinter der Gardine dürfte er mich nicht entdecken können.

»Ja?«

»Was machst du vor meinem Haus, Jamie?«

»Skye, hör zu ...« Er schaut auf seine Füße, als wäre ihm mein Anruf unangenehm. Damit verpufft meine Angst vor ihm endgültig. »Ich will dich nicht beunruhigen.«

»Mich beunruhigen? Du hast mir eine Scheißangst gemacht, wie du dich da draußen vor meinem Fenster rumdrückst!«

Ich verlasse das Wohnzimmer und gehe zur Haustür. Das ist ja albern. Genauso gut kann ich mich persönlich mit ihm unterhalten.

29

COLIN

Wie ein Wilder hämmere ich gegen die Haustür des Nachbarn, dessen Fernseher durch die Scheibe zu sehen war. Es dauert eine Ewigkeit, bis er die Tür öffnet. Während ich atemlos um Einlass bitte, um die Polizei verständigen zu können – mein Handy habe ich im Haus verloren -, rast ein dunkler Wagen an mir vorbei. Den Fahrer am Steuer kann ich nicht erkennen. Mr. Freeman, ein hagerer, kleiner Mann in seinen Siebzigern mit grauen Bartstoppeln und tief liegenden braunen Augen besteht darauf, selbst die Polizei zu rufen, während ich draußen warten soll. Ich fühle mit ihm. Meine Haare kleben schweißnass an der Stirn, ich bin aufgelöst, wahrscheinlich schwer zu verstehen und an den Füßen trage ich keine Schuhe. Weder habe ich eine Winterjacke noch Papiere dabei. Da ich mich nicht sonderlich um meine Nachbarn kümmere, hat er mich in den letzten Jahren nie zu Gesicht bekommen. Er erlaubt mir, auf seiner Schwelle auf die Beamten zu warten. Eine Minute, nachdem er die Tür vor meiner Nase geschlossen hat, kann ich ihn hinter seinem großen Wohnzimmerfenster auftauchen sehen, wo er einer Gameshow im Fernsehen folgt. Der Mann lebt allein. Ein Satz aus meinem ersten Bewerbungsgespräch drängt sich in mein Bewusstsein: »Wo sehen Sie sich selbst in fünfzig Jahren?«

»Dort, wenn ich so weitermache«, flüstere ich zynisch. Resigniert drehe ich mich um und lasse mich auf den Stufen seiner Treppe nieder. Es könnte an der Zeit sein, sich konkrete Ziele im Leben zu setzen. Für heute hat das mit dem Überleben ganz gut geklappt. Morgen könnte ich die Latte ein wenig höher legen. Während der Wartezeit lasse ich mein Haus nicht aus den Augen. Die Vordertür steht sperrangelweit offen und die Gewissheit in mir wächst, dass das Haus leer ist. Er ist fort. Der dunkle Wagen. Hoffentlich hat einer meiner Nachbarn eine Kamera unerlaubterweise auf die Straße gerichtet. Ich könnte rübergehen und dort auf die Polizei warten. Es sieht nicht so aus, als bestünde eine Gefahr für mein Leben. Die schneidende Kälte und taube Füße motivieren mich, durch die kleine Pforte zu treten und nach Hause zu gehen. An der Tür drehe ich mich um und sehe Blaulicht, das den Hügel hochkriecht. Sie kommen.

Eine Stunde später sitze ich mit vier Beamten in meinem Wohnzimmer. Sie haben meine Aussage aufgenommen und sowohl den Föhn als auch meine Tastatur eingesteckt. Das Blatt mit dem Abschiedsbrief konnte keiner finden. Er hat es mitgenommen, bevor er geflohen ist. Das Licht brennt wieder. Morgen früh wird jemand kommen, um Fingerabdrücke im Haus zu nehmen, insbesondere vom Verteilerschrank. Reine Prophylaxe. Man wies mich darauf hin, dass der Täter höchstwahrscheinlich Handschuhe getragen hat. Wie sollte er sonst meinen angeblichen Selbstmord plausibel inszenieren?

DCI Bell ist heute Nacht unabkömmlich. Etwas, das ich sehr bereue, da ich gern erlebt hätte, wie sie die Geschehnisse an diesem Abend zu erklären versucht. Statt ihrer bitten mich die Kollegen, vorsichtig zu sein und die Tür mit einem zusätzlichen Riegel für die Zukunft zu sichern. Man geht davon aus, dass es nicht bei diesem einmaligen Erlebnis bleiben wird. Außerdem vermitteln sie mir, dass mich der Stromschlag nicht unbedingt hätte töten müssen. Ein Mann von meiner Konstitution könnte mit dem Schrecken davonkommen. Sicher sind sie sich allerdings nicht, was mich wenig beruhigt.

Ich habe vorerst genug und rufe Alan an, einen Freund aus meiner Schulzeit, der ebenfalls in Fort William wohnt, und schlüpfe für heute Nacht bei ihm unter. Morgen werde ich mir ein Bild über den Schaden machen und überlegen, wie es weitergehen soll. Jemand hat es auf mich und meine Freunde abgesehen. Kann es sich dabei um den Ex-Mann von Skye handeln, dem wir die Tour vermasselt haben? Auf meine Nachfrage hin schütteln die Beamten mit dem Kopf. Sie wissen nicht, wie es um Sean Murray derzeit bestellt ist. Mein Fall ist ihnen generell neu. Sie hatten heute Nacht einfach nur Dienst.

»Sie wissen also nicht, ob er noch sitzt?«

Sie verneinen. Man empfiehlt mir, morgen früh in der Dienststelle anzurufen. Flink verabschieden sie sich und lassen mich an meinem Tatort, oder wie ich es in Zukunft nennen werde: meiner vermeintlich letzten Ruhestätte zurück. Das Schloss an der Eingangstür ist nicht defekt. Der Einbrecher hatte Ahnung von dem, was er tat. Ich habe in diesem Haus keinerlei Vorkehrungen getroffen, um einen Einbruch zu verhindern. Bei mir gibt es nichts zu holen. Es erfordert wenig Geschick, um einen Weg hineinzufinden. Ich denke an das offene Fenster im Arbeitszimmer. Das könnte er ebenfalls aufgedrückt haben. Die Beamten haben sich dort oben umgesehen, doch ich habe nicht gefragt. Mir war klar, dass ich diese Nacht nicht hier verbringen werde.

Ich stopfe ein paar Klamotten in einen Rucksack, nehme Geld und Handy und gehe zu meinem Wagen, der in der Einfahrt steht. Die Wirkung des Ales ist schon lange verschwunden. Ich glaube, ich bin nüchtern, seit sich das Licht im Flur nicht anschalten ließ.

Unterwegs wähle ich Lennox' Nummer. Er hebt nicht ab. Danach probiere ich es bei Alli. Es dauert ein wenig, doch dann geht sie ran. Sie klingt abgehetzt und ich höre Fahrgeräusche. Ich schildere ihr die Ereignisse des heutigen Abends und bitte sie, vorsichtig zu sein. Sie wird Lennox Bescheid geben, sobald sie ihn sieht, bietet sie an. Die Formulierung finde ich merkwürdig. Wieso weiß sie nicht, wo er sich aufhält? Es ist elf Uhr nachts!

Bei Jamie habe ich Glück – nehme ich zumindest an. Doch er würgt mich ab, bevor ich zu meiner Story ausholen kann. Er sagt, dass er zurückrufen wird. Das ist absolut unbefriedigend! Selbst Alli, der ich persönlich erzählen konnte, dass mich jemand um die Ecke bringen will, klang teilnahmslos und desinteressiert. Hat sie mir überhaupt zugehört?

Ich habe Skyes Nummer nicht, doch ich weiß, dass Jamie sie besitzt. Sie hat sie ihm gegeben, damit er sich wegen Erins Beerdigung melden kann. Ein weiteres Mal klingle ich bei ihm durch. Es ist mir egal, dass es gerade nicht passt. Dieses Gespräch ist wichtig. Vielleicht schwebt einer meiner Freunde in Gefahr. Skye zähle ich mit dazu. Es dauert ein wenig und dann geht die Mobilbox an. Ich gebe nicht auf und versuche es erneut. Jetzt hebt er ab.

»Leg nicht auf, Alter! Das ist wichtig.«

»Colin, ich kann jetzt nicht, lass uns morgen reden.«

»Morgen bist du tot.«

»Was, bitte?«

»Entschuldige. So habe ich das nicht gemeint.« Ich muss mich zügeln. Ganz nebenbei fällt mir auf, dass ich auf die A82 Richtung Corran abgebogen bin. Der Abzweig zu Alan liegt weit hinter mir und ich verlasse die Stadt. »Ich kann in zwanzig Minuten bei dir sein. Wir müssen dringend reden. Hast du Skyes Nummer? Bitte schick sie mir mal rüber.«

»Was heißt, du kannst in zwanzig Minuten bei mir sein? Ich bin nicht zu Hause. Ich bin in ... Crieff.«

Das macht mich stutzig. »Was machst du in Crieff?«

Er stöhnt, gibt aber keine Antwort. »Du, es ist jetzt wirklich schlecht. Sei nicht böse. Ich melde mich. Okay?« Dann legt er auf und hört nicht mehr, wie ich voller Enttäuschung in den Hörer schreie.

Was zur Hölle macht er bei Skye?

30

SKYE

Jamie steht vor mir im Flur und telefoniert. Ich horche auf, als ich ›Colin‹ höre. Zu gern wüsste ich, was der um diese Uhrzeit von Jamie will. Gibt es neue Erkenntnisse? Jamie hält das Gespräch knapp und würgt ihn ab.

»Tut mir leid für die Störung.« Er mustert den Apparat und sieht genervt aus. Dann steckt er das Handy in die Tasche.

»Was machst du noch hier? Willst du mir Angst machen?«

»Quatsch!« Er sieht mich an. Etwas zu eindringlich, wie ich finde. Ich hoffe, er kommt zum Punkt.

»Jamie, dort oben schläft meine sechsjährige Tochter. Bitte sag mir, was los ist, damit ich zu ihr kann, um endlich selbst die Augen zuzumachen.«

»Ich gebe es zu. Es war eine blöde Idee. Ich habe mir Sorgen gemacht, nachdem ich aus dem Pub raus bin. Unschlüssig stand ich auf dem Parkplatz und wäre gern noch mal umgedreht.«

»Wieso hast du dir Sorgen gemacht?«

»Einfach deinetwegen. Es erschien mir falsch, dass ihr so auf euch gestellt seid. Du und Neala. Und ich bin jetzt allein. Ich fand das eine große Verschwendung. Irgendwas in der Art.« Er fährt sich nervös durch die Haare.

»Schlägst du mir eine Zweckbeziehung vor?«, frage ich entgeistert. Jamie muss die Trauer zu Kopf gestiegen sein.

»Nein. Wenn du es so sagst, klingt es bescheuert.«

Das ist es, doch ich halte meine Lippen geschlossen. Der Mann muss offensichtlich etwas loswerden.

»Na, jedenfalls habe ich dich aus dem Pub kommen sehen und wie du die Straße hochgingst. Dir ist jemand gefolgt. Also habe ich meinen Wagen abgeschlossen und bin dir hinterher. Ich wollte verhindern, dass dir etwas passiert.«

»Ach, Jamie. Wer soll mir denn folgen?« Mir fallen meine eigenen Ängste von vorhin wieder ein und wie ich den alten Mann umgerannt habe. Trotzdem nervt mich seine überbordende Fürsorglichkeit. »Das hast du dir eingebildet.«

»Mag sein. Als ich in deine Straße abbog, war da auch niemand. Ich wollte nur sichergehen. Zuerst sah es so aus, als würde dir jemand in gleichbleibendem Abstand folgen.«

»Wahrscheinlich jemand, der hier wohnt.«

»Mag sein.«

»Und was dann? Hast du vorgehabt, die ganze Nacht vor meinem Haus rumzulungern.«

»Nein.« Er klingt beschämt. »Nur eine Weile, falls er zurückkommt. Könnte doch sein, dass er mich bemerkt hat.«

»Jamie, ich habe dich bemerkt. Du bist kein guter verdeckter Ermittler!«

Er lächelt mich strahlend an, als hätte ich ihm ein Kompliment gemacht. Ich muss dem ein Ende bereiten, auch wenn es herzlos ist. Lieber kurz und schmerzvoll, wie meine Mutter zu sagen pflegte.

»Jamie, ich hoffe, du weißt, dass zwischen uns nie etwas sein kann. Es mag dir jetzt so vorkommen, als hätte uns das Schicksal zusammengeführt, aber ich war dabei, als deine Frau gestorben ist. Ich könnte mir niemals mehr mit dir vorstellen. Bitte, sei mir nicht böse! Das ist einfach zu schräg.«

Er weicht zurück, als hätte ich ihn angeschossen. »Das ist sehr direkt.«

»Wäre es dir lieber, wenn wir um den heißen Brei herumreden?«

»Nein, nein. So habe ich dich ja kennengelernt. Schon gut. Dann werde ich mal gehen.«

»Willst du heute noch nach Stirling?«

»Nein. Ich habe gegen zehn Uhr eine Nachricht geschickt, dass es erst morgen früh wird. Ich suche mir in der Stadt etwas für die Nacht.«

Ich nicke. Kurz kommt mir der Gedanke, ob er darauf spekuliert hat, auf meiner Couch nächtigen zu können. Ich schüttele ihn beiseite. »Ich wünsche dir eine gute Nacht. Mach dir nicht so viele Sorgen. Es wird sich alles finden. Ich weiß, das klingt herablassend, wenn ich das zu dir sage, doch ich glaube fest daran. Wir beide, das ist keine gute Idee.«

Er lächelt verlegen. »Mach's gut.«

So verschwindet Jamie aus meinem Flur in die Schwärze. Die geöffnete Tür bringt einen kräftigen Windstoß herein. Da braut sich etwas zusammen. Die Luft riecht arktisch nach Raureif, dabei ist es nicht einmal Mitternacht. Ich stemme mich gegen die Tür. Nach einem kurzen Aufheulen ist sie zu. Mein Handy klingelt und signalisiert das Eintreffen einer Nachricht. Ich ziehe es hervor und sehe, dass sie von Jamie kommt. Was kann er jetzt noch wollen?

Colin hat nach deiner Nummer gefragt. Hier ist seine, falls du anrufen willst. Jamie

Darunter eine Handynummer. Es ist spät, doch die Neugierde ist zu groß, um bis morgen warten zu können. Ich rolle mit den Augen und klicke direkt auf die Nummer. Immerhin ist sein eigener Anruf erst ein paar Minuten her. Es wird wichtig sein. Nach einem einzigen Klingelton ist er dran.

»Ja?«

»Colin? Hier ist Skye. Ist es schon zu spät? Jamie sagte mir eben erst, dass du mich sprechen wolltest.« Keine Ahnung, warum ich so demütig klinge. Ich räuspere mich und fahre in entspanntem Plauderton fort. »Natürlich können wir auch morgen sprechen. Du hast ja jetzt meine Nummer.«

»Skye! Warte! Leg jetzt bloß nicht auf. Wieso zur Hölle legt heute jeder auf, wenn ich anrufe?«

»Ich bleib dran. Alles gut. Wo brennt's denn?«

Seine Stimme hat sich überschlagen. Ich bin alarmiert. Etwas muss geschehen sein. Ich gehe zurück ins Wohnzimmer, setze mich in meinen blauen Sessel und behalte die Straße im Auge.

»Heute Nacht hat jemand versucht, mich umzubringen.«

Ich richte mich kerzengerade auf. »Sag das noch mal.«

»Das ist kein Scherz. Es sollte nach Selbstmord aussehen. Ich habe zu Hause einen Abschiedsbrief gefunden, mit meinem Namen darunter, und man hat mein Badezimmer so präpariert, dass ich mir einen tödlichen Stromschlag zuziehe.

Skye? Bist du noch dran?«

»Ja. Entschuldige. Ich kann nicht glauben, was ich da höre. Bist du ...«

»Willst du mich fragen, ob ich mir sicher bin? Ich hatte gerade eine Stunde die Bullen auf meiner unbequemen Couch sitzen.«

»Wo bist du jetzt?«

»Im Auto. Ich wollte bei einem Freund übernachten, aber dann ... ich habe mir Sorgen um euch alle gemacht. Doch keiner scheint das wirklich ernst zu nehmen. Mit Jamie habe ich noch nicht einmal reden können.«

»Wieso denkst du, dass wir in Gefahr sind?«

»Weil es sich anfühlt, als würden wir alle auf einer Scheißliste stehen. Erst Erin, dann die Attacke von deinem Mann gegen uns beide und jetzt dieser nächtliche Besuch. Was, wenn er es bei euch auch versucht?«

Ich weiß nicht, was ich dazu sagen soll. Was Colin erzählt, klingt so fantastisch, aber nicht im guten, sondern im erfundenen Sinne.

»Skye?«

»Ich denke nach.«

»Du jagst mir Angst ein, wenn du nicht mehr antwortest und ich kriege normalerweise nicht so schnell Angst.«

»Ja, okay. Lass uns doch mal sachlich darüber nachdenken.« Ich beobachte zwei Jugendliche, die auf dem gegenüberliegenden Bordstein lachend nach Hause gehen. »Wenn du bei dir zu Hause überfallen wurdest, dann sind Alli und Lennox in London doch relativ sicher, meinst du nicht?«

»Ja. Stimmt«, knurrt er ins Telefon.

»Jamie ist hier in Crieff und ich ebenfalls. Du bist der Einzige in Gefahr.«

»Na, wie beruhigend!«

»So habe ich das doch nicht gemeint.«

»Was macht er überhaupt in Crieff?«

Puhh. Wie soll ich das erklären, ohne durchgeknallt zu klingen? »Er war auf der Durchreise und wollte ›Hallo‹ sagen.« Ich gehe in den Flur und greife in meine Manteltasche. Die zierliche Kette kommt zum Vorschein. Jetzt weiß ich, dass Jamie nur einen Vorwand gesucht hat, um mich zu sehen. Die verlorene Kette kam ihm da nur wie gerufen.

»Seine Schwiegereltern wohnen in Stirling«, sagt Colin.

Dann hat er die Wahrheit gesagt. »Das meinte er auch.«

»Skye. Ich habe kein gutes Gefühl. Ich gebe zu, du wohnst weit weg, ganze zwei Stunden von Fort William, wie mir mein Navi verrät, vorausgesetzt die Straßen sind alle geräumt, wovon ich ausgehe. Und der Kerl war eben noch in meinem Haus. Doch er hat eine Stunde Vorsprung und ich wünschte, du könntest mit Neala irgendwo hingehen, wo ihr sicher seid.«

»Glaubst du wirklich, dieser Racheengel sucht uns einen nach dem anderen auf?«

»Ich weiß es nicht, doch ich will nicht, dass du ein Risiko eingehst.«

Die Sorge in seiner Stimme ist echt und im Gegensatz zur Fürsorglichkeit des armen Jamie fühle ich mich davon eher geschmeichelt als erdrückt.

»Ich verspreche, dass ich aufpassen werde.«

»Aber du wirst bei dir zu Hause bleiben, richtig?«

»Ich wüsste nicht, wohin. Außerdem kann ich Neala nicht einfach mitten in der Nacht aus dem Bett zerren.«

»Geht doch einfach zu Freunden oder Nachbarn.«

»Um diese Zeit? Colin, wenn eine Gefahr bestünde, hätte die Polizei mich längst gewarnt. Meinst du nicht?« Im

Grunde weiß ich selbst nicht genau, warum ich den Helden markiere. Heute Abend gab es so viele Situationen, die mich verschreckt haben, dass ich voll auf Colins Welle schwimmen müsste. Womöglich will ich es nicht wahrhaben, da sich bisher alle Befürchtungen als Einbildung herausstellten.

»Ich verspreche abzuschließen«, sage ich.

Er stöhnt laut auf.

»Wann bist du eigentlich bei deinem Freund? Sagtest du nicht, du wolltest irgendwo übernachten?«

»Ich habe mich anders entschieden. Ich bin in etwa eineinhalb Stunden bei dir.«

»Du kommst nach Crieff?« Meine Stimme ist eine Oktave zu hoch.

»Wenn sich zwei meiner Freunde heute Nacht dort befinden, halte ich es für das Beste, auch zu kommen.«

Da muss ich was klarstellen. »Jamie schläft nicht bei mir.«

»Davon bin ich auch nicht ausgegangen.« Seine Stimme ist übertrieben empört.

Einen Moment herrscht Stille. Plötzlich durchbricht er sie mit Gelächter. Ich muss grinsen und fühle mich wahnsinnig erleichtert.

»Gib's zu, du hast Schiss, allein zu sein!«

»Genau. Das ist es.« Er lacht.

»Du willst also herkommen. Hier in mein Haus? Habe ich das richtig verstanden?«

»Wenn es dir nichts ausmacht? Ich lege mich auf deine Couch. Du merkst gar nicht, dass ich da bin.«

Ich schüttele den Kopf. »Na, gut. Meinetwegen. Du bist sicherlich völlig übernächtigt, wenn du hier ankommst. Ich versuche zu warten.«

»Sei vorsichtig und ruf die Polizei, sobald dir etwas merkwürdig vorkommt.«

Ich beruhige ihn, indem ich allem zustimme, und wir verabschieden uns. Insgeheim frage ich mich, ob Jamie so spät eine Unterkunft bekommen konnte. Heute Nacht könnte ich eine Pension eröffnen, wenn ich wollte. Ich werfe einen letzten Blick aus dem Fenster. Die Straße vor meinem Haus ist leer. Hinter den Scheiben der gegenüberliegenden Häuser herrscht Dunkelheit. Die Leute schlafen.

31

SKYE

Am nächsten Morgen bin ich früh wach. Die Sonne steigt aus einem orangenen Meer empor und taucht Crieff in bonbonfarbenes Licht. Meine Stimmung ist besser denn je. Kurz bevor ich nach unten gegangen bin, habe ich nach Neala gesehen. Sie kuschelt sich immer noch in ihre warme Pinguin-Bettwäsche. Wenn sie schläft, hat ihre Haut diesen porzellanartigen Teint. Das Gesicht eines Engels.

Colin kam gegen halb eins an und musste nicht lange überredet werden, um sich sofort zum Schlafen auf die Couch zu legen. Er überzeugte sich kurz davon, dass alles abgeschlossen sei, und fiel dann wie ein Stein in einen tiefen Schlaf, wie ich vermute. Ich habe keine Sekunde geglaubt, dass von ihm eine Gefahr ausging – nicht mehr. Oder vielleicht konnte ich es nie richtig glauben. Nach dem, was letzte Nacht passiert ist, will ihm eindeutig jemand etwas anhängen. Er gehört zu den Guten.

Auf dem Küchentisch liegt die Kette, die Jamie mir mitgebracht hat. Ich fische sie von der Kiefernholzplatte und gehe ins Schlafzimmer zurück. Auf der Kommode neben dem Bett bewahre ich in einem Schmuckkasten aus Rosenholz meinen gesamten Schmuck auf. Mum hat ihn mir geschenkt. Ich öffne den Deckel, Debussys ›Clair de Lune‹ ertönt. Immer wenn ich dieses Stück höre, denke ich an Schneeglöckchen, die sich, allen Umständen zum Trotz, durch die Schneedecke schieben, um unaufhaltsam den Frühling einzuläuten. Ich kann mir nicht helfen, ich verbinde damit einen klaren frischen Tag, kein Mondlicht bei Nacht.

Ich lege die Kette hinein, bleibe eine Weile nachdenklich daneben stehen und hole sie wieder hinaus. Ich habe mich geirrt. Jamie hat sich geirrt. Wie konnte er es auch wissen? Ich laufe wieder zurück in die Küche, schreibe Colin eine kurze Text-Nachricht und sammele meine Sachen zusammen, um das Haus zu verlassen. Es ist früh. Neala wird mindestens weitere zwei Stunden schlafen, wenn man sie in Ruhe lässt. Dann bin ich längst zurück.

Draußen auf dem Bürgersteig begrüßt mich ein frostklarer Morgen. Die Luft ist fantastisch und ich atme ein-, zweimal kräftig ein, um meine Lungen zu füllen. Das ist die Chance, einen Neuanfang zu wagen. Die ersten Autos sind unterwegs, viele fahren Richtung Hotel. Ich kenne ein paar der vorbeifahrenden Menschen. Sie arbeiten in der Verwaltung, im Fitnessstudio oder im angrenzenden Reiterhof. Es sind Kollegen. In einigen Tagen werde ich mich wieder zu ihnen gesellen, wenn mein Urlaub vorbei ist.

Ich biege an dem altmodischen roten Briefkasten in die Ewanfield ein und halte automatisch nach den spielenden Kindern Ausschau. Es ist natürlich zu früh für sie. Statt der Kleinen steht ein prächtiger Schneemann im Vorgarten, mit einem Kochtopf als Mütze. Sein Lächeln: ein grimmiger Strich aus Kohlestücken; die fiesen, kleinen Augen aus Kieselsteinen starren eisern zu mir herüber. Bills Wagen steht nicht vor Ionas Tür. Was für ein Segen! Ich reiße mich zusammen und klingele. Die Glocke ist dunkel zu hören und hallt durch ihren großen Flur. Über mir wird ein Fenster geöffnet. Ionas dichte schwarze Mähne kommt zum Vorschein. Das Gesicht ist ausdruckslos, als läge es hinter Gaze. Ich habe sie geweckt. Macht nichts. Ich weiß, dass Iona Frühaufsteherin ist, sie wird es verkraften. Eine Minute später öffnet sie mir die Tür.

»Kann ich reinkommen? Ich habe was für dich.«

Ich lächle versöhnlich und ziehe meine Augenbrauen nach oben. Irgendwann muss sie mir vergeben. Ich weiß, dass es etwas Schreckliches war, das ich ihr angetan habe, aber wir sind seit Ewigkeiten beste Freundinnen. Diese Situation darf das nicht kaputtmachen.

»Komm rein«, sagt sie und nickt Richtung Wohnzimmer. Ich zaudere nicht lang und sehe zu, dass ich die Tür schnell hinter mir schließe.

»Schläft Bill heute bei sich?«, frage ich vorsichtig.

»Ja. Er wollte ganz früh nach Mallaig. Da wollte er mich nicht wecken. Was kann ich für dich tun? Willst du Kaffee?« Sie steht in einem kurzen Pyjama vor mir, total verschlafen und schaut mich aus kleinen Augen an.

»Gern.«

Das ist ihr Stichwort. Sie verschwindet in der angrenzenden offenen Küche.

»Ich habe deine Kette gefunden.«

»Was?«

»Die Diestel. Jamie hat sie gestern vorbeigebracht … entschuldige … er ist einer der Leute, die ...«

»Ich weiß, wen du meinst, die Polizei hat mich über die Gruppe aufgeklärt. James Walker aus North Ballachulish, richtig?«, ruft sie von der Kaffeemaschine.

»Exakt. Wow! Die haben dich ja gut ins Bild gesetzt. Na, jedenfalls, kam er gestern vorbei und hat mir die hier gebracht.« Triumphierend halte ich das Andenken nach oben, von dem Eilidh uns Mädchen damals jedem eine geschenkt hat. »Als Erinnerung an euren gemeinsamen Sommer in den Highlands«, hatte sie gesagt. Ich bin froh, Iona den Talisman wiederbringen zu können. Sie hat ihn sicher schon gesucht, seit ... Ich atme schwer aus.

»Jamie hat dir die gebracht?« Sie steht plötzlich vor mir und schaut mir in die Augen. Wie konnte mir nicht auffallen, dass sie unter meinem Blick auf mich zugekommen ist?

»Ja«, bringe ich gepresst heraus.

»Wo hat er sie her?«, fragt sie. Die Schärfe in ihrer sonst so samtigen Stimme entgeht mir nicht. Mein Blick huscht zur Eingangstür. Sie fängt ihn auf.

»Skye?«

»Er hat ihn im Cottage gefunden. Er dachte, es wäre meine Kette, weil ich sie an dem Tag getragen habe, aber zu Hause fiel mir auf, dass ich meine wieder mitgebracht hatte. Sie liegt sicher in meiner Schmuckschatulle.«

»Danke. Ich suche seit Monaten danach. Ich habe sie bestimmt verloren, als ich im Herbst bei Eilidh war.«

»Ja. Bestimmt. Du hast mir damals von dem Besuch erzählt. Ich will dich auch nicht länger stören. Ich sehe ja, dass du noch gar nicht richtig wach bist.« Ich erhebe mich langsam, als stünde mir gegenüber ein scheues Tier und gehe mit festen Schritten zur Tür. Iona hat meinen Aufbruch nicht kommentiert, also steuere ich den Ausgang an, ohne mich umzuschauen. Noch einen Meter und ich habe es geschafft.

Etwas Hartes trifft mich am Hinterkopf und ich verliere den Halt. Sterne explodieren vor meinen Augen. Die Knie brechen unter mir weg und zwingen mich zu Boden. Ein Zischen über meinem Kopf ins Leere. Dann höre ich Iona leise fluchen. Mit schreckgeweiteten Augen drehe ich mich zu ihr um. Da steht sie mit einer hölzernen Buchstütze in der Hand und wirkt wacher als vor einer Minute.

»Du weißt, dass ich die Kette dort nicht im Herbst verloren habe, richtig?«

»Ja.« Ich habe wieder festen Stand, auch wenn mein Schädel zum Bersten schmerzt und ich mich konzentrieren muss, die doppelten Bilder im Kopf auszusortieren.

»Dir ist wieder eingefallen, dass ich sie vor drei Wochen trug, als wir im Pub waren? Du hattest deine auch um und hast einen Spruch darüber gemacht.«

Ich nicke. Die Tür ist nicht weit von mir entfernt, doch Iona steht nur einen halben Meter vor mir. Wenn ich sie aus den Augen lasse, habe ich verloren. Dann werde ich hier nicht mehr rauskommen und mein Kind nie wiedersehen.

»Iona, bitte. Denk doch an Neala. Du liebst sie! Du würdest doch nicht zulassen, dass uns beiden etwas geschieht. Das weiß ich.«

Sie ringt mit sich, auch wenn ihr Mund verkniffen und ernst bleibt.

»Ich habe keine Wahl, Süße. Du oder ich. Dir kann ich nicht den Vortritt lassen. Das musst du verstehen.«

»Ich will nur gehen, mehr nicht. Ich lass dich in Ruhe. Versprochen.«

»Dafür habe ich keine Sicherheit.«

Nein, und sie weiß, dass ich lüge.

»Warum hast du das getan und wie? Wann warst du in dem Haus?«

»An dem Morgen tatsächlich. Als du mich anriefst, bin ich gerade in meine Straße eingebogen. Ich habe schnell ein paar Vorräte in eine Kiste gepackt, damit es so aussah, als käme ich gerade vom Einkaufen.« Sie hebt die Schultern, als hätte sie sich nur dem Schicksal ergeben.

»Aber warum, zur Hölle? Du hast deine Tante doch geliebt.«

»Schon, aber auf das Geld sind Bill und ich wirklich angewiesen. Sie ist meine letzte Verwandte.« Sie lässt die Buchstütze sinken. »Und sie hat angefangen, es zu verschleudern. Immer mehr Investitionen über ihren sogenannten Finanzberater, der dafür ein ordentliches Sümmchen kassierte. Ich wollte dem schon vor einiger Zeit einen Riegel vorschieben, als mir klar wurde, dass sie wunderlich zu werden schien. Sie faselte etwas von finanziellen Zuwendungen an diesen Colin. Damals, im Herbst, habe ich eine ihrer Apfelsaftkartons mit Pestiziden gespritzt, aber sie hat sie wohl versehentlich weit hinter in den Schrank geschoben und immer wieder neue gekauft, wenn die alten alle waren. Diese eine ist ihr immer wieder entgangen.«

»Oh, Gott, Erin!«

Iona schnalzt mit der Zunge und hebt die Augenbrauen. »Tja, das war Pech.«

Mir wird schlecht.

»Glaub nicht, dass ich ein kalter Fisch bin, Skye, wirklich nicht. Ich hatte nicht geplant, sie zu töten.« Ihr Blick sucht nach Verständnis in meinem Gesicht. »Doch dann erzählte sie mir vor ein paar Tagen, dass sie ein ordentliches Sümmchen in den Sand gesetzt hätte, weil eine Investition in Aktien sich nicht so entwickelt hat, wie sie hoffte. Das war buchstäblich der Tropfen, der das Fass zum Überlaufen brachte. Wir standen in der Küche. Sie wollte später aufbrechen, zu ihrer Kreuzfahrt. Nebenbei erzählte sie mir, wie traurig sie wäre, dass Colin ihr Angebot, sie zu begleiten, nicht angenommen hätte. Ich sagte, es wäre an der Zeit, diesen Colin abzuschießen und an ihre echte Familie zu denken. Doch davon wollte sie nichts hören. ›Wie man sich bettet, so liegt man‹, hat sie mir um die Ohren gehauen. Sie konnte Bill nie ausstehen und die Tatsache, dass ich mit ihm zusammenblieb, nutzte sie, um mir Vorhaltungen zu machen. Sie hielt ihn für einen Mitgiftjäger und ließ mehr als einmal durchblicken, dass ich keinen Cent erhalten würde, sollte ich mich nicht aus der Beziehung lösen.« Iona wirft mir einen genervten Blick zu. »Mir blieb keine Wahl. Ich habe wahllos eine Schublade aufgezogen, fand den Schaschlikspieß und habe sie von hinten erdolcht.«

»Du weißt, wie.«

»Schon. Ich bin Krankenschwester, meine Liebe. Es gehört dennoch eine Menge Glück dazu, zwischen zwei Rippen zu stechen. Als sie tot war, habe ich sie auf die Couch gesetzt, ihre Augen geschlossen und bin gefahren. Den Spieß habe ich kurz vor Crieff in den Fluss geworfen.«

Ich bin fassungslos. »Hattest du keine Angst, dass man als Erstes in der Familie nach dem Täter suchen würde?«

»Klar. Ich bin ja nicht dumm.« Sie lacht schallend. »Ich habe mich an Eilidhs Rechner gesetzt und eine E-Mail in ihrem Namen an Colin verfasst. Darin beschuldigt sie ihn, sie verführt zu haben, um mehr Geld aus ihr zu pressen. Ich schrieb: ›Du hast mich gemolken wie eine Kuh.‹ Ich ging sogar so weit, ihm zu drohen, damit er ein ordentliches Mordmotiv hat, wenn die Polizei später den Rechner sichtet. Zwei Fliegen mit einer Klappe. So wäre ich ihn auch gleich losgeworden. Immerhin habe ich keine Ahnung, ob der Kerl es inzwischen geschafft hatte, in ihrem Testament aufgenommen zu werden. Das ist nicht der Fall, wie ich inzwischen weiß.«

»Iona! Ich bin deine beste Freundin! Wieso hast du mich in das Ganze hineingezogen? Und Neala! Du hast uns einfach dort hinfahren lassen. Zu deiner toten Tante.«

»Es war das Beste, das mir auf die Schnelle einfiel. Ich hatte das nicht geplant. Du riefst an und brauchtest eine Bleibe. Du wolltest nicht zur Polizei. Ich dachte, ich könnte zwei Fliegen mit einer Klappe schlagen. Du findest Eilidh, während ich ein perfektes Alibi habe. Du rufst die Polizei, bist selbst auch in Sicherheit. Denn seien wir ehrlich … die Bullen hätten dir sofort geglaubt. Ich kann nicht verstehen, wieso du Zweifel hattest, diesen Kerl anzuzeigen. Aber du hast nichts davon getan! Du hast wie immer den Schwanz eingezogen und gezaudert. Irgendwann wird dir das das Genick brechen, Skye! Selbst als ich den Druck auf dich erhöhte und gelogen habe, dass Sean dich angezeigt hatte, bist du nicht aus deinem Schneckenhaus rausgekommen. Du hast lieber mit deiner Tochter neben einer Leiche gehockt, als gegen dieses Monster zu kämpfen.«

Das war mir noch nicht einmal aufgefallen. Ich hatte es DCI Bell gegenüber erwähnt, dass ich glaubte, Sean hätte mich angezeigt. Sie hat es nicht weiter kommentiert. Hat sie mir nicht geglaubt? Ich unterließ es, Iona in die Sache reinzuziehen. Das war mein Fehler. Dann wären sie stutzig geworden.

»Ich frage mich gerade, wer hier das Monster ist. Bist du in der Lage, darüber ein Urteil fällen zu können?«

»Ich tue wenigstens etwas und wehre mich, wenn ich bedroht werde. Ich weine nicht über mein Schicksal.«

Es fällt mir wie Schuppen von den Augen. »Du hast Sean zu mir geschickt, richtig?«

»Du meinst in die Highlands? Was hatte ich für eine Wahl? Ich musste euch schubsen. Es gab eine wunderbare Gelegenheit, als ich beim Einkaufen auf ihn traf. Er hat nicht einmal bemerkt, dass ich ihn manipuliere, der Einfaltspinsel. Da du dich vehement geweigert hast, die Polizei zu rufen, wollte ich das Ganze beschleunigen. Ich konnte ja nicht ahnen, dass du längst nicht mehr allein warst. Dann rief ich die Bullen selbst an und jammerte, dass ich befürchte, er würde dir etwas antun. Das war doch sehr nett von mir.«

»Großzügig. Danke.« Ich richte mich zu voller Größe auf und trete dichter an sie heran. »Du hast gedacht, wir wären allein und hast diesen Menschen auf unsere Spur gesetzt? Du hast für Geld das Leben meiner Tochter riskiert?«, flüstere ich wütend.

»Ach, komm schon. Er hätte Neala nie etwas getan. Er liebt seine Tochter doch.«

»Und was ist mit mir?«

Hinter mir knackt die Eingangstür. Ich fahre herum und starre auf einen verdutzten Bill, dessen Gesichtsausdruck augenblicklich eine Wandlung von Überraschung zu Erkenntnis durchläuft. An diesem Punkt weiß ich, dass ich verloren habe. Den Moment, als sie beide Blicke austauschen, nutze ich aus und renne die Treppe nach oben. Hinter mir höre ich Iona kreischen: »Schnapp sie dir.«

Bill stöhnt einmal kräftig, hastet aber sofort geräuschvoll hinter mir her. Es geht um mein Leben. Ich ignoriere das Seitenstechen und hole alles an Energie heraus, was mein untrainierter Körper zur Verfügung stellt. Es ist nicht viel, wie ich weiß, doch für ein paar Sekunden kann ich mit der Weltklasse mithalten, bis der Akku komplett auf null leerläuft. Ich erreiche die Galerie und stürze auf die Tür am Ende zu. Es ist das Badezimmer. Sie schwingt auf und lässt mich hindurch, bevor ich sie blitzschnell zuschlage. Schon knallt Bill dagegen, doch da habe ich bereits mit zittrigen Fingern den Riegel umgelegt. Er versucht es erneut. Das Türblatt zittert in den Angeln. Iona hat Geld in die Hand genommen. Respekt. Das ist eine andere Qualität als meine Badezimmertür. Die wäre schon herausgebrochen.

Ich verliere keine Zeit, öffne das Fenster und blicke ängstlich nach unten. Das sind dreieinhalb Meter. Hinter mir splittert Holz und ein rotgesichtiger Bill poltert in das Bad. Er gleitet mit seinen schneedurchnässten Schuhen auf den Fliesen aus und schlittert in meine Richtung. So erreicht er mich schneller, als wir beide dachten. Ich atme ein und springe. Unten liegt Schnee auf den Büschen. Mit Glück dämpft das meinen Sturz. Schnell erreiche ich den Boden und ...

»Ahh.« Das Knacken in meinem Bein und die Stauchung im Kniegelenk kann ich hören und fühlen. Ich tauche in ein Meer aus Schmerz, das über mich schwappt, Welle für Welle und mich ertrinken lässt. Ich bekomme keine Luft mehr. Weit über mir blickt Bill herunter. Aus meinen Augenwinkeln sehe ich Iona auf mich zukommen. Sie hat die Buchstütze in der Hand, sieht sich um und ... Ich glaube, ich sterbe vor Schmerzen.

»Skye!«

Wer ist das? Ich öffne meine Augen. Colin läuft den Bürgersteig entlang. Iona hat ihn gesehen und ist unschlüssig stehen geblieben.

»Stopp!«, schreit er, zückt aus sicherer Entfernung sein Handy und wählt eine Nummer.

Bitte, lass es die Polizei sein!

32

COLIN

Skye liegt auf der Couch und hat ihr gebrochenes Bein hochgelegt. Neala kniet neben ihr an dem kleinen Tisch und malt ihr ein Bild, damit sie bald wieder gesund wird. Die Polizei hat ihre Freundin und deren Lebensgefährten verhaftet. Wie sich herausgestellt hat, war er mein nächtlicher Besucher.

Ich habe ihr alles erzählt und wenn ich sage alles, dann meine ich das so. Angefangen mit dem Konkurrenzkampf zwischen mir und meinem Bruder und den völlig überzogenen Erwartungen meiner Eltern. Bis hin zu dem großmütterlichen Verhältnis, das sich zwischen Eilidh und mir entwickelte. Wir haben uns während unserer Geschäftsbeziehung ziemlich angefreundet. Ich weiß nicht, ob sie in mir so etwas wie einen herrenlosen Streuner gesehen hat oder den Enkel, den sie nie hatte. Sie hatte immer instinktiv gespürt, dass familiäre Bande meine Achillesferse sind. Wenn ich kam, kochte sie, backte Kuchen und nötigte mich, die Reste mit nach Hause zu nehmen. Ich habe es genossen und insgeheim so getan, als wären wir verwandt. Eilidh konnte zuhören und interessierte sich für mein Leben. Sie wollte wissen, was mich glücklich machte, was mich bewegte und wie sich die jungen Leute, wie sie zu sagen pflegte, heute amüsierten. Meine Erzählungen führten sie zurück in ihre Jugend und gestalteten ihren Tag lebendiger, während ich das Heimelige genoss, das Gefühl, nach Hause zu kommen. Da war jemand, der sich sorgte, ganz gleich, welchen Standard ich erfüllte.

Als ich die Mail erhielt, die Iona in ihrem Namen geschrieben hatte, war ich fassungslos. Natürlich hatte sie mich zu überreden versucht, über die Feiertage mit auf Kreuzfahrt zu gehen. Mir war nicht klar, dass sie schon gebucht hatte. Eilidh wusste, dass ich nicht nach Hause fahren würde, um mit meinen Eltern zu feiern. Sie wollte mir etwas Gutes tun, mich ablenken, von dem Kummer, der mich möglicherweise an den Feiertagen allein zu Hause gepackt hätte. Das war ein netter Gedanke, doch ich wollte ihr nicht auf der Tasche liegen. Es ging einfach zu weit, denn schließlich waren wir nicht verwandt, auch wenn ich das gern vergaß.

Als ich dann las, sie hätte sich eingewickelt gefühlt, wollte ich sie sofort anrufen, doch niemand ging an ihr Handy. Sie sprach von Beweisen. Das war mir neu. Wir hatten kein Verhältnis, was sollte es da für Beweise geben? Dennoch ließ mir das Ganze keine Ruhe. Vielleicht war sie nicht auf Kreuzfahrt gegangen? Ich könnte sie zu Hause antreffen. Und dann, als wir ohnehin in der Nähe waren, überlegte ich mir einen Vorwand, um das Haus aufzusuchen. Die anderen hätten draußen warten können, so was in der Art. Doch dann verletzte ich mich, auch wenn Skye der Meinung ist, ich hätte das Ganze nur vorgetäuscht. Es fügte sich eines zum anderen und ehe ich michs versah, stand ich in ihrem Arbeitszimmer und wollte nur einen Blick in den Rechner werfen.

»Geht's dir gut? Du siehst unglaublich grimmig aus.« Skye blickt mich aus diesen tiefgrünen Augen an, die mich an Feengeschichten erinnern.

»Alles gut, war nur in Gedanken.«

»Danke, dass du noch geblieben bist, bis ich meinen Gips gekriegt habe. Und danke noch mal, dass du mir das Leben gerettet hast.«

»Glaubst du, deine Freundin ist von diesem Bill angestiftet worden?«

»Nein, als ich vorhin mit DCI Bell telefonierte, erzählte sie mir, dass sie beide ausgesagt haben, Bill sei erst eingeweiht worden, als sie versucht hat, dir die Geschichte anzuhängen. Die Polizei hatte sie aufgesucht und mitgeteilt, dass es nichts Handfestes gibt, nur Indizien, die dich belasten. Wenn du dir das Leben genommen hättest und man hätte diesen Abschiedsbrief gefunden, dann hätte die Polizei den Fall abschließen können. So bestand Gefahr, dass man im engeren Umkreis von Eilidh nach dem Täter sucht, und dann wäre auch Iona genauer beleuchtet worden. Zu dem Zeitpunkt hatte noch keiner den Apfelsaft untersucht. Der war überhaupt nicht aufgefallen im Schrank. Sie haben nur Reste des Essens mitgenommen und den fatalen Fehler begangen, den Saft auszulassen. Man wusste noch nicht, dass bereits Gift in Eilidhs Vorräten war. Wäre das der Fall gewesen, hätte niemand nach dem Täter in unserer Gruppe gesucht.«

Ich atme tief durch und schüttele den Kopf. Arme Erin! Sie war vollkommen unnötig in die Schusslinie geraten.

»Eins habe ich ganz vergessen zu berichten. DCI Bell erklärte mir, wie Erin das Auto verlassen konnte. Sean hat seine Aussage ergänzt. Er kam schon angetrunken bei uns an, hat das Auto entdeckt und eine Frau, die auf der Rückbank saß. Man mag es kaum glauben, doch er dachte, sie wäre dort eingeschlafen oder hätte einen Unfall gehabt. Er hat versucht, sie herauszuholen und zu wecken. Hat sie ein Stück getragen und irgendwann festgestellt, dass sie tot ist. Also ließ er sie liegen. Dann ist er zum Haus gekommen, hat das Fenster zum Arbeitszimmer aufgestemmt und ist eingestiegen. Er muss die Wendeltreppe genutzt haben, die direkt in Eilidhs Schlafzimmer führt. Deshalb haben wir ihn nicht gesehen.«

Skye starrt ins Leere. Mir geht es ebenso. Ich fühle mich wie zwischen Baum und Borke. Ich stehe auf und schaue ihr fest in die Augen.

»Es wird Zeit für mich. Ich bin froh zu wissen, dass dein Mann sicher hinter Gittern sitzt, bis zu seiner Verhandlung. Dass er danach dort bleiben wird, daran hege ich keine Zweifel.«

Sie streckt die Hand aus und greift nach meiner. »Du willst schon los? Ich hatte gehofft, du könntest noch ein bisschen bleiben. Sagtest du nicht, du befindest dich bis Silvester im Urlaub? Hast du Lust, mit uns zu feiern? Es wird nur eine kleine Familienfeier, wenn du so willst. Nur Neala, ich und du?«

Ein Schmunzeln stiehlt sich in mein Gesicht. Wie könnte ich da widerstehen?

33

JAMIE

Ich habe meine Wohnung in North Ballachulish gekündigt und kann bis Ende Januar ausziehen. Was für ein Segen! Ich denke, ich werde nach London gehen. Eine pulsierende Stadt mit ungeahnten Möglichkeiten. Das ländliche Leben tut mir nicht gut. Wem wollte ich etwas vormachen? Ein Leben, in dem ich mehr Zeit für meine Ehe – für Erin – habe? Zu wenig Zeit war nicht unser Problem. Sie war es.

Der Traum von der eigenen Pension als Familiengeschäft war eine fixe Idee, die ich mir habe von ihr einreden lassen. Womöglich hatte sie gespürt, dass wir nebeneinanderher lebten, vielleicht war es ihr Wunsch, näher an Colin zu sein, ich weiß es nicht. Wie so oft habe ich ihre Gedanken zu meinen eigenen gemacht und geglaubt, es ist das, was ich wollte. Jetzt, wo sie tot ist, fühle ich mich das erste Mal richtig. Endlich höre ich die eigene Stimme in meinem Kopf, kann selbst entscheiden und lebe nach meiner Façon.

Ich muss immer wieder lächeln, wenn ich daran denke, dass diese schwarzhaarige Furie ihre Tante mit Pestiziden im Saft zur Strecke bringen wollte. Ich habe genauso ein Fläschchen im Kofferraum meines Wagens versteckt. Ich wollte bis nach den Feiertagen damit warten. Kann ein Einzelner so viel Glück haben? Jetzt brauche ich mir nicht mehr den Kopf darüber zerbrechen, wie ich den Verdacht von mir abwende.

Morgen muss ich bei Skye anrufen. Ich habe ein paar gute Schwingungen zwischen ihr und mir aufgefangen. Das könnte was werden. Sie sprach davon, umziehen zu wollen. Vielleicht geht sie mit mir nach London.

Überlege genau, was du dir wünschst. Es könnte in Erfüllung gehen.

Im Hamburger Stadtteil Rotherbaum wohnt die Studentin Rebecca. Von ihren Nachbarn weiß sie nur wenig. Sie bereiten ihr Unbehagen. Überhaupt hat sie jahrelange Übung darin, das Leben nur in kleinen, kontrollierten Dosen an sich heranzulassen. Die Welt außerhalb ihrer Wohnung macht ihr Angst, insbesondere seit ein psychopathischer Einbrecher sein Unwesen treibt, den die Medien den "Balkon-Vergewaltiger" nennen.

Das Haus, in dem sie lebt, ist immer ihr Zufluchtsort gewesen. Dort konnte sie sich verkriechen und ihre Sorgen mit einem dicken Panzerriegel aussperren. Jetzt liegt hier eine blutüberströmte Leiche, und im Keller fängt es an zu stinken.

ISBN 979-8776641831